Schriften zur Politischen Musikgeschichte

Band 3

Herausgegeben von
Sabine Mecking, Yvonne Wasserloos und Manuela Schwartz

Ruth Müller-Lindenberg /
Yvonne Wasserloos (Hg.)

Nichts nützt dem Staat so wie die Musik

Die musikalische Performance des Staates

Mit 3 Abbildungen

V&R unipress

Bibliografische Information der Deutschen Nationalbibliothek
Die Deutsche Nationalbibliothek verzeichnet diese Publikation in der Deutschen Nationalbibliografie; detaillierte bibliografische Daten sind im Internet über https://dnb.de abrufbar.

Für die freundliche Unterstützung der Tagung *Die musikalische Performance des Staates* am 8./9. Januar 2020 an der Hochschule für Musik, Theater und Medien Hannover (HMTMH) danken wir der Studienkommission III und dem Förderkreis der Hochschule. Die Drucklegung des Bandes haben das Musikwissenschaftliche Institut der HMTMH und das Department für Musikwissenschaft der Universität Mozarteum Salzburg gemeinsam ermöglicht. Auch ihnen gilt unser herzlicher Dank.

© 2024 Brill | V&R unipress, Robert-Bosch-Breite 10, D-37079 Göttingen, ein Imprint der Brill-Gruppe (Koninklijke Brill NV, Leiden, Niederlande; Brill USA Inc., Boston MA, USA; Brill Asia Pte Ltd, Singapore; Brill Deutschland GmbH, Paderborn, Deutschland; Brill Österreich GmbH, Wien, Österreich)
Koninklijke Brill NV umfasst die Imprints Brill, Brill Nijhoff, Brill Schöningh, Brill Fink, Brill mentis, Brill Wageningen Academic, Vandenhoeck & Ruprecht, Böhlau und V&R unipress.
Alle Rechte vorbehalten. Das Werk und seine Teile sind urheberrechtlich geschützt.
Jede Verwertung in anderen als den gesetzlich zugelassenen Fällen bedarf der vorherigen schriftlichen Einwilligung des Verlages.

Umschlagabbildung: Staatsakt auf Anordnung des Bundespräsidenten Richard von Weizsäcker zur Deutschen Einheit am 3. Oktober 1990 in der Philharmonie in Berlin (Ausschnitt); Die Ansprache hält Bundespräsident Richard von Weizsäcker. Quelle: Deutscher Bundestag / Fotograf/in: Presse-Service Steponaitis. Abdruck mit freundlicher Genehmigung des Parlamentsarchivs des Deutschen Bundestages.
Druck und Bindung: CPI books GmbH, Birkstraße 10, D-25917 Leck
Printed in the EU.

Vandenhoeck & Ruprecht Verlage | www.vandenhoeck-ruprecht-verlage.com

ISSN 2511-6347
ISBN 978-3-8471-1673-8

Inhalt

Ruth Müller-Lindenberg
Einleitung 7

Rainer Bayreuther
Begleit-Musik. Zur Ontologie staatlicher Musik am Beispiel des Großen
Zapfenstreichs 17

Ruth Müller-Lindenberg
Die musikalische Performance des Staates oder: Warum stöhnt der
Protokollchef? 43

Volker Kalisch
Eingekreist von Verboten. Eine ›Musikerkarriere‹ im
Nationalsozialismus 73

Yvonne Wasserloos
Staatliche (Un-)Ordnung und Selbstverständnis. Musik im Staatsakt von
der Weimarer Republik bis zum Begräbnis Konrad Adenauers 85

Nepomuk Riva
Integrative Rhetorik und eurozentrische Selbstrepräsentation. Musik in
der Fernsehberichterstattung über den Bundespräsidenten 109

Martin Löer
»Es muss was Wunderbares sein« – wie das Protokoll die Musik
instrumentalisiert 133

Christoph Habermann
»Die Musik ist nicht zu ersetzen«. Perspektiven eines »internen
Outsiders« 141

Michael Worbs (†)
Musikalische Botschaften 159

Abkürzungsverzeichnis 177

Autor*innenverzeichnis 179

Personenregister 181

Register der Orte und Länder 185

Register der musikalischen Werke 187

Ruth Müller-Lindenberg

Einleitung

März 2022: Unter Lebensgefahr stellen sich Mitglieder des Kyiv Classic Orchestra mit ihren Instrumenten auf den Maidan-Platz und intonieren die ukrainische Nationalhymne. In einer Videoaufnahme der Szene weist der Moderator darauf hin, dass das Orchester in reduzierter Besetzung auftrete, da zahlreiche Mitglieder die Ukraine seit dem Beginn des russischen Angriffskrieges auf ihr Land verlassen hätten.[1] Die besondere Aufführungssituation zeigt eine unerwartete Seite des Staatssymbols Nationalhymne. Beschränkt sich in Friedenszeiten deren Funktion weitgehend darauf, der als positiv empfundenen Zugehörigkeit zu einem Staatswesen Ausdruck zu verleihen, wie dies häufig etwa bei internationalen Sport-Ereignissen geschieht, so treten unter den besonderen Bedingungen der geschilderten Szene vor allem zwei Aspekte in den Vordergrund: Zum einen erscheint die Aufführung der Nationalhymne in der existenziell bedrohlichen Situation als ein Statement des Widerstandes, gerichtet an den Aggressor: »Es ist uns egal, ob ihr Bomben auf uns werft, wir stehen trotzdem hier und spielen unsere Hymne«. Zum andern schreibt sich der Krieg unmittelbar in die Klanggestalt der Hymne ein: Etliche Pulte im Orchester bleiben unbesetzt.

Es sind diese Umstände, die der Situation ihre besondere Bedeutung verleihen. Denn die Hymne ist untrennbar verstrickt und eingewoben in das aktuelle Geschehen. Ohne den Kontext zu kennen, könnte man die Szene kaum erklären. Das wirft die Frage auf, wie sich der Zusammenhang zwischen dem Szenario und dem Staatssymbol Nationalhymne beschreiben ließe, wenn es um das Geschehen selbst geht.

Dies soll als *Die musikalische Performance des Staates* untersucht werden. Zwar fungiert im beschriebenen Ereignis nicht der Staat selbst als musikalischer Akteur; jedoch tritt mit der Nationalhymne eines seiner Symbole auf und eröffnet unweigerlich bei allen, die es kennen, mindestens auf den Staat bezogene Bedeutungshorizonte, wenn es nicht sogar Gefühlsregungen erweckt. Dabei ist

---

1 https://www.spiegel.de/ausland/ukrainer-musizieren-don-t-worry-be-happy-in-tarnfleck-a-8 05d0b8f-5bea-4593-a460-b4835b2a36f0 (9.3.2023).

hervorzuheben, dass der Begriff von »Performance« die gängige Vorstellung, es handle sich um eine Aufführung, zwar einschließt, jedoch auch darüber hinausweist. Als Performances sollen im Weiteren zunächst Veranstaltungen verstanden werden, bei denen der Staat und seine Symbole sich mit erklingender Musik verbinden. Demnach sind Performances Ereignisse, in denen der Staat sich in einer besonderen ästhetischen Gestalt zeigt. Das geschieht in jeder Performance neu und unwiederholbar anders. Gleichzeitig soll auch die Musik nicht nur in ihrer symbolisch-semantischen, sondern auch in ihrer performativen, also der Aufführungsdimension untersucht werden. Es handelt sich also um in einander verschachtelte Performances. Diese Ereignisse, denen Theorien des Performativen ein Potenzial zur Wirklichkeitsveränderung zuschreiben, bilden das Zentrum des vorliegenden Bandes. Besonderes Augenmerk gilt hier der Frage, was Wirklichkeitsveränderung im Bezug auf das Staatsverständnis heißen kann.

Das Molière-Zitat, das diesem Buch den Titel gibt, formuliert dazu eine weit reichende These: »Nichts nützt dem Staat so sehr wie die Musik.«[2] Der Nutzen der Musik für den Staat wird auf politischer Ebene in vielfacher Hinsicht anerkannt, vielleicht am deutlichsten formuliert in der Kulturpolitik des Auswärtigen Amtes.[3] Mit den vorliegenden Beiträgen möchten wir diesem Spektrum eine wichtige Facette hinzufügen, indem wir insbesondere den Aufführungscharakter der Musik in den Blick nehmen und die Perspektive ausdehnen auf Anlässe für Staatsmusik, in denen die Musik eine begleitende Rolle zu spielen scheint.[4] Dass sie niemals darauf zu reduzieren ist, dies darzulegen ist das hauptsächliche Anliegen der hier versammelten Texte. Als wir das Buch planten, konnten wir nicht ahnen, welche Aktualität einerseits und inhaltliche Ausweitung andererseits die Frage nach der musikalischen Performance des Staates erfahren würde: erst unter dem Einfluss der Pandemie, dann vor dem Hintergrund des russischen Angriffskrieges gegen die Ukraine.

Zur Genese des Bandes

Am 8. und 9. Januar 2020 fand am Musikwissenschaftlichen Institut der Hochschule für Musik, Theater und Medien Hannover eine kleine Tagung mit dem Titel *Die musikalische Performance des Staates* statt. Dort trafen sich Vertrete-

---

2 Vgl. Molière, Le Bourgeois gentilhomme (1617), Erster Akt, 2. Szene: »Il n'y a rien qui soit si utile dans un État que la musique.«
3 Vgl. dazu David Maier, Auswärtige Musikpolitik. Konzeptionen und Praxen von Musikprojekten im internationalen Austausch, Wiesbaden 2020.
4 Dabei knüpfen wir an den Band Sabine Mecking/Yvonne Wasserloos (Hg.), Musik – Macht – Staat. Kulturelle, soziale und politische Wandlungsprozesse in der Moderne, Göttingen 2012 an und erweitern die Perspektive.

rinnen und Vertreter der Musikwissenschaft (mit philosophisch-ästhetischen, politologischen, ethnologischen und medienwissenschaftlichen Schwerpunkten) und der kulturwissenschaftlich orientierten Geschichtswissenschaft. Als hochrangige Akteure aus dem politischen Bereich waren eingeladen: mit Christoph Habermann ein ehemaliger stellvertretender Chef des Bundespräsidialamts und Staatssekretär in zwei Bundesländern, mit Martin Löer ein ehemaliger Protokollchef mehrerer Bundespräsidenten und am Europäischen Gerichtshof in Luxemburg und mit Dr. Michael Worbs ein deutscher Spitzendiplomat, der am Ende seiner Laufbahn zum Präsidenten des UNESCO-Exekutivrates gewählt worden war, außerdem der damals im Amt befindliche Präsident des Deutschen Musikrates, Prof. Martin Maria Krüger.

Die Konzeption der Tagung (Ruth Müller-Lindenberg) ging von folgenden Beobachtungen und Überlegungen aus: Musik ist bei festlichen Veranstaltungen des Staates auf nationaler Ebene an vielen Stellen präsent, man kann sagen: bei Anlässen, die sich in gleicher Weise der Symbolfunktion von Musik bedienen wie sie von ihr zehren. In einem Theorierahmen, der diese spezifische Musikpraxis des Staates von ihrer symbolischen Seite her begreift und einen besonderen Akzent auf die performative Komponente legt, kommen Bereiche ins Blickfeld, die man exemplarisch an zwei herausgehobenen Staatsorganen, dem Bundespräsidenten und dem Auswärtigen Amt als Teil der Bundesregierung untersuchen kann. Dabei stellen sich folgende Fragen:

Welche Musik erklingt bei den oben skizzierten Performances? Wer wählt diese Musik und die Aufführenden aus? Welche Kriterien gelten für die Auswahl? Welche Strukturen im politischen Apparat sind dafür zuständig? Welche finanziellen Mittel stehen dafür zur Verfügung (auch in Relation zu anderen repräsentativen Aufgaben)? Besondere Bedeutung haben Staatsbesuche im In- und Ausland: Bei eingehenden Staatsbesuchen etwa präsentiert sich die Bundesrepublik Deutschland mit einem Repertoire, das – intendiert oder nicht – nationale Identität ›performieren‹ soll. Ebenfalls aussagekräftig sind musikalische Veranstaltungen in den diplomatischen Vertretungen der Bundesrepublik Deutschland. Dort tritt besonders deutlich hervor, wie der Staat sich zeigen will und sich dann tatsächlich zeigt. Eine herausgehobene Rolle hat für das Thema auch der deutsche Bundespräsident: Welche musikalischen Veranstaltungen finden in seinen beiden Amtssitzen statt und wie kann man ihr Profil beschreiben? Vor allem auch: Welche musikbezogenen Redeanlässe nimmt der Bundespräsident wahr? Wie lauten jeweils die auf Musik bezogenen Botschaften?

Die Tagung diskutierte, wie sich das in Teilen neue Forschungsthema definieren und methodisch konzipieren lasse. Eine wichtige Frage bezog sich dabei auf das Material: Welche Quellenarten gibt es überhaupt, wie sind sie zugänglich, welche spezifischen Probleme stellen sich bei der Erschließung und Deutung? Das Zusammentreffen von erfahrenen Diplomaten und Vertretern der

Protokollebene mit Historiker*innen,[5] Musikwissenschaftler*innen und Politolog*innen sollte dazu dienen, diese Fragen im Dialog zu klären und ein Forschungsprogramm zu skizzieren, das sich mutatis mutandis auch auf der kommunalen, regionalen und europäischen Ebene ansiedeln ließe.

Die soziale Relevanz der kulturellen Performance

Zweifelte die Veranstalterin der Tagung zunächst noch an der Relevanz des Themas, so steuerte die verstärkte und fokussierte Reflexion auf musikalische Praktiken während der Covid19-Pandemie einen wichtigen Baustein bei: In empirischen Forschungsprojekten wurde die Rolle vom Musik Machen in jedweder Form während der unterschiedlichen Lock-Down-Phasen neu beleuchtet.[6] Gerade dadurch, dass live aufgeführte und rezipierte Musik fehlte, konnte sie in ihrer sozialen Funktion klarer beschrieben werden. In dieser Phase – in Deutschland wesentlich zwischen März und November 2020 – dokumentierten ungezählte Beispiele die Überzeugung, dass eine Live-Performance (in welchem Musikbereich auch immer) nicht komplett durch digitale Formate ersetzbar sei, weil soziale Funktionen in ihr nicht aufgehoben sind. Unter dem wirtschaftlichen Druck, den die geschlossenen Kulturbetriebe aushalten mussten und auch unter dem psychischen Druck, den die ihres Live-Publikums beraubten Künstlerinnen und Künstler empfanden, setzte sich die Formel von der ›Notwendigkeit‹ der Kultur weit an die Spitze gegenüber ihrem Unterhaltungs- und Bildungswert. Ein beeindruckendes Zeugnis dafür waren die täglich live gestreamten, stark nachgefragten Konzerte aus den Wohnungen von Künstlern, z. B. Daniel Hope, Igor Levit oder dem Andrej Hermlin Swinging Dance Orchestra. Wenn es noch eines Beweises für die seit Jahrhunderten beschriebene und von der Musikpsychologie empirisch erforschte Wirkung musikalischer Aufführungen bedurft hätte, so wäre er in den zahllosen einschlägigen Äußerungen während der Pandemie zu finden gewesen.

Diese Beobachtungen gaben unserer vorpandemischen Überzeugung neues Gewicht, dass Musik niemals ›nur Begleitung‹ sei und vor allem in den sozialen Akten ihrer Aufführung, eben den Performances, Ernst genommen werden

---

5 In diesem Band wird in einigen Beiträgen auf Wunsch der Autoren keine gendergerechte Sprache benutzt. Ein einheitlicher Sprachgebrauch ist somit nicht vorhanden (Anmerkung der Reihenherausgeberin).
6 Vgl. dazu die einschlägigen Forschungsergebnisse, die das 2020 von Niels Chr. Hansen und Melanie Wald-Fuhrmann begründete und in der Musikabteilung des Max-Planck-Instituts für empirische Ästhetik in Frankfurt/M. angesiedelte MusiCovid-Netzwerk bereits erbracht hat: https://www.aesthetics.mpg.de/en/research/department-of-music/musicovid-an-international-research-network.html (27.2.2023).

müsse. Was wir auf der Tagung im Januar 2020 andiskutiert hatten, fand sich nun in einem stark veränderten Kontext wieder. Es erhielt durch die beschriebene gesamtgesellschaftliche Erfahrung und die in diesem Zusammenhang geführten Debatten neues Gewicht.

Perspektiven auf das Forschungsdesiderat

Bereits vorliegende einschlägige Veröffentlichungen zu nationalen Fest- und Feierkulturen ebenso wie zu Fragen staatlicher Symbolik und politischer Ästhetik rekonstruierten und interpretierten zwar minutiös protokollarisch festgelegte Abläufe, übergingen jedoch in aller Regel den musikalischen Anteil an diesen Veranstaltungen (Einzelnachweise im Beitrag von Ruth Müller-Lindenberg).[7] Dies ist umso erstaunlicher, als die neuere Forschung verstärkt den Aufführungscharakter von staatlichen Akten in den Blick nahm, in denen die Musik ein besonders wirkungsvolles Element darstellte. Aufführungen aber sind Ereignisse. Die Theoriebildung zur Performativität und, genereller, zum Ereignis ermöglicht einen analytischen Zugang, der das Spezifische der Musik herauszuarbeiten und aufzuwerten vermag.[8] Denn sie ist weit mehr als eine gefällige und verzichtbare Zutat.

Zugleich ragt in das Ereignis Musikgeschichte hinein: Die aufgeführten Musikstücke und Werke tragen Bedeutungen mit sich, die sich dem Ereignis aufprägen können, ebenso wie eine besondere Art der Aufführung auf die Werke zurückwirken kann. Diese Vorgänge mit musikwissenschaftlicher Expertise genauer zu untersuchen, ist das Anliegen dieses Buches. Die Vergegenwärtigung eines Staates mittels erklingender Musik ist bislang in erster Linie für die Funktion und Geschichte von Nationalhymnen untersucht worden.[9] Diese mu-

---

7 2021 erschien erstmals eine materialreiche Studie aus musikhistorischer Perspektive, die jedoch den theoretischen Fundamenten für die Analyse der Aufführung wenig Aufmerksamkeit widmete: Thomas Sonner, Soundtrack der Demokratie – Musik bei staatlichen Zeremonien in der Weimarer und der Berliner Republik, Hamburg 2021.
8 Vgl. dazu in diesem Band Ruth Müller-Lindenberg, Die musikalische Performance des Staates oder: Warum stöhnt der Protokollchef?
9 Im internationalen Kontext siehe die neueren Publikationen von Samuel Mutemererwa, The national anthem. A mirror image of the Zimbabwean identity?, in: Muziki. Journal of music research in Africa 10 (2013), 1, S. 52–61; Karin Trieloff, Die Nationalhymne als Protest? Das »Deutschlandlied« im besetzten Rheinland nach dem Ersten Weltkrieg, in: Lied und populäre Kultur. Jahrbuch des Zentrums für Populäre Kultur und Musik 60/61 (2015/16), S. 313–331; Clemens Escher, »Deutschland, Deutschland, Du mein Alles!«: die Deutschen auf der Suche nach ihrer Nationalhymne 1949–1952, Paderborn 2017; Ross W. Duffin, Calixa Lavallée and the construction of a national anthem, in: The Musical Quarterly 103 (2020), 1/2, S. 9–32; Katalin Kim, Demythologizing the genesis of the Hungarian national anthem, in: Musicologica

sikalische Verbindung zwischen dem Staat und seinen Bürger*innen stellt sicherlich als Teil des staatsbürgerlichen Allgemeinguts das naheliegendste Beispiel dar. Das trifft insbesondere zu, weil die Hymne in den Verfassungen zahlreicher Länder als Bestandteil der Staatssymbolik festgeschrieben ist.[10]

Anders verhält es sich mit Musik, die konkret für einen Anlass ausgesucht wird und daher je nach Situation wechseln kann. Aufschlussreich ist in diesem Kontext, welche Faktoren die Auswahl bestimmen. Das können Vorstellungen von der in der Musik zum Ausdruck kommenden Würde des Ereignisses sein, aber auch die Verfügbarkeit von organisatorischen und finanziellen Ressourcen oder das Bemühen um Political Correctness. Dabei muss stets auch angenommen werden, dass die Logik institutionellen Handelns die Inhalte der staatlichen Veranstaltungen beeinflusst. Das führt zum Beispiel zu folgenden Fragen: Wer wählt die Musikbeiträge zu einem Staatsakt aus? Ist spezifische fachliche Expertise involviert oder handelt es sich nach Auffassung der Behörde um eine reine Protokollangelegenheit, die mit dem gebotenen Pragmatismus zu erledigen ist? Es liegt auf der Hand, dass die Bedeutungen, die aus staatlichen Veranstaltungen mit Musik emergieren, von diesen Vorentscheidungen, ob sie nun bewusst getroffen oder routinemäßig abgehandelt werden, stark beeinflusst sind. Letzten Endes kann man hier ablesen, wie viel einem Staat die Musik ›wert‹ ist.

Aufbau des Bandes

Im Zentrum steht zum allergrößten Teil die demokratische Regierungsform der Bundesrepublik Deutschland mit ihrer musikalischen Performance. Um eine möglichste breite Perspektive zu bieten, versammelt der Band verschiedene Textsorten. Neben der Verschriftlichung der Tagungsvorträge steht mit dem kommentierten Interview bzw. Vortrag eine besondere Primärquelle zur Verfügung, die Impulse für zukünftige Forschungen geben kann. Ehemalige Botschafter und hohe politische Beamte berichten quasi als Zeitzeugen von ihren Erfahrungen und Beobachtungen im dienstlichen Alltag. Vertreterinnen und Vertreter aus der Fachwissenschaft reagierten in einem stummen Dialog mit Fragen, Ergänzungen oder Kritik zur Einordnung oder Perspektivierung des oral überlieferten, einzigartigen Wissens.

In ihren Beiträgen nähern sich die Autorinnen und Autoren dem Thema aus musikwissenschaftlicher, philosophischer und ethnologischer Perspektive an. Rainer Bayreuther nimmt in seinem Text zum Großen Zapfenstreich eine on-

---

Austriaca. Journal for Austrian music studies 2021 <https://musau.org/parts/neue-article-page/view/103> (22.2.2023).
10 Das trifft allerdings nicht auf die Bundesrepublik Deutschland zu.

tologische Analyse des Zusammenhangs von Musik und Politik vor. Sein Ausgangspunkt ist die Ereignishaftigkeit beim Zusammentreffen von Musik und Politik. Einige Fallanalysen, die im engeren Sinne den Staat im Blick haben, exemplifizieren diese spezielle Ontologie: der Große Zapfenstreich, der ein in der Verfassung vorgesehenes Ereignis abschließt; der zahlreiche musikalisch-politische Einzelereignisse enthaltende Bericht eines hochrangigen Diplomaten; die Verwendung des Begriffes »Begleitmusik« in der Eurokrise 2010 bei dem Versuch, dieser durch Eingriffe in das Vertragswerk der EU entgegen zu treten. Der Autor wirft dabei auch die Frage auf, warum der Staat überhaupt zu musikalischen Maßnahmen greift. Ausgehend von der These, dass Identifikation und Performanz von Verfassungselementen nie aus diesen selbst heraus möglich seien, bestimmt Bayreuther die Musik als diejenige Energie, die dazu von außen zugeführt werden müsse.

Der Beitrag von Ruth Müller-Lindenberg zur musikalischen Performance des Staates begründet mit Bezug auf die Theorie der Performativität die Bedeutung von musikalischen Staatsperformances, hier verstanden als alle Anlässe, bei denen der Staat sich mit Musik umgibt. Um dieses Thema gegenüber ähnlich ausgerichteten, teils älteren Forschungsansätzen klar zu profilieren, werden die Begriffsgeschichten und Forschungsdiskurse um Selbstdarstellung, Inszenierung und politische Symbolik ebenso wie Ästhetik des Staates skizziert. Die Spezifik der Musik erweist sich in diesem Kontext dort, wo vor allem der Aufführungscharakter der vom Staat veranstalteten Performances im Zentrum steht: Sie sind einmalig und einzigartig. Sie ermöglichen die Emergenz von Sinn, ohne dass dieser Vorgang sich allein auf die Intentionen der Verantwortlichen zurückführen ließe. In der Dynamik des Präsentischen liegt das Potenzial, den abstrakten Begriff des Staates immer wieder neu zu modellieren, der ästhetischen Erfahrung zugänglich zu machen und dadurch zu verändern.

Volker Kalisch widmet sich der Gegenseite der Demokratie, indem er die Performance der NS-Diktatur untersucht, die sich in ihren Inszenierungen der Musik bediente. Waren dies u.a. öffentliche Situationen unter der Beteiligung von Massen, so war die Vergegenwärtigung von Macht und von Restriktionen nach Innen durch Verwaltungsorgane und Gesetzgebung geregelt. Die Kontrolle des Musiklebens erfolgte durch die Zulassung oder den Ausschluss von Musikschaffenden, wobei der Staat die Oberhand über seine Akteur*innen behielt, die die Musik im staatskonsolidierenden Sinne zu gestalten hatten. Konkret zeichnet Kalisch diese Situation am Fallbeispiel eines nicht identifizierbaren Düsseldorfer Musikers nach. Diesem wurde mit Ausschluss aus der Reichmusikkammer sukzessive die Arbeitsberechtigung in sämtlichen musikalischen Betätigungsfeldern und damit seine Existenzgrundlage entzogen.

Yvonne Wasserloos nimmt die Bedeutung von öffentlichen Staatszeremonien in Deutschland in der ersten Hälfte des 20. Jahrhunderts und nach 1945 in den

Blick. Der Wandel nach politischen Zäsuren in Gestaltung, musikalischer Auswahl und personeller Beteiligung rekurriert auf das neue Selbstverständnis eines Staates nach dem Umbruch. Als besonders aussagekräftig, da als Form staatlicher Trauer ritualisiert, kann der Staatsakt mit Staatsbegräbnis gelten. Der Bogen wird über diverse politische Systeme, von der Weimarer bis in die Bonner Republik gespannt, um eine vergleichende Einordnung anhand der Modifikationen in der Ausrichtung des Staatsbegräbnisses vorzunehmen. Die Frage stellt sich, inwiefern und in welcher Art sich eine Regierungsform durch solche musikalischen Zeremonielle abbildet. Im Fokus steht der Staatsakt für den 1967 verstorbenen Alt-Bundeskanzler Konrad Adenauer. Nach dem Zivilisationsbruch im NS-Regime bedeutete dieses Ereignis den ersten großen, von der Weltöffentlichkeit beobachteten ›Auftritt‹ der Bundesrepublik Deutschland. Im Beitrag wird untersucht, wie sich die junge westdeutsche Republik präsentieren wollte und welche Rolle die Haltung zum Vorgängerstaat dabei spielte.

Nepomuk Riva diskutiert in seinem Essay diverse offizielle Veranstaltungen mit dem Bundespräsidenten im Hinblick auf das Verhältnis zwischen politischem ›Versprechen‹ von Amtsinhabern und ›Ausführung‹. Dabei ermittelt er Diskrepanzen, etwa wenn die musikalische Gestaltung dem erklärten Ziel, möglichst alle Bundesbürger*innen anzusprechen widerspreche. Riva kritisiert dies und zeigt Möglichkeiten auf, Anspruch und Wirklichkeit stärker in Einklang zu bringen.

Die Beiträge aus der ›Praxis‹ umfassen den Bericht von Martin Löer über zahlreiche Veranstaltungen mit Musik in den Amtssitzen des Bundespräsidenten, wo der Autor jahrelang als Chef der Protokollabteilung fungierte; außerdem die schriftliche Fassung eines Interviews, das Ruth Müller-Lindenberg mit Christoph Habermann über seine musikalisch-politischen Erfahrungen als Abteilungsleiter zunächst in der nordrhein-westfälischen Staatskanzlei, dann im Bundespräsidialamt geführt hat und schließlich die schriftliche Fassung des Vortrags von Botschafter a.D. Michael Worbs über seine Beobachtungen und eigenen musikalischen Impulse auf verschiedenen Auslandsposten und als Präsident des Exekutivrates der UNESCO. Um Perspektiven für die weitere wissenschaftliche Behandlung des Themas zu eröffnen, wurden diese drei Texte, die man teilweise als Quellen aus der Oral History bezeichnen kann, vom Wissenschaftler*innen-Team mit Kommentaren versehen. Dem Experiment stimmten alle Beteiligten gerne zu und es ergaben sich aus dem Zusammentreffen von politischer Praxis mit wissenschaftlicher Expertise teils überraschende Denkansätze.

Literatur

Ross W. Duffin, Calixa Lavallée and the construction of a national anthem, in: The Musical Quarterly 103 (2020), 1/2, S. 9–32.

Clemens Escher, »Deutschland, Deutschland, Du mein Alles!«: die Deutschen auf der Suche nach ihrer Nationalhymne 1949–1952, Paderborn 2017.

Katalin Kim, Demythologizing the genesis of the Hungarian national anthem, in: Musicologica Austriaca. Journal for Austrian music studies 2021 <https://musau.org/parts/neue-article-page/view/103> (22.2.2023).

David Maier, Auswärtige Musikpolitik. Konzeptionen und Praxen von Musikprojekten im internationalen Austausch, Wiesbaden 2020.

Sabine Mecking/Yvonne Wasserloos (Hg.), Musik – Macht – Staat. Kulturelle, soziale und politische Wandlungsprozesse in der Moderne, Göttingen 2012.

Molière, Le Bourgeois gentilhomme (1617).

Samuel Mutemererwa, The national anthem. A mirror image of the Zimbabwean identity?, in: Muziki. Journal of music research in Africa 10 (2013), 11, S. 52–61.

Thomas Sonner, Soundtrack der Demokratie – Musik bei staatlichen Zeremonien in der Weimarer und der Berliner Republik, Hamburg 2021.

Karin Trieloff, Die Nationalhymne als Protest? Das »Deutschlandlied« im besetzten Rheinland nach dem Ersten Weltkrieg, in: Lied und populäre Kultur. Jahrbuch des Zentrums für Populäre Kultur und Musik 60/61 (2015/16), S. 313–331.

Rainer Bayreuther

Begleit-Musik. Zur Ontologie staatlicher Musik am Beispiel des Großen Zapfenstreichs

1. Der ontologische Charakter von Musik und Staat

Seit die Griechen Politik und Musik in einen sachlichen Zusammenhang rückten (etwa Platon in der *Politeia* und den *Nomoi*[1]), lag es nahe, diesen Zusammenhang über eine politische und eine musikalische Analyse der Materien zu erhellen. Man konnte politische Prozeduren identifizieren, in denen Musik vorkommt. Sie finden sich ohne Mühe in allen politischen Systemen quer durch die Geschichte und über den Globus. Die Menge der musikalischen Rädchen im politischen Getriebe war mal größer, mal kleiner, aber immer, selbst in den durchbürokratisierten Systemen, war sie beträchtlich und verlangte nach Identifizierung. Man konnte auch die Musik identifizieren, in der Politik vorkommt. Genaues Hinsehen brachte hier erhebliche Mengen zutage, sei es dass der politische Anlass des Musizierens auf die musikalische Semantik abfärbte, sei es die politische Semantik der musikalischen Materialien wie Texte und Melodien oder die der musikalischen Aufführung wie Instrumente, Inszenierung und Ausführende.

Solche politik- oder musikwissenschaftlichen Untersuchungen können jedoch nicht selbst das Fundament legen, auf dem der Zusammenhang von Musik und Politik explizierbar ist. Die Politik kann sich bei der Frage, welche musikalischen Rädchen es in ihrem Getriebe gibt und geben muss, nicht auf sich selbst verlassen. Sie hat, wie Oliver Marchart herausstellte, keinen archimedischen Punkt, von dem her sich die politischen Elemente und Strukturen bilden.[2] Das hat zur Folge, dass der politische Gehalt von musikalischen Gegenständen und Performanzen letztlich unerklärlich bleibt. Das Problem ist nicht nur, dass er sich ändern könnte. Das Problem ist, dass aus den dunklen Tiefen des Politischen Musiken aufsteigen können, die bislang gar nicht als politisch identifiziert wurden, so dass eine Analyse ihres politischen Gehalts immer zu spät kommt,

---

[1] Etwa Platon, Politeia 394bff.; Nomoi 652ff.; Aristoteles, Politik VIII,3ff.
[2] Oliver Marchart, Die politische Differenz. Zum Denken des Politischen bei Nancy, Lefort, Badiou, Laclau und Agamben, Berlin 2010, S. 17.

nämlich erst dann, wenn sie mit den Begriffen einer gegebenen Politik detektiert wurden. Der Fokus der Analyse muss daher stets von den gegebenen politischen Elementen und Strukturen (die ich mit Alain Badiou[3] Verfassungselement und Verfassung nenne) zu den Vorgängen hin verschoben werden, die sie hervorbringen (im Fall der Genese von politisch Neuem) oder die für ihre Instantiierung sorgen (im Fall der Performanz von wohlbekannten Verfassungselementen, also der staatlichen Performance).

Dem stehen kategorische Schranken im Weg. Das Präpolitische, das nach Überschreiten einer zukünftigen Schwelle politisch geworden sein wird, lässt sich weder benennen noch finden. Politische Musik in diesem absolut generativen Begriff des Politischen ist kategorial unauffindbar. Ihre Polizität kann erst ex post, nach einem Zustand des Chaos und der Revolte erfasst werden. Die Musikontologie dieses Vorgangs zu analysieren ist eine äußerst schwierige und eigenständige Thematik, die hier nicht weiter verfolgt wird. Die Studie beschränkt sich auf die ontologische Analyse der Musik, deren Polizität von vornherein gegeben ist. Dieser Umstand macht es vielleicht leicht, staatliche Musik aufzufinden, für die Art und Weise der Staatlichkeit dieser Musik hilft er kaum weiter. Zwar bleiben viele Studien zum Thema bei der äußerlichen Nähe eines politischen und eines musikalischen Ereignisses – Musik bei Herrscherhochzeiten, bei Friedensschlüssen und so weiter – stehen und meinen, hier sei der wesentliche Ansatzpunkt schon gefunden. Das ist ganz und gar nicht der Fall. Die Distributionsregeln der Verfassungselemente, der Diskurs, wie die Diskurstheorie sagte, bleiben ihrem Wesen nach uneigentlich. An ihnen aber richtet sich die musikalische Performance des Staats aus.

Die Vorgänge in diesen dunklen Tiefen der Genese und der Verteilung von Verfassungselementen sind allerdings denkbar. Sie stehen nicht außerhalb der Ontologie. Sie können gedacht werden, indem ihre Seinsweise gedacht wird. Mit ihr kann, wenn schon nicht das Warum, so immerhin das Wie des Vorgangs gedacht werden, mit dem etwas von der Unsagbarkeit in die Sphäre des politisch Sag- und Repräsentierbaren rückt. Und mit ihr kann das Wie des Vorgangs gedacht werden, mit dem ein sagbares Verfassungselement in die Sphäre des faktisch Gesagten und wiederholt Sagbaren rückt.

Ich bin der Auffassung, dass eine ontologische Analyse des Zusammenhangs von Musik und Politik an genau den Stellen relevant und unabdingbar wird, an denen ein politisches Element seine Seinsweise so fundamental ändert, dass diese Veränderung selber der eigentliche politische Vorgang ist. Auch wenn jener Vorgang sich in politischer Semantik, musischer Ästhetik und vielleicht auch religiöser Metaphorik materialisiert, bleibt er selber ontologischer Natur. Freilich

---

3 Alain Badiou, Das Sein und das Ereignis (orig. L'Être et l'évènement, 1988), Berlin 2005, Meditation 8 (S. 113–122) und Meditation 9 (S. 123–130).

ist für die politische und musikalische Analyse am Ende die Materialisierung der Gegenstand des Interesses. Ab einem gewissen Punkt der Analyse müssen Musik- und Politikwissenschaft also hinzukommen. Fundieren wird indessen diese Analysen immer nur die ontologische Arbeit können.

Es ist nicht nur sprachliche Geschmeidigkeit, Politik und Verfassung als Vorgänge zu fassen. Politische Entitäten wie zum Beispiel eine politische Aussage oder eine Gruppe, die diese Aussage macht oder fordert, sind nur im Stadium des politisch Sag- und Repräsentierbaren fraglos da, sie können sozusagen in der Zeitung stehen. Wenn wir aber das Wie des Vorgangs für den entscheidenden Punkt an der Sache halten, müssen wir seine Ereignishaftigkeit in den Blick nehmen. Ohne die Ereignishaftigkeit wäre kaum verständlich, warum ein Politikum einen intrinsisch musischen Aspekt haben soll. Auch das positive Recht ist keinesfalls eine statische Sache. Selbst wenn man hervorhebt, dass Recht angewendet und durchgesetzt werden muss, wäre seine Vorgangshaftigkeit noch unterbestimmt. Bereits das Hin- und Darstellen eines Verfassungselements ist prozesshaft, und dass es vielfach nach Musik verlangt, und sei es nur in dem, was landläufig Bekräftigung, Symbolisierung oder Zeremonie genannt wird, deutet auf seine verborgene Prozesshaftigkeit hin. Da ich alle diese Vorgänge für im Kern ontologisch halte, wird es also um die Entstehung, Zirkulation und Transformation ontologischer Kategorien gehen und nicht nur um diese selbst. Erwähnenswert ist vielleicht, dass die Vorgänge von der Performativität unterschieden werden sollten, die in ihnen waltet. In welcher Weise ein politontologischer Vorgang performativ ist (im Sinne eines etablierten Begriffes von Performance, etwa im Anschluss an Derrida)[4], ist möglicherweise in jedem historisch konkreten Fall verschieden und ergibt sich erst in einer Fallanalyse.

Ich werde diese ereignisförmige Ontologie des Zusammenhangs von Politik und Musik entlang dreier Fallanalysen erörtern. Die Richtung, die ein politisches Ereignis gemäß seiner inneren Ontologik gewöhnlich nimmt (und man wird kaum klarstellen müssen, dass das etwas anderes ist als die Chronologie des Ereignisses), durchlaufe ich dabei rückwärts.

Ich beginne beim deutschen Großen Zapfenstreich, der als durch und durch positiviertes Verfassungselement am Ende eines politischen Ereignisses steht. Flankiert wird die Ontologie dieses Ereignisstadiums durch einige Beispiele aus dem Bericht von Michael Worbs.[5] Was Musik und Staat am Anfang der Bildung eines Verfassungselements miteinander zu tun haben, erörtere ich an dem Begriff »Begleitmusik«, der beiläufig in der Eurokrise ab 2010 fiel.

---

4 Jacques Derrida, Déclarations d'Indépendance, in: New Political Science 15 (1986), S. 7–15; ders., Signature évènement contexte (1971), ed. in ders., Limited Inc., Paris 1988.
5 Siehe dazu den Beitrag von Michael Worbs in diesem Band.

Das Zeremoniell des Großen Zapfenstreichs[6] ist ein verfasstes Element innerhalb eines umgreifenden verfassten Elements, das wiederum Element der generellsten deutschen positiven Verfassung ist, dem Grundgesetz (GG). Art. 87a gebietet die Landesverteidigung, über die der Verteidigungsminister (Art. 65a) oberste Entscheidungsbefugnis hat. Das Verfassungselement der Landesverteidigung ist als Bundesbehörde organisiert, die sie exklusiv durchführt: das Bundesverteidigungsministerium. Die Zentrale Dienstvorschrift (ZDv), seit 2020 nach und nach in die Allgemeine Regelung (AR) überführt, ist die Geschäftsordnung, die sich die Behörde gegeben hat und nach der sie arbeitet. Im Teil 10/8 »Militärische Formen und Feiern der Bundeswehr« der ZDv, Absätze 201–236, ist die Durchführung des Großen Zapfenstreichs verfasst. Die ZDv 10/8 wurde am 3. Juni 1983 vom damaligen Bundesverteidigungsminister Manfred Wörner erlassen, gezeichnet vom damals amtierenden Generalinspekteur der Bundeswehr Wolfgang Altenburg. Der Zapfenstreich wie auch die vielen weiteren Regelungen der ZDv sind also abgeleitete positive Verfassungselemente aus dem übergeordneten positiven Verfassungselement Art. 87a des Grundgesetzes. Mit den Verfassungselementen der ZDv sind die möglichen Anlässe, an denen die Durchführungsbestimmungen des Zeremoniells in eine reale Durchführung überführt werden dürfen, genau geregelt. Es ist auch geregelt, dass es ausschließlich zu diesen Anlässen erlaubt ist, ein zentraler Punkt der Verfassung, auf den wir zurückkommen.

In seinen historischen Anfängen im 16. Jahrhundert markierte der Zapfenstreich das Ende eines Abends, an dem die Soldaten von der militärischen Befehlsgewalt entbunden waren (also nach Dienstschluss, am Wochenende usw.). Solch ein Abend wurde üblicherweise in der Kneipe verbracht. Sein Ende wurde im Wortsinn eingeläutet von einem Offizier, der die Soldaten aus dem abendlichen Freigang zur Nachtwache zurückrief. Zusammen mit einem Trommler und/oder Pfeifern ging er durch das Lokal und schlug mit einem Stock auf den Zapfen des Fasses. Ab jetzt durfte nicht mehr ausgeschenkt werden und die Soldaten hatten sich in die Kaserne zurückzubegeben. Der Zapfenstreich in Verbindung mit der Musik markiert also den erneuten Beginn der militärischen Befehlsgewalt über die Soldaten.

Der Offizier und die Musiker sind Repräsentanten und Exekutoren einer verfassungsmäßig definierten Situation. Sie stellen exakt die Grenze zwischen der verfassungsmäßigen Situation der Befehlshoheit und der nichtverfassten Situation des Freigangs dar. In ersterer übt der Staat durch Repräsentanten, die

---

6 Zahlreiche Details zur Geschichte des Zeremoniells und zu den Aufführungen seit 1990 bei Thomas Sonner, Soundtrack der Demokratie. Musik bei staatlichen Zeremonien in der Weimarer und der Berliner Republik (= Diss. Hochschule für Musik und Darstellende Kunst Stuttgart 2020), Hamburg 2021, S. 357–447.

er durch seine Verfassung definiert hat, Offizier und Musiker nämlich, Kontrolle über andere ebenfalls verfassungsdefinierte Elemente aus, die Soldatinnen und Soldaten. Man bedenke, dass die Phase vor dem Zapfenstreich so etwas wie eine verfassungsfreie Zone ist, in der diese Elemente nicht existieren. Wer sich in der Kneipe tummelte, konnte nicht nach Soldaten und Offizieren, nach militärischen und zivilen Personen unterschieden werden. Es konnte, etwa wenn jemand auf den Tisch oder das Fass trommelte oder ein Musikinstrument spielte und damit zur üblichen Geräuschkulisse einer derartigen Kneipe beitrug, auch nicht zwischen der zum Zapfenstreich gehörenden und anderer Musik unterschieden werden. Selbst die Linie zwischen Musik und Sounds dürfte äußerst verschwommen gewesen sein. Kurz, ohne die Verfassung des Zapfenstreichs machen die Entitäten in einer solchen Kneipe einen chaotischen Eindruck. Die Verfassung strukturiert sie wie von Geisterhand und macht sie umstandslos identifizier- und sagbar.

In der heutigen protokollarischen Verwendung des Zapfenstreichs (die das preußische Militär in den napoleonischen Befreiungskriegen installierte) ist diese Strukturierung nicht mehr auf den ersten Blick erkennbar. Eine undurchschau- und unsagbare Situation, die durch das Protokoll des Zapfenstreichs strukturiert würde, scheint gar nicht vorzuliegen, denn die ZDv setzt eine Reihe von exakt identifizierten Merkmalen einer Situation voraus, damit ein Zapfenstreich überhaupt stattfinden darf und am Ende genau das Zeremoniell gewesen sein wird, dessen Vorschrift die ZDv enthält. Wie wir aber sehen werden, ist das nur der Augenschein der Präskription. In der ontologischen Tiefe wird die ZDv 10/8 sich als genau dieselbe Strukturierung erweisen wie der Zapfenstreich in einer Spelunke der Bauernkriege des 16. Jahrhunderts.

2. Was der Fall ist und wer es feststellt: Die identifizierende Propositionalisierung

Fassen wir zunächst die in der ZDv 10/8 genannten Merkmale in drei Klassen zusammen:

Zum einen setzt die ZDv Anlässe voraus, die gegeben sein müssen, damit ihr Protokoll realisiert werden darf. Der Große Zapfenstreich »ist nur zu protokollarischen und besonderen militärischen Anlässen erlaubt« (ZDv 10/8 Abs. 208). Es muss also ein bestimmter militärischer Sachverhalt existieren und innerhalb seiner ein protokollarischer Teilsachverhalt. Ein Protokoll läuft nicht während eines Einsatzes ab; dort regiert gewissermaßen die Anarchie der absoluten Angemessenheit an die militärischen Umstände. Es steht an dessen Anfang oder Ende und hegt die punktuelle Anarchie der Umstände in eine

Verfassungsgemäßheit ein: in das Maß der Verfassung. Solche in der ZDv 10/8 genannten Sachverhalte sind das Ende großer Manöver und Einsätze. Es ist die Verabschiedung von Generälen, Admirälen, Generalleutnanten bzw. Vizeadmirälen sowie Befehlshabern der Territorialkommandos aus dem Dienst. Darunter werden, obwohl in der ZDv nicht ausdrücklich genannt, auch die Dienstenden und Geburtstage von politischen Amtsträgerinnen und Amtsträgern verstanden, mit deren Amt militärische Befehlsgewalt verbunden ist: dem Bundespräsident (Art. 59 Abs. 1 GG), dem Bundeskanzler (Art. 115a GG) und dem Bundesverteidigungsminister (Art. 65a Abs. 1 GG). Jubiläen werden als zeitliche Zwischenenden begriffen, und so ist bei einem Jubiläum der Bundesrepublik Deutschland, der NATO, der Bundeswehr oder einem ihrer Truppenteile ein Großer Zapfenstreich zulässig.

In einer zweiten Merkmalsgruppe, die die ZDv 10/8 regelt, werden die Ausführenden identifiziert. Der Große Zapfenstreich wird vom Wachbataillon ausgeführt. Aus dieser formal der Infanterie zugeordneten Abteilung wird jeweils eine Ehrenformation rekrutiert. Man wird die Ontologie dieser Bestimmung vielleicht erahnen, wenn man sich Alternativszenarien vorstellt. Gleich ob die Partitur des *Yorck'schen Marsches* von Ludwig van Beethoven WoO 18 notengetreu von den Wiener Philharmonikern oder den Wiener Symphonikern aufgeführt wird, es erklingt Beethovens Marsch. Würde das Protokoll des Zapfenstreichs zu einem gegebenen Anlass minutiös von einem Ensemble XY aufgeführt, wäre es immer noch kein Zapfenstreich, denn diese Ausführenden sind keine Ehrenformation des Wachbataillons der Bundeswehr. Selbst wenn Mitglieder des Wachbataillons zu einem passenden Anlass das Protokoll exakt umsetzen, sie aber nicht von einem befugten Amtsträger für eine Ehrenformation rekrutiert oder genauer: identifiziert wurden, handelt es sich nicht um einen Großen Zapfenstreich. Damit es sich um das Verfassungselement des Großen Zapfenstreichs handelt, können die ausführenden Individuen also nicht von der Ausführung her identifiziert werden. Nicht die, die das Protokoll eines Zapfenstreichs minutiös ausführen können oder faktisch ausführen, sind die Ausführenden (anders als der Sieger eines olympischen Marathonlaufs). Vielmehr wird die Ausführung von den Ausführenden her identifiziert: Wenn bei einem verfassungsgemäß identifizierten Anlass verfassungsgemäß identifizierte Personen etwas dem präskribierten Ablauf der ZDv 10/8 Ähnliches tun, wird es sich um einen Großen Zapfenstreich gehandelt haben. Es ist höchst eigentümlich für staatliche Musik wie die des Zapfenstreichs, dass die Identifikation der Individuen, die geehrt werden oder ausführen, nicht vom Ereignis des Zapfenstreichs her erfolgt, sondern von der Verfassung des Zapfenstreichs her.

Die dritte Merkmalsgruppe schreibt die optischen, choreographischen und musikalischen Merkmale des Großen Zapfenstreichs vor. Optisch muss die Ehrenformation den (in anderen Teilen der ZDv geregelten) Uniformordnungen entsprechend eingekleidet sein. Die Musizierenden der Ehrenformation tragen ihr Instrument. Die übrigen Mitglieder tragen teils Fackel, teils Gewehr. Der grobe Ablauf der Choreographie ist in den folgenden Absätzen der ZDv 10/8 festgehalten:

Abs. 224 Antritt der Ehrenformation

225 Lockmarsch

226 Ludwig van Beethoven: *Marsch des Yorck'schen Korps* WoO 18

227–228 Abschluss des Aufmarsches; die Soldatinnen und Soldaten haben ihren vorgesehenen Platz eingenommen

229 Meldung des Antritts durch den Kommandanten

230 Serenade (bis zu drei Musikstücke, die von der zu ehrenden Person ausgewählt werden)

231–232 Kommandos und Lockmarsch (anschließend als Traditionselement der Infanterie der *Preußische Zapfenstreichmarsch* und als Traditionselement der Kavallerie drei Fanfaren für die Versprengten, die Verwundeten und die Getöteten)

233 Gesungenes Gebet: *Ich bete an die Macht der Liebe* (Text: Gerhard Tersteegen 1729, Melodie: Dmitri Bortnianski)

234 Abschlagen der Trommel; Nationalhymne

235–236 Abtritt mit dem *Preußischen Zapfenstreichmarsch*

Nicht nur diese Abfolge der Teile ist in der ZDv 10/8 geregelt. In den genannten Absätzen sowie weiteren Anlagen sind der Wortlaut der Kommandos und die Formationen, in denen die Ehrenformation in den verschiedenen Phasen jeweils zu stehen hat, exakt niedergelegt. Es ist sogar festgehalten, wie die Aussprache der Kommandos phrasiert werden soll. Auch hier wieder lässt sich sagen, dass die Identifizierung des choreographischen und klanglichen Ablaufs von der Verfassung des Zapfenstreichs in der ZDv her erfolgt. Konkret heißt das, ein choreographisch-klangliches Ereignis, gleich wie es seiner materiellen Faktizität nach beschaffen war, wird ein Großer Zapfenstreich gewesen sein, wenn befugte Menschen die choreographisch-klanglichen Elemente des Ereignisses mit den Verfassungselementen der ZDv 10/8 identifiziert haben. Einzig darauf kommt es an. Das inoffizielle Motto des Wachbataillons »Semper talis« (»Immer gleich«) erübrigt sich damit im Grunde. Der Anspruch des Wachbataillons, alle seine Performances in minutiöser Gleichheit zu absolvieren, ist nicht durch die Akkuratesse der Ausführung eingelöst, sondern durch die befugte Identifizierung der Performance mit der Verfassung.

Über die Bestimmungen, welchen Personen bei welchen Gelegenheiten ein Großer Zapfenstreich zusteht, definiert die ZDv also Ort und Zeit des Geschehens. Mithilfe der Definitionen werden dann die Eigenschaften des faktischen Geschehens identifiziert. Von den im Prinzip unendlich vielen Eigenschaften, die ein faktisches Geschehen hat, ist das natürlich nur eine kleine Auswahl, der Rest fällt als irrelevant ins Nirwana des aus staatlicher Sicht Inexistenten. Mit der ZDv ist die vollständige räumlich-sachliche Kohärenz der staatlichen Situation des Großen Zapfenstreichs hergestellt. Es werden abstrakte Raum-Zeit-Punkte installiert, die der Dynamik und der ereignishaften Lokalität des politischen Geschehens enthoben sind. Während es einem Kommandanten ohne Zweifel freisteht, ein Gebetslied anstimmen zu lassen, wann und wo immer es ihm angebracht erscheint, etwa im Kriegsgeschehen oder nach dem glücklichen Ende einer gefährlichen Truppenübung, liegt der Raum-Zeit-Punkt des Gebets im Rahmen des Großen Zapfenstreichs jenseits der zukünftigen Offenheit politischer Vorgänge. Dort würde eine zeitlich-sachliche Kohärenz mit dem politischen Ereignis genuin gestiftet. Hier aber wird eine staatliche Kausalität installiert, in der konkrete Bedingungen definiert werden, die den Großen Zapfenstreich und jedes einzelne seiner Elemente quasi verwaltungstechnisch auslösen.

Mit diesem Definieren von Bedingungen bringt der Staat den an sich kontingenten und zukunftsoffenen Lauf der Dinge unter seine Kontrolle. Das Definieren der Bedingungen ist der entscheidende Punkt. Völlig unwichtig hingegen ist, dass die in der ZDv genannten Personen irgendwie bedeutsame politische Figuren sind. Wenn zum Beispiel in der ZDv unter den definierten Personen auch »beim Eintritt von R.B. in den Ruhestand« stünde, wäre eben ein weiterer staatlicher Raum-Zeit-Punkt definiert. Wie wichtig oder unwichtig R.B. dann ist, spielt keine Rolle, relevant ist nur, dass jenes Wesen als die in der Verfassung genannte Entität identifiziert wurde. Und ob es einen irgendwie bemerkbaren Zeitpunkt des Ruhestandsbeginns gibt oder ob diese Eigenschaft faktisch diffus bleibt – entscheidend ist allein, dass mithilfe der Definition in der Verfassung irgendeine Eigenschaft im Werdegang von R.B. als Ruhestandsbeginn identifiziert wird. Nicht dass die in der ZDv genannten Personen Amtsträger im Staat sind, macht sie zu einem Bestandteil der Verfassung des Großen Zapfenstreichs. Die ZDv macht sie zu einem Bestandteil der Verfassung des Großen Zapfenstreichs, indem sie sie be- oder vielmehr ernennt. Man darf sich die Verfassung nicht als eine Welt vorstellen, die in ihrem unbegrifflichen, evidenzgebenden Teil immer wieder neue Ästhetiken zuließe, von denen her die Interaktionslogik der Verfassungselemente beeinflusst und verändert würde. Die Verfassung definiert direkt die Verfassungselemente und ihre Logik.

Damit wird die Sphäre der politischen Welt übersprungen. Vermieden wird eine Bedeutungsoffenheit, in der in einer politischen Dynamik politische Bedeutsamkeit erst generiert werden könnte, wozu dann möglicherweise auch die Musik einen Beitrag leistet. Die staatliche Amtsträgerschaft ist aber keine politische Stätte, an der musische Vorgänge einen echten Eingriff in die Mechanik der staatlichen Elemente machen. Sie greift durch auf die konkreten staatlichen Elemente selbst, indem sie diese Elemente und die Mechanik ihrer Interaktion definiert. Die Musik, die von der ZDv für den Großen Zapfenstreich vorgeschrieben wird, kann folglich nie eine vorkonkrete musische Sphäre sein, die zum Beispiel Einfluss darauf ausüben könnte, ob das Vorkommnis »Eintritt von R.B. in den Ruhestand« würdig ist, ein staatliches Element zu sein oder nicht. Der Große Zapfenstreich und andere staatliche Musik werden immer wieder in diese Richtung missverstanden. Es ist nicht die Musik des Großen Zapfenstreichs, die beliebige Personen als Verfassungselemente inszenieren o. ä. würde. Es ist schlicht die gänzlich unmusische Verfassungsprozedur der ZDv, die die Verfassungselemente definiert.

Was tut die Verfassung hier mit der Wirklichkeit? Dass eine staatliche Performance kausal in die Wirklichkeit eingreift, ist trivial, jedes Handeln tut das. Wir fragen, ob das Geben eines Verfassungselements in die Wirklichkeit eingreift, bevor es durch staatliches Handeln instantiiert wird. Das Identifizieren einer Eigenschaft, die in der Verfassung steht, an der Wirklichkeit scheint ja nur ein epistemischer Vorgang zu sein und kein Eingriff. Am Faktenstrom eines musikalischen Geschehens einen nach der Kleiderordnung der ZDv angezogenen Menschen mit Trompete in der Hand zu identifizieren, der die Trompetenstimme aus dem *Yorck'schen Marsch* von Beethoven spielt, um zu der Erkenntnis zu kommen, hier laufe der Große Zapfenstreich ab, nimmt doch nur wahr, was der Fall ist.

Wenn wir die Sache ontologisch analysieren, stellen wir allerdings fest, dass genau hier der springende Punkt liegt. Es gibt eine kategoriale Kluft zwischen dem, was der Fall ist, und dem, was als die Elemente des Großen Zapfenstreichs identifiziert und ausgesagt werden kann. Den Sprung über die Kluft nennen wir identifizierende Propositionalisierung.

Die basalste ontologische Entität ist, dass an einem bestimmten Raum-Zeit-Punkt etwas der Fall ist.[7] Der Punkt ist eine Einzelheit mit einer Wie-Qualität. Ich bezeichne das als Sachverhalt. Wenn wir dieses Wie identifizieren und aussagen wollen, kommt eine prädikative Aussage der Form »a ist F« zustande. F ist eine Eigenschaft, die an einem Individuum, oder landläufig gesagt: einem Ding a instantiiert ist. »Das ist ein Soldat der Ehrenformation«, »Dieser Sound ist die Trompetenstimme des *Yorck'schen Marsches*«, »Dieses Geschehen ist der Große Zapfenstreich«, derartige Sätze benennen an Individuen bestimmte Eigenschaften. Mit den Propositionen sind wir aber über den basalen Sachverhalt schon hinausgegangen. Der Sachverhalt enthält kein Individuum. Es gibt Klanggesche-

---

7 Diese und die folgenden ontologischen Analysen beruhen auf einer Sachverhaltsontologie, wie sie namentlich Armstrong ausgearbeitet hat: David Armstrong, Sachverhalte, Sachverhalte. A World of States of Affairs, übers. von Wolfgang Sohst, Berlin 2004.

hen, das heißt Materieschwingung, aber es gibt nicht absolut voraussetzungslos jenes Bündel von Schwingungseigenschaften, das der *Yorck'sche Marsch* ist. Um jenes Bündel zu identifizieren und zu individuieren, benötigen wir die Eigenschaft, der *Yorck'sche Marsch* zu sein. Ein paar Raum-Zeit-Punkte mit der Eigenschaft, silbern zu sein, sind nicht schon per se eine Trompete. Erst von den Eigenschaften her lassen sich aus dem Wirklichkeitskontinuum Individuen herausschälen. Nicht viel besser ist es mit solch komplexen Eigenschaften wie, ein Soldat der Ehrenformation zu sein, eine Trompetenstimme des *Yorck'schen Marsches* zu sein, der Große Zapfenstreich zu sein und so weiter. Die Merkmale dieser Eigenschaften ergeben sich erst von den Individuen hier, die mit der Eigenschaft recht pauschal und phänomenal charakterisiert werden. Sie sind etwas völlig anderes und in gewisser Weise Nominalistischeres als die Wie-Qualität eines basalen Sachverhalts, die letztlich auf der Eigenschaftsebene der Naturgesetze stehen bleiben muss, weit unterhalb unseres phänomenalen Wahrnehmens. Eine Aussage wie »Dieser Sound ist die Trompetenstimme des *Yorck'schen Marsches*« ist also nicht nur in gewissem Sinn tautologisch, wenn das demonstrative »dieser« sich erst über sein Prädikat ergibt. Es ist eine petitio principii, denn um eine Eigenschaft zu bestimmen, wird ein Individuum benötigt, aber zugleich wird für die Bestimmung des Individuums die Eigenschaft benötigt. Die Beziehung zwischen dem basalen Sachverhalt und Propositionen der Form »a ist F« ist höchst asymmetrisch.

Über diesen logischen Spalt kann man nur mit einer gewissen Gewalt hinwegkommen, mit der man die eigene Episteme gegen die absoluten, ungegenständlichen und nichtphänomenalen Sachverhaltsentitäten durchsetzt. Das ist erst einmal der epistemische Normalfall und noch nicht im engeren Sinn staatlich. Wir extrapolieren aus der Wahrnehmung, dass hier diese und jene Eigenschaft instantiiert ist, ein gegenständliches Hier, und zwar indem wir dieses Hier sofort von einer weiteren prädikativen Seite her wahrzunehmen versuchen. So schält sich ein gegenständliches Hier heraus, das viele verschiedene Aspekte aufweist und dadurch eine eigenständige, eben individuelle Phänomenalität erhält. Wir haben denn auch semantisch kaum eine andere Möglichkeit, als Eigenschaften an individuellen Dingen instantiiert auszudrücken. So differenziert sich die ontologische Grundkategorie des Sachverhalts in die beiden ontologischen Teilkategorien des Individuums und der an ihm instantiierten Eigenschaft aus.

Wollte man den basalen ontologischen Sachverhalt direkt darstellen, wäre man auf der Ebene der physikalischen Gleichungen, die die elementaren physikalischen Größen zueinander in Relation setzt. Damit ist die letztlich materialistische und physikalistische Basis der Ontologie bezeichnet. Die seinsgeschichtlichen Entwicklungen auf dem Feld des Religiösen, Politischen und Künstlerischen rekurrieren stets auf diese Basis, ohne sie allerdings als solche explizieren zu können. Daher kommt es zu permanenten tektonischen Verschiebungen der Ontologien in diesen Feldern. In den Wissensgeschichten, auch den politischen und kunstbezogenen, hat diese ontologische Grundkonstellation den Effekt, dass das phänomenale Extrapolieren von Individuen und ihre anschließende individuelle Schärfung durch multiperspektivisches Betrachten von verschiedenen prädikativen Seiten, gewissermaßen ihr Brauchbarmachen für die alltägliche Kommunikation wie auch für die Staatsmaschine, immer neue Individuen hervorbringt, die durch immer neue Sets von Eigenschaften individuiert wurden. Je nach Multiperspektivität einer – wie die Lebensweltphänomenologen sagen würden – Lebenswelt schneiden wir die Welt immer neu und anders nach Individuen zu. Das beschränkt die vorliegende Analyse der Ontologie von Musik und Staat auf die moderne Demokratie. In einem nationalistischen Staat wie dem gegenwärtigen Myanmar und Indien, im französischen Absolutismus der Frühneuzeit oder in der vorsokratischen Polis sähe die identifizierende Propositionalisierung anders aus.

Fassen wir die feierlichen Situationen von Politik und Militär in der Bundesrepublik zunächst als eine solche Lebenswelt auf. Die Merkmale, die die ZDv benennt, zeigen leicht einsehbar auf, wie die Extrapolation von Individuen aus einem basalen Sachverhalt vor sich geht. Sie ist meist zugleich auch schon das staatliche Handeln, auf das wir hier hinauswollen, das wir aber für den Moment noch zurückstellen. Denn damit aus dieser Extrapolation eine dezidiert staatliche Ontologik wird, muss ein weiteres Kriterium hinzukommen, das wir im nächsten Schritt erörtern.

Beginnen wir beim ersten Merkmalskomplex, den Anlässen. Das Ende eines Manövers, das Ende eines militärischen Einsatzes, das Dienstende von Bundespräsidenten, Bundeskanzlern und Bundesverteidigungsministern sind durchweg Propositionen der Form »a ist F« mit Wahrheitsanspruch, der durch Rekurs auf einen zugrunde liegenden Sachverhalt einzulösen ist. Was dabei ist das Individuum (a), welche Eigenschaften (F) sind an ihm instantiiert? Die Individuen (a) sind das Manöver, der militärische Einsatz, die Amtsphase des Bundespräsidenten, Bundeskanzlers, Bundesverteidigungsministers. Es sind also Ereignisindividuen, keine gegenständlichen und auch keine humanen Dinge. Die von der ZDv als relevant identifizierte Eigenschaft (F) ist bei allen diesen Ereignissen, dass sie zu Ende gegangen sind. Für die in der ZDv benannten Jubiläen, an denen ebenfalls ein Großer Zapfenstreich durchgeführt werden kann, lautet die Eigenschaft, leicht modifiziert, dass die Dauer des Ereignisses (a) eine runde Zahl an Jahren erreicht hat.

An der Oberfläche der Alltagskommunikation hat es den Anschein, dass es diese Ereignisindividuen einfach gibt und dass man an ihnen die besagte Eigenschaft des Zu-Ende-Gehens oder eben andere feststellen kann. Aber der Schein trügt. Am deutlichsten vielleicht wird das bei einem militärischen Geschehen, nehmen wir etwa das Ende des Einsatzes der Bundeswehr in Afghanistan, das am 13. Oktober 2021 mit einem Großen Zapfenstreich in Berlin begangen wurde. Wann ist eine militärische Auseinandersetzung zu Ende, oder auch, wann fing sie an? Auf der Ebene der schieren Sachverhalte ist das eine überdauernde Frage, über die Historiker dicke Bücher schreiben, oft ohne am Ende die Frage definitiv zu beantworten.

Bewaffnete Auseinandersetzungen emergieren und eskalieren, sie diffundieren und deeskalieren, es beginnt mit Flüchen, Eierwürfen und Ohrfeigen, ausländische Mächte intervenieren erst mit Worten, dann mit ökonomischen und irgendwann mit militärischen Maßnahmen, es rollen Panzer und fliegen Kampfjets, danach diffundiert die Gewalt in Checkpoints und vorgehaltene Maschinengewehre, aus denen kein Schuss mehr fällt, der Konflikt ist transformiert und erstarrt in neuen Machtverteilungen, mit denen aber auch nicht alle zufrieden sind und ihrem sich aufstauenden Ärger in Flüchen, Eierwürfen und so weiter Luft machen. Solche Ereignisse haben, anders als manche physikalischen Ereignisse, keinen intrinsischen Beginn und Schluss, weil sie unendlich komplex verwoben sind mit vielen anderen Ereignissen. Kurz, auf der Sachverhaltsebene existiert keine Eigenschaft F, dass ein derartiges Ereignis zu Ende ist. Jenes F ergibt sich erst, wenn die propositionale Ebene aktiv wird, irgendeinen Teilsachverhalt aus dem Kausalkontinuum herausgreift und ihn als F identifiziert. Bekanntlich verlief das »Ende« des Bundeswehreinsatzes chaotisch: Ende Juni 2021 verließen die Soldatinnen und Soldaten der Bundeswehr und der übrigen NATO-Partner überstürzt das Land, ein Teil von ihnen musste im August des Jahres ebenso kurzfristig wieder in den Einsatz, um die Ortskräfte und verbliebene Truppenteile vor den vorrückenden Taliban zu schützen und zu evakuieren. Im Großen und Ganzen war der Einsatz Ende August beendet, in einzelnen, kleinen Aktionen dauert diese Phase aber nach wie vor an. In Politik und Öffentlichkeit entstand das Bedürfnis, ein Ende des Einsatzes sagbar zu machen. Diese Sagbarkeit wurde durch den Großen Zapfenstreich am 13. Oktober 2021 herbeigeführt. Ein Oberstleutnant, der während der Vorbereitungen zur Zeremonie interviewt wurde, sagte bezeichnenderweise: »Es ist tatsächlich etwas, das zu Ende kommt und mit diesem Appell auch ein offizielles Ende in einem würdigen Rahmen erfährt«.[8]

Der ontologische Vorgang sieht damit so aus: Aus dem per se chaotischen Kausalstrom der Ende-Phase des Einsatzes wird eine Eigenschaft F identifiziert, die geeignet ist, den Sachverhalt so zu strukturieren, dass aus ihm eine gegenständliche Entität extrapolierbar ist. Dieses F ist »der Große Zapfenstreich«, der, insofern er als begrenzende Eigenschaft aufgefasst wird (zeitlich gesagt, das Ende

---

8 Oberstleutnant Martin Holle im Interview mit der ARD 13.10.2021 <https://www.youtube.com/watch?v=rXQu_n_M20M> (8.11.2021).

des Einsatzes), aus der undurchsichtigen Sachverhaltskette des militärischen Geschehens in Afghanistan die Individuenentität »der Afghanistan-Einsatz der deutschen Bundeswehr« zu extrapolieren erlaubt. Wir ahnen bereits, welche konstitutive Rolle das audiovisuelle Geschehen des Zapfenstreichs dabei spielt, eine derartige Eigenschaft zu identifizieren.

Die weiteren in der ZDv genannten Anlässe für Große Zapfenstreiche können wir nun knapper behandeln. Ihre Ontologie funktioniert nach demselben Muster. Das Ende der Aktivität eines Bundespräsidenten, Bundeskanzlers oder Bundesverteidigungsministers ist im Detail ebenso diffus wie das des Afghanistan-Einsatzes. Es liegt nicht in der inneren Sachverhaltsontologik eines Handgriffs aus der Endphase der Amtszeit dieser Personen, der letzte zu sein. Erst wenn irgendein F identifiziert wird, das das Ende markiert, schält sich ein zeit-räumlicher Abschluss der Amtszeit und damit ihre Individualität heraus. Dieser ontologische Willküreingriff ist klassisches staatliches Handeln, und er besteht – neben anderen Handlungen wie etwa dem Überreichen der Entlassungsurkunde – auch aus dem Großen Zapfenstreich. Warum der Staat bei dieser ontologischen Operation zu einer künstlerischen Veranstaltung greift und es nicht bei einem bürokratischen Akt belässt, werden wir noch klären, es ist die Schlüsselfrage bei der Staatlichkeit von Musik.

Das Muster beherrscht auch die zweite und dritte Merkmalsgruppe. In der zweiten Gruppe lautet die Proposition, eine Ehrenformation aus dem Wachbataillon (a) führt den Zapfenstreich durch (ist F). Die Referenz der Eigenschaft ist nicht die sachverhaltsontologische Faktizität der Ausführung, sondern der selektive Akt des Rekrutierens der Formation. Mit ihm wird zuerst F und auf dieser Grundlage dann das Individuum a extrapoliert. Der Akt ist kein kontingentes Geschehen, sondern findet erst durch den identifizierenden und legitimierenden Eingriff der ZDv statt. Auch hier also bedarf es der propositionalisierenden Handlung der ZDv, um die ontologischen Elemente a und F im Sachverhalt a ist F zu bilden.

Ebenso evident ist das für die Propositionen zur Choreographie, Musik und Optik des Zapfenstreichs in der dritten Gruppe. An der Oberfläche des Alltagsbewusstseins mag man vielleicht denken, die Sounds, die von einer spielmannszugähnlichen Menschenansammlung ausgehen, sind der *Yorck'sche Marsch* von Beethoven, weil sie den entsprechenden Partituranweisungen von Beethovens Marsch ähneln. Nein, sie sind es deshalb, weil der propositionalisierende Akt der ZDv sagt, dass sie es sind. Wie ähnlich oder unähnlich im Detail die Sounds der Partitur faktisch auch sein mögen, die Sounds sind jener besagte Teil des Zapfenstreichprotokolls (F). Über die Identifizierung dieser Eigenschaft lassen sich dann, vergleichbar den ontologischen Operationen in der ersten Merkmalsgruppe, die raumzeitlichen Abgrenzungen aus dem kontingenten Kausalkontinuum der Materiebewegungen und Soundereignisse extrapolieren: Es hat sich individuiert zu diesem choreographisch-musikalischen Ereignis (a), das sich von dem Geschehen vorher und nachher abgrenzen lässt. Noch evidenter ist der ontologische Vorgang in der historischen Ursprungssituation des Zapfenstreichs. Das Bewegungs- und Klanggeschehen in der Kneipe hat ein noch einmal höheres Maß an Kontingenz, aus dem sich Flötenklänge und Schläge auf ein Stück Holz erst dann herausheben werden, wenn ein propositionaler Akt sie individuiert hat. Wie wir oben sagten: Was – im hart ontologischen Sinn von Eigenschaften und Individuen – die Ausführung ist, bestimmt sich von den Ausführenden her. Und was – im selben hart ontologischen Sinn von Eigenschaft und Gegenstand – die Ausführenden sind, bestimmt sich von der ZDv her.

Und was in der ZDv steht, bestimmt der Staat.

3. Das staatliche Handeln

Mit Badiou[9] behaupten wir, dass der Staat, gleich ob er als kommunistische, als repräsentative oder als basisdemokratische Demokratie verfasst ist, nicht an der Sachverhaltsebene der Realität ansetzt. Er interessiert sich nicht für die vielen kontingenten Einzelheiten selbst. Das Kurt Schumacher zugeschriebene Diktum, Politik beginne mit dem Betrachten der Wirklichkeit, ist ehrenwert, aber unrealistisch, ja falsch. Die Wirklichkeit, ontologisch als die unhintergehbaren Einzelheiten gefasst, kann sich politisch Bahn brechen. Diese generische Sphäre des Politischen folgt ontologischen Regeln, die wir hier nicht thematisieren. Sobald die Wirklichkeit betrachtet, also auf Propositionen hin identifiziert wird, hat sich ihre Phase längst wieder geschlossen. Die betrachtende Politik wird blockiert durch die beschriebene Kluft zwischen der Einzelheit selbst und ihrer Proposition a ist F. Was sie sieht, hört und sagt, sind F's an a's. Sie kann die Ebene der Sachverhalte auch gar nicht betrachten wollen. Was von dort der Politik an generisch Politischem entgegenschlägt, würde die Verfassung der Politik zur Disposition stellen.

Wenn sie auf ihrer verfassten Handlungsmacht beharrt, muss sie eine ontologische Ebene darüber agieren, auf der der Propositionen. Allerdings nicht so, dass sie eine Gewalt neben den vielen anderen Gewalten ist, die die Kluft überbrücken und eine Einzelheit in Form der Proposition a ist F aussagen. Sondern so, dass sie sich sicher sein kann, dass an der Einzelheit nicht unbegrenzt viele weitere Eigenschaften identifiziert werden. Sonst würde sie über kurz oder lang erodieren. Immer neue Eigenschaften eines Sachverhalts zu bestimmen heißt ja, die Welt immer neu nach Individuen zuzuschneiden. Die Politik wäre dann nicht in der Lage, die Individuen und ihre Eigenschaften in der Verfassung vorkom-

---

9 Badiou, Das Sein und das Ereignis, S. 124.

men zu lassen. Sie muss daher sicherstellen, dass eine gewählte Propositionalisierung zumindest für einen gewissen Zeitraum stabil ist und das Sehen, Hören und Sagen Aller präformiert. Der demokratische Vorgang der Repräsentation und der Gesetzgebung *ist* dieses Sicherstellen. In diesem Horizont, ganz und gar in ihm, bewegt sich staatliche Musik.

Was die Politik dafür konkret machen muss, ist, die Identifizierung von Eigenschaften und damit indirekt auch den Zuschnitt der Wirklichkeit nach Individuen zu regulieren. Veränderungen wird es dabei immer wieder geben. Jedes Gesetz und jede Verordnung ist eine Veränderung. Aber die Politik muss Herrin des Verfahrens bleiben. Und das heißt, sie muss die F's und a's repräsentieren. Ob sie sie positiv oder negativ sanktioniert, ist eine zweitrangige Frage, die von solch kontingenten Dingen wie Moralen, Interessen und Mehrheiten abhängig ist. Entscheidend ist, dass sie jede am Horizont des Politischen auftauchende Entität sanktionieren *kann*. Dazu muss sie die Identifizierung der Propositionen und ihrer ontischen Elemente einhegen.

Wie sie das tut, haben wir in den Grundzügen bereits im obigen Abschnitt beschrieben. Warum sie das tut, werden wir nun erörtern. Kurz gefasst: damit alle Propositionen, die auf denselben Sachverhalt referieren, dieselben Entitäten verwenden. Am obigen Beispiel gesagt: Alle, die das Bewegungs- und Klanggeschehen auf dem Platz vor dem Berliner Reichstag am 13. Oktober 2021 wahrnahmen, sollen es als einen Großen Zapfenstreich wahrgenommen haben. Sie sollen es als eine Instantiierung der ZDv 10/8 wahrgenommen haben. Wir bezeichnen dieses Handlungsmuster der Politik als staatliches Handeln.

Bei der Frage nach dem Warum muss ein weiteres Merkmal der staatlichen Propositionalisierung in den Blick genommen werden. Um die F's, die Eigenschaften der basalen Wirklichkeit, zuverlässig repräsentieren zu können, muss der Staat sie als Eigenschaftssets erfassen. Bevor wir das an den musikalischen Fällen aufzeigen, wählen wir ein einfaches Beispiel aus dem Einwohnermeldewesen. Im Melderegister (und auf dem Ausweis) muss jeder Person eine bestimmte Augenfarbeeigenschaft zugeordnet sein. Dass zwischen diesem F und dem zugrundeliegenden Sachverhalt die ontologische Kluft besteht, die wir oben skizziert haben, ist evident. Farben ›gibt‹ es nicht einfach, sie sind Wahrnehmungsphänomene, die auftreten, wenn der menschliche Sehsinn elektromagnetischen Wellen eines bestimmten Frequenzbereichs ausgesetzt ist. Je nach Augeneigenschaften und Alter der sehenden Person, auch je nach Lichtverhältnissen variiert die Farbwahrnehmung erheblich.

Einem Staatsdiener im Einwohnermeldeamt ist das aber egal. Seine Bestimmung einer Augenfarbeeigenschaft F referiert gar nicht auf die buchstäblich unzähligen Einzelheiten auf der Sachverhaltsebene. Um diese zu repräsentieren, muss und will er sich festlegen auf eine Augenfarbe, zeit- und ortsunabhängig, egal wie alt der vor ihm stehende Staatsbürger ist, gleich ob er im gleißenden

Sonnenlicht oder in einer abgedunkelten Behördenstube steht. Der Staatsdiener legt sich damit nicht nur auf eine Augenfarbe fest. Er legt sich auf ein Set von möglichen Farbeigenschaften des menschlichen Auges fest, nämlich zum einen alle möglichen Augenfarben in endlicher Anzahl, also etwa blau/grau/gelb/grün/braun und deren Mischformen untereinander. Zum anderen schließt er Mehrfachnennungen aus, die Eigenschaften sind also disjunkt. Warum ist die Festlegung auf eine Augenfarbe indirekt eine Festlegung auf alle anderen, nur ex negativo? Wenn es eine endliche Anzahl staatlich möglicher Augenfarben gibt, dann ist blau zugleich nicht-grau, nicht-gelb, nicht-grün und nicht-braun. Verkettet man alle Negative miteinander, ist die Augenfarbeeigenschaft sogar vollständig definiert. Die Augenfarbeeigenschaft »nicht-grau, nicht-gelb, nicht-grün und nicht-braun« ist identisch mit der Augenfarbeeigenschaft blau. Analog lässt sich das für die übrigen vier Farben durchdeklinieren. Sachverhaltsontologisch ist das ein hochriskantes Manöver. Die meisten Ontologen (und ich schließe mich dem an) sind der Auffassung, dass das Wie-Sein eines Sachverhalts kein negatives Pendant hat. Auf der Sachverhaltsebene ist die Negation eines F keine bestimmte andere Eigenschaft G, sondern einfach das Nichtinstantiiertsein von F. Es ist ein ontologisches Nirwana jenseits von F. Das Nirwana aber ist für den Staat gefährlich, denn er kann es nicht repräsentieren. Er schließt den Abgrund, indem er nicht nur F's, sondern endlich große Sets von disjunkten F's identifiziert. Die zentrale Performativität des Staats besteht darin, die disjunkten Sets von F's – und damit indirekt auch die a's, an denen sie instantiiert sind – stabil und repräsentierbar zu halten.

Bevor wir die staatliche Operation, disjunkte Eigenschaftssets zu identifizieren, auf die musikalischen Fallbeispiele anwenden, benötigen wir ein weiteres Detail. Es lässt sich ebenfalls schön am Meldewesen aufzeigen. Jedem Menschen, der in Deutschland geboren wird, muss nach § 21 Abs. 1 des Personenstandsgesetzes ein Geschlecht zugeordnet werden. Welche Möglichkeiten der Standesbeamte oder die Standesbeamtin hier hat, und seit der heiß diskutierten Änderung von 2019 muss man sagen: hatte, nannte das Gesetz nicht. Der Anschein, dass der Sachverhalt der Geschlechtsmerkmale mit anzahloffenen Eigenschaftsbildungen erfasst werden könnte, trügt aber. Tatsächlich war nur das disjunkte Eigenschaftsset männlich oder weiblich zugelassen. Paradoxerweise hat das genau die politische Kraft ans Licht gebracht, die dafür kämpfte, dass hier weitere Geschlechter genannt werden können. In dem 2019 ergänzten § 22 Abs. 3 sind neben der hinzugekommenen Option »divers« ausdrücklich männlich/weiblich genannt. Neben den drei disjunkten Eigenschaften macht aber eine vierte das Set erst komplett: Es darf auch keine Geschlechtsangabe gemacht werden. Keine Eigenschaft ist hier auch eine Eigenschaft, nämlich die disjunkte Alternative zu männlich, weiblich oder divers. So kalkuliert der Staat das Nirwana einer unkalkulierbaren Eigenschaftsbestimmung. Der staatliche Zweck ist offenkundig. Egal welche Eigenschaft jemand in den vielfältigen geschlechtlichen Sachverhalten erfasst, sie kann vom Staat als disjunkte Negativeigenschaft zu den drei übrigen gezählt und damit in weitere Verfassungskasuistiken eingebunden werden. Wir bezeichnen eine solche Eigenschaft als positivierte leere Negativeigenschaft.

Die hier vertretene These ist, dass bei der Eigenschaftsbestimmung von staatlichen Musikveranstaltungen stets eine positivierte leere Negativeigenschaft im Set möglicher Eigenschaften enthalten ist. Formal sieht das folgendermaßen aus. Gegeben sei ein musikalisch-choreographischer Sachverhalt, der irgendwelche Ähnlichkeiten mit dem Formular der ZDv 10/8 hat – zum Beispiel eine öffentliche Performance des Protokolls der ZDv 10/8 gestern durch R.B. Im Eigenschaftsset sind dann die beiden möglichen Eigenschaften enthalten: »ist ein Großer Zapfenstreich/ist kein Großer Zapfenstreich«. Es ist offenkundig, dass der Staatsdiener hier die negative Option benötigt, um den staatlichen Charakter der Entscheidung aufrechtzuerhalten. Durch die Option der Negativeigenschaft ist der Staatsdiener davon entbunden, das Geschehen als solches daraufhin zu untersuchen, ob es ein Großer Zapfenstreich war oder etwas anderes. Er hat die (mit Verbot sanktionierte) Negativeigenschaft zur Verfügung, die hier nicht mit der Performance selber, sondern mit der Befugnis zur Performance verbunden ist. Analog ergibt sich die Staatlichkeit der Identifikation in der Soldatenkneipe des 16. Jahrhunderts mit Gejohle und Gepfeife und allerlei Schlägen auf das Bierfass. Sowie das disjunkte Eigenschaftsset »ist der Zapfenstreich/ist nicht der Zapfenstreich« gegeben ist, kann sofort und ohne das Geschehen als solches zu untersuchen an der formalen Detaileigenschaft, dass hier eine Amtshandlung durch Offizier und Pfeifer vorliegt, eine zutreffende Eigenschaft aus dem Set bestimmt werden. Aus der ergeben sich dann weitere staatlich relevante Konsequenzen.

Die Negativeigenschaft ist also nicht die Abwesenheit oder Unmöglichkeit einer staatlichen Eigenschaftsbestimmung. Sie ist das genaue Gegenteil, die absolute Sicherstellung, dass der Staat und nur er eine Eigenschaftsbestimmung vorzunehmen in der Lage ist. Staatlich souverän ist, wer die Macht über die Negativeigenschaft hat. Unsere bisherigen Beispiele zeigen, dass diese Macht unterschiedlich installiert sein kann. Beim Zapfenstreich ergibt sie sich aus der ausschließlichen staatlichen Durchführungskompetenz, mit der die Negativeigenschaft hinterlegt ist. Bei der Bestimmung von Augenfarbe oder Geschlecht im Personenstandswesen besteht sie in der reinen Optionalität der Negativeigenschaft selber, ohne dass ihr irgendein Kriterium hinterlegt wäre.

Die Option der negativen Eigenschaft im staatlichen Sprechen über derartige Situationen bewirkt also, dass in einer gegebenen Situation auf jeden Fall eine der Möglichkeiten instantiiert ist, auch wenn der Sachverhalt an sich unspezifisch ist. Sie bewirkt zweitens eine Machtverlagerung. Die Macht zu sagen, was hier der Fall ist, geht auf den Staat über. Schon das gewöhnliche Aussagen einer Proposition verengt, wie wir oben gesehen haben, den Zugriff auf den wahrgenommenen Sachverhalt. Aber jede Aussage der Form »a ist F« könnte in einem ergebnisoffenen und zeitlich unabgeschlossenen Vorgang relativiert oder korrigiert werden durch eine Proposition »a ist G«, aber vielleicht eher H oder auch I und so weiter, und zwar, weil auch jede weitere Proposition auf den Sachverhalt referieren muss. Die staatliche Bestimmung dagegen kommt mit einem Eigenschaftsset, das die positivierte leere Negativoption enthält, zügig zu einem definitiven Ende. Wenn auf den gegebenen Sachverhalt prima facie keine der Positivoptionen zutrifft, dann auf jeden Fall die Negativoption, und damit ist man fertig. Entscheidend im eigentlichen Wortsinn ist die kontingente Feststellung einer Option aus dem Eigenschaftsset durch eine befugte Person. Auf den Sachverhalt selber als Wahrmacher kommt es gar nicht an. Wie eindeutig oder uneindeutig der Augenschein auch immer ist, der befugten Person reicht eine 51:49-Abwägung oder notfalls ein blanker Willkürakt. Ihre Feststellung ist der eigentliche Wahrmacher der Proposition. Just dadurch, dass sie das Negativ zur Verfügung hat, ist ihr das möglich. Ein Negativ zur Verfügung haben heißt politisch, den befugten Entscheidern ein lückenloses Eigenschaftsset an die Hand zu geben, mit dem sie gegebene Situationen als formal wahr prädizieren können, um jede vorkommende Situation mit staatlichen Bedeutungen zu belegen (und die Bedeutungen können zum Beispiel sein: Welches Gesetz greift hier? Welche Verwaltungsroutinen sind anzuwenden? Welche Rechte und Pflichten ergeben sich?).

In dem Bericht von Michael Worbs gibt es mehrere Evidenzen für die Hypothese des positivierten leeren Negativelements. Auf sie werfen wir einen ergänzenden Blick, zumal in ihnen einige weitere Facetten der Eigenschaftsontologie von staatlicher Musik deutlich werden. Beginnen wir bei der staatlichen Budgetierung für Musikveranstaltungen. Hier wird systembedingt ein Negativelement konstruiert, das leer scheint, dessen Positivierung aber bei genauem Hinsehen deutlich wird. Worbs schildert die Finanzierung von Auslandstourneen deutscher Orchester durch das Auswärtige Amt. Bei begrenztem Budget und großem Interesse mehrerer namhafter Orchester für die Mittel trifft der Leiter des zuständigen Referats eine Entscheidung, die für Orchester F und damit notwendigerweise gegen Orchester G ausfällt. Dass die Bundesrepublik Deutschland im Ausland durch Orchester F vertreten wird, ist die positive Eigenschaft im disjunkten Eigenschaftsset, aber das zieht unmittelbar die Identifizierung der Negativeigenschaft nach sich, dass Deutschland nicht durch Orchester G vertreten wird. Orchester G tritt nicht auf, das Publikum hört nicht die Klänge von G, aber das bedeutet keineswegs, dass die Eigenschaft G leer ist. Gleich nach welchen Kriterien im Referat die Entscheidung fiel, das Referat hat mit der Entscheidung für F zugleich die verworfene Option G im Kalkül, ergo positiviert. Falls zum Beispiel F und G gleich akzeptable Angebote machten und lediglich die Budgetgrenze für F und gegen G den Ausschlag gab, könnte das Referat daraus ableiten, in der nächsten Haushaltsphase G statt F zu wählen und das orchestermusikalische Bild Deutschlands in der Welt nach und nach um eine Farbe bunter zu machen. Auch falls das musikalische Programmangebot ausschlaggebend war und F ein passendes, G ein unpassendes Tourneeprogramm (man kann das erweitern: einen passenden/unpassenden Solisten oder Dirigenten) vorschlug, würde die ungespielte Musik (der nicht aufgetretene Solist/Dirigent) von G nicht im Nichts der Unsagbarkeit verschwinden. Sie würde markiert als sei es aktuell, sei es aus Prinzip unpassend und hinterließe eine klar konturierte Lücke, die im Umkehrschluss die Merkmale der Staatlichkeit der ausgewählten Programmeigenschaft F hervortreten ließe. Eine künftige Bewerbung von Orchester G wie auch eine künftige Programmauswahl im Referat wären davon nicht unbeeinflusst. Die Option G zieht, insofern sie gleich Nicht-F ist, Konsequenzen nach sich, an denen sich das künftige Handeln der staatlichen Akteure nolens volens ausrichtet. Sie ist ein Verfassungselement wie F auch.

Allein dadurch, dass eine Entscheidungsstruktur staatlicher Orchesterförderung mit abgegrenztem Budget und abgegrenzter Entscheidungskompetenz existiert, wird das Terrain der Orchestermusik arrondiert und in allen seinen Segmenten sagbar nach dem propositionalen Schema »a ist ein staatliches F«, positiv wie negativ, (aktual) faktisch wie (künftig) möglich oder (für immer) unmöglich. (Die Zeitspannen der eingeklammerten temporalen Adverbien sind nichts anderes als die Zeitspanne, in der dieser Staat existiert.) Die von Worbs beschriebene Entscheidungsstruktur der staatlichen Orchestertourneefinanzierung hat damit dieselbe ontologisierende Funktion wie die ZDv: Beide sind identifizierende Eingriffe, die die zugrundeliegenden Sachverhalte sagbar machen. Mit der Konstruktion der positivierten Negativeigenschaften sichert sich der Staat zudem die Entscheidungskompetenz – oder schlicht: die Macht – über das gesamte Sachverhaltsareal: Er sanktioniert positiv, er sanktioniert negativ, er allein. Es spielt auch keine Rolle, welche Regeln der Entscheidungsfindung gelten. Ob hinter der Identifizierung einer Eigenschaft F gleich Nicht-G die Einzelentscheidung eines Referatsleiters oder einer Referatsleiterin, die Mehrheit in einer Wahl durch Delegierte oder der Anruf eines Lobbyisten steht, das Eigenschaftsset hat exakt dieselben staatlichen Merkmale.

Das West-Eastern Divan Orchestra schildert Worbs als einen Fall, an dem die deutsche Kulturpolitik eine strategische Umorientierung versuchte. Statt eine Idee von Deutschland, repräsentiert durch eine bestimmte Orchestermusik (als deren ontologisches Muster wir umstandslos den obigen Fall ansehen dürfen), ins Ausland zu exportieren, wurde nun ein Dialog mit dem jeweils anderen Land angestrebt. Reformuliert man dies ontologisch, wird deutlich, dass die Sache entscheidend an der positivierten leeren Negativeigenschaft hängt. Die alte

Strategie, die auf Repräsentation durch und Export von deutschem Kulturgut setzte, konkretisierte das propositionale Muster »a ist F« so, dass die Eigenschaft F umrissen und abgesichert wurde durch Abgrenzung von einer Negativeigenschaft G. Die Vollständigkeit auf der prädikativen Seite der Proposition war Bedingung dafür, dass a auf der Individuumsseite eine ganze staatliche Entität ist. Für a konnte umstandslos Deutschland eingesetzt werden, genau darin bestand ja der Repräsentationsgedanke und die Befugnis durch die höchste außenpolitische Behörde der Bundesrepublik Deutschland. Wäre nämlich auf der prädikativen Seite das Eigenschaftsset unvollständig durch den fehlenden Abschluss mit einer Negativeigenschaft, bliebe unklar, ob die identifizierte Eigenschaft F, konkret das ausgewählte Orchester samt personeller und musikprogrammatischer Ausstattung, Deutschland insgesamt wirklich repräsentiert. Die Legitimität der Repräsentation hängt wesentlich am Negativelement; die Vollständigkeit auf der einen Seite ist Bedingung für die Gesamtheit auf der anderen. Die Lektion aus unseren anfänglichen ontologischen Überlegungen bewahrheitet sich unerbittlich. Hier wird nun auch der entscheidende Punkt an der Förderung des West-Eastern Divan Orchestra transparent. Er liegt in der gemischten oder genauer: hinsichtlich der personellen Zusammensetzung *offenen* Besetzung des Orchesters. Die prädikative Seite wird in einer Schwebe gehalten. Der personelle Kern des Orchesters sind israelische und palästinensische Musikerinnen und Musiker, es soll aber die Vorstellung offengehalten werden: Und wenn man iranische Musizierende einbezöge? und syrische? und kurdische? und christliche? Und so weiter. Diese Offenheit ist auch die gelebte Praxis des Orchesters. Das Gegenkonzept wäre die paritätische Besetzung nach festgelegtem Schlüssel, die aber sofort die Negativeigenschaft einer zahlenmäßig ungleichen Besetzung mit sich brächte. Nur das radikale Offenhalten der Zusammensetzung verhindert, dass eine Negativeigenschaft G gleich Nicht-F identifiziert werden kann. Dazu muss auch das Procedere offengehalten werden, die Eigenschaft F, also die jeweilige Zusammensetzung des Orchesters, zu finden. Mit dem Begriff des Dialogs, dem neuen strategischen Leitbegriff der auswärtigen Kulturpolitik, ist es gut auf den Punkt gebracht. Eine dialogische Offenheit verlängert offenkundig die politische Anstrengung in eine musikalische hinein und baut mit voller Absicht ein musikalisches Handicap auf, denn Orchesterarbeit mit ständig wechselnden Musikerinnen und Musikern ist mühsam, und eher der Weg des gemeinsamen Probens denn das Ergebnis eines allzeit perfekten musikalischen Resultats ist hier das Ziel. Vor allem aber hat das Offenhalten des Procederes die politische Konsequenz, dass der Offenheit und Unbestimmbarkeit auf der Seite des deutschen Staats eine Offenheit und Unbestimmbarkeit auf der Seite der außenpolitischen Adresse entspricht. Es bleibt offen, dem Dialog geöffnet, was das staatliche Gebilde im Nahen Osten zwischen Mittelmeer und Jordan genau ist. Legte man sich fest auf eine Nahostdoktrin, die des Existenzrechts Israels, die einer Zweistaatenlösung, die einer vollständigen Rückkehr der Flüchtlinge aus den Palästinakriegen in ihre alte Heimat, oder welcher anderen auch immer, würde man unmittelbar beide Seiten der Proposition wieder fixieren. Es könnten sozusagen die Quoten berechnet werden, nach der das Orchester zusammengesetzt zu sein hätte, und das Orchester könnte wieder eine fixe deutsche Verfasstheit in Sachen Nahostdoktrin repräsentieren. Echter, ergebnisoffener Dialog, wenn man ihn wirklich will, ist eine hoch riskante Sache, die bis an den Grund der Ontologie von Musik und Staat reicht.

Welche Brisanz positivierte Negativeigenschaften in der staatlichen Kulturpolitik haben können, zeigen Worbs' Schilderungen aus Kuwait. Das staatliche Verbot von öffentlichen Konzerten ist eine markante Negativeigenschaft, die die erlaubte Zone musikalischer Darbietungen, nämlich die religiöse Feier, als das positive Pendant scharf hervortreten lässt und sie als *die* musikalische Repräsentation des Staats Kuwait identifiziert. Die ontologischen Merkmale von Ganzheit und Vollständigkeit, die wir in der Extrapolation der a's und F's diagnostiziert haben, treten mit größter Klarheit zutage. Wie soll man vor diesem Hintergrund einordnen, dass es von dem Verbot Lizenzen gab? Hier sind zwei Lesarten möglich, die, wie ich vermute, auch beide praktiziert wurden, und zwar gleichzeitig, weil sie sich auf der Realitätsebene der Sachverhalte nicht ausschließen. Die eine Lesart ist die der westlichen Diplomaten, die jede Gelegenheit nutzten, in die Kommunikation zwischen dem jeweiligen Heimatstaat und dem kuwaitischen Staat ein bisschen Offenheit und Beweglichkeit, »Kultur eben« (Worbs) zu bringen. In dieser Lesart ist die Lizenz eine echte ontologische Arbeit gegen die Negation der Negativeigenschaft und damit gegen eine fixierte Verfasstheit der beiden Staaten. Die andere Lesart könnte, so meine Mutmaßung, die einiger reicher und mächtiger Kuwaitis gewesen sein, die bei den Veranstaltungen zugegen waren und zugegen sein konnten (für nichtreiche und nichtmächtige Kuwaitis blieb diese Welt verschlossen) und die qua Privilegierung gewissermaßen Wein tranken, während die Verfassung Wasser predigte. In jener Lesart hätte die Eigenschaft dieser Musikveranstaltungen keine Negation. Der entscheidende Punkt ist nicht die fehlende Negation selber, sondern dass dieses Fehlen den Effekt hat, die Frage nach der sei's gesetzten, sei's in der Schwebe gehaltenen Negativeigenschaft komplett verschwinden zu lassen. Es fehlt in dieser zynischen Lizenz der Reichen und Mächtigen für alles, wonach einem beliebt, somit die Bereitschaft, solche Veranstaltungen überhaupt als politische Räume im weitesten Sinn zu akzeptieren. Die Veranstaltungen sind für sie weder ein Ausnahmetatbestand in der Verfassung noch ein politisches, auf Dialog und politische Bewegung hin offenes Momentum. Sie sind einfach privat im harten Wortsinn des Begriffs privatus: dem Politischen absolut entzogen.

4. Die Distribution der Verfassungselemente

Mit hinreichender Deutlichkeit sollte sich nun das ontologische Muster gezeigt haben, nach dem installierte Verfassungselemente wie zum Beispiel die ZDv 10/8 oder auch nur Verfassungsontologiken wie das geschlossene Eigenschaftsset mit positiviertem Negativelement ein per se kontingentes klangliches Geschehen zu staatlicher Musik machen. Auch warum der Staat Musik in solche geschlossenen Eigenschaftssets zwingt, sollte klar geworden sein: aus dem Willen zur Macht, die keine nichtstaatliche Lücke in der Wahrnehmung der Realität lassen darf. Warum aber der Staat – und zwar empirisch gesehen so gut wie jeder Staat, seit den archaischen Anfängen der menschlichen Zivilisation – überhaupt mit Kalkül zu musikalischen Maßnahmen greift, blieb bisher im Dunkeln. Wieso interessiert sich ein Staat für Musik? (Sicher nicht aus Liebe zu dieser Kunst, auch wenn das bei vielen Staatsdienerinnen und Staatsdienern persönlich der Fall sein mag.) Wofür braucht er sie? Und gibt es ästhetische Merkmale von Musik, vielleicht auch in Abgrenzung zu den anderen Künsten, die seinem Willen zur Macht in die Hände spielen?

Der Griff zur Musik scheint einer Notlage zu entspringen, in der der Staat sich zuweilen befindet, und ihr müssen wir auf die Spur kommen. Vergegenwärtigen wir uns einen Fall, der jetzt zwölf Jahre zurückliegt. In einem internen Dossier des deutschen Auswärtigen Amtes von Ende November 2011 wurde ein Szenario entworfen, wie die Krise der europäischen Währung überwunden werden sollte. Vorgesehen waren nicht mehr nur geldpolitische Maßnahmen der etablierten europäischen Institutionen wie in den Monaten zuvor, die nichts zur Linderung der Krise beitragen konnten. Vorgesehen waren nun Eingriffe in das Vertragswerk der Europäischen Union: Im Dossier ist von einer »begrenzten Vertragsänderung zur Stärkung des Euro-Raums« die Rede. Das Budgetrecht sollte den nationalen Legislativen (zumindest teilweise, »begrenzt«) entzogen und in die Hände einer EU-Institution gelegt werden. Der Vorstoß war für die nationalen Legislativen eine neue und von außen eingreifende politische Gewalt. Verfassungsontologisch gesagt: Bisher stellten die nationalen Legislativen das Set an möglichen Eigenschaften des Staatshaushalts auf beziehungsweise arbeiteten auf der Grundlage bestehender Eigenschaftssets wie dem geltenden Steuerrecht, dem Vertrag mit der eigenen Zentralbank, gesetzlichen Etatbestimmungen und so weiter. Der deutsche Vorstoß zielte darauf, diese Sets aufzubrechen und sie so zu verändern, dass die besagte EU-Institution selber eine Eigenschaft im Set wäre. Freilich hätte dies das disjunkte Eigenschaftsgefüge der nationalen Sets komplett aufgemischt und es war nicht abzusehen, wie es mit der hinzugefügten Eigenschaft aussehen würde. In dieser Lage formuliert das Geheimpapier: »Wir werden

[...] viel ›Begleitmusik‹ brauchen, um unsere Partner zu überzeugen.«[10] Das Wort »Musik« aus dem Mund von Ministerialbeamten? Natürlich wird es metaphorisch verwendet, die originalen Anführungszeichen deuten es an. Worauf weist die Metapher? Man mache probehalber den Versuch, die Musikmetapher durch Metaphern aus den anderen Künsten zu ersetzen – man wird keine passende finden. Das ist eines von Myriaden Indizien, dass semantische Theorien des Politischen von Musik zu kurz greifen. Die Musik hat in der politischen Semantik ein eigentümliches Alleinstellungsmerkmal unter den Künsten, das noch genauer verstanden werden will.

Der entscheidende Ansatzpunkt für die Analyse des Szenarios ist, dass die vorgeschlagene neue Eigenschaft – Mitsprache der EU bei den nationalen Haushalten – durchaus konkret war, das Set der disjunkten Eigenschaften der jeweiligen nationalen Haushalte dadurch aber unklar wurde. (Hieran ist zu sehen, dass man sich vollständig auf der staatlichen Ebene des Umbaus von Verfassungselementen durch die verfassten Mächte selber bewegte; die Sphäre des Politischen wurde nicht berührt.) Rein verfahrensökonomisch hätte man denken können, hier wird am besten der direkte Weg gewählt und die Verfasser des Dossiers setzen sich mit den zuständigen Ausschüssen der jeweiligen Mitgliedsstaaten zusammen. Der Begriff »Begleitmusik« deutet aber an, dass man Umwege wählte, die auf ein Terrain führten, das mit dem Thema Budget gar nichts zu tun hat. Welche »Begleitmusik« man genau im Kopf hatte, wissen wir nicht. Welche auch immer, sie war das im Verhältnis zum eigentlichen Thema Budget Nutzlose, Überflüssige, zusätzliche Kosten und Mühen Erfordernde. Warum zusätzlicher Stress durch Musikveranstaltungen in schwierigen Situationen wie dem chaotischen Ende von Auslandseinsätzen oder ausweglosen Lagen in den Staatsfinanzen, wo diese doch Stress genug machen?

Offenkundig ist die Hoffnung, dass Musik eine letztlich lohnende Zusatzinvestition ist, um die politischen Aufgaben zu bewältigen. Um das einsichtig zu machen, müssen wir noch einmal den Blick auf die anfängliche ontologische Operation werfen. Das Bilden von Propositionen und das Extrapolieren von Dingen und Eigenschaften, die fortan als Verfassungselemente in der staatlichen Kommunikation firmieren, ist selbst schon ein Faktor von Kosten und Mühen. Die Individuen und Eigenschaften, die im Bürgerlichen Gesetzbuch stehen oder im Formular einer Verwaltungsprozedur anzukreuzen sind, sind ja nicht einfach da. Es kostete Zeit und Mühe, oft erbitterte gesellschaftliche Kämpfe, sie im chaotischen Urgrund der Einzelheiten zu identifizieren und an ihrer repräsentativen Kraft festzuhalten. Identifizieren und Performen von Verfassungselementen sind, um eine Metapher aus der Physik zu bemühen, eine endotherme Reaktion. Ihnen muss Energie zugeführt werden, damit sie stattfinden. Bei jedem

---

10 Beide Zitate nach DIE ZEIT vom 1.12.2011, S. 24.

noch so kleinen behördlichen Akt muss eine kleine Investition getätigt werden, in der Menge an Einzelheiten die vom (gesetzlich fixierten) Set zur Auswahl gestellten Eigenschaften zu identifizieren. Die zu investierende Energie mag im Behördenalltag gering und unbemerkt scheinen, aber der laufende Verfassungsbetrieb kann sie nicht aus sich selber erwirtschaften. Wenn schon die geringste Verwaltungsroutine endotherm ist, dann umso mehr eine staatsontologisch riesige Operation wie der Umbau des europäischen Finanzsystems. Meine These ist, dass die »Begleitmusik« genau jene Energiemenge ist, die nicht im verfassten System selber erwirtschaftet wird und von außen zusätzlich investiert werden muss.

Die »Begleitmusik« taugt zur Metapher, weil sie, vermutlich seit Homo sapiens ein sprachfähiges Wesen wurde, bei dem endothermen Vorgang der Identifikation und Performanz von Verfassungselementen höchst real praktiziert wurde. Wie das ontologisch vor sich geht, sind wir nun zu explizieren in der Lage. Die Repräsentation der Sachverhaltsebene durch die Propositionen der Verfassung ist möglich, wenn, wie wir gesehen haben, ein vollständiges disjunktes Eigenschaftsset bereit steht. In diese Vervollständigung des Eigenschaftssets muss die Energie investiert werden. In sie wird also auch die »Begleitmusik« investiert, just den Vorgang soll sie ja voranbringen. Sie bringt ihn voran, das heißt sie vervollständigt das Eigenschaftsset, wenn sie selber als Eigenschaft dem Set hinzugefügt wird, und zwar in der Funktion als disjunkte Negativeigenschaft. Sehr genau ist das am Zapfenstreich zu sehen. Der Zeitpunkt der in der ZDv verfügten Anlässe kann, wie gezeigt, schwer bis überhaupt nicht genau bestimmt werden. Ontologisch gesagt, es fehlt ein Element im disjunkten Eigenschaftsset, das irgendeine Einzelheit im Sachverhaltskontinuum als das Ende einer Amtszeit oder eines Einsatzes repräsentieren könnte. Niemand ist in der Lage, die Eigenschaft zu identifizieren. (Analog die Situation im November 2011 in der europäischen Haushaltskrise: Niemand war in der Lage, eine Eigenschaft zu konstruieren, die das Set haushaltspolitischer Maßnahmen des jeweiligen Mitgliedsstaats so vervollständigte, dass er in jeder denkbaren Lage eine wählbare Option hätte.) Diese ausweglose Lage ist die Stunde der Musik: Die Musik nimmt, ersatz- und zeitweise, die Position des unauffindbaren Elements ein, das das Eigenschaftsset vervollständigt und die Fortsetzung der staatlichen Performance sichert. Deutlich erkennbar ist sie das negative Element, denn zu ihr wird dann und nur dann gegriffen, wenn die Identifizierung mit allen positiven Verfassungselementen scheitert.

Wie der Staat das Chaos von Verfassungskrisen oder sogar Verfassungszusammenbrüchen durch Musik vermeiden kann, dafür ergeben sich grosso modo zwei Möglichkeiten. Die eine ist, die »Begleitmusik« half den staatlichen Akteuren auf die Sprünge und sie fanden irgendwann die gesuchte staatliche Eigenschaft. In diesem Moment wird die musikalische Eigenschaft als Verfassungselement überflüssig und aus der Verfassung wieder gestrichen. (So geschehen auf lange Sicht in der Eurokrise.) Übrig bleiben als marginale Erinnerungsspur vielleicht kurze Momente der Erschöpfung und Leere bei den Verwaltungsangestellten, die das positive Eigenschaftsset tagtäglich exekutieren müssen.

Die andere ist, dass die gesuchte staatliche Eigenschaft auf Dauer unauffindbar bleibt. Dann bleibt, um den Abgrund von Chaos und Bürgerkrieg zu vermeiden, nur, das hinzugefügte musikalische Element in der Verfassung zu belassen. (So geschehen in der Historie des Zapfenstreichs, der zum Großen Zapfenstreich der ZDv 10/8 wurde.) Je öfter man es performt haben wird, desto mehr verblasst sein anfänglicher negativer Charakter. Die Positivierung überdeckt ihn und macht es allmählich zu einer guten Tradition und schließlich minutiös vorgeschriebenen Dienstanweisung, so sicher und unfehlbar, »semper talis« in der Ausführung, dass der Abgrund, über den man da gerade schreitet, nicht mehr bemerkt wird.

Literatur

David Armstrong, Sachverhalte, Sachverhalte. A World of States of Affairs, übers. von Wolfgang Sohst, Berlin 2004.
Alain Badiou, Das Sein und das Ereignis (orig. L'Être et l'événement, 1988), Berlin 2005.
Jacques Derrida, Déclarations d'Indépendance, in: New Political Science 15 (1986).
Oliver Marchart, Die politische Differenz. Zum Denken des Politischen bei Nancy, Lefort, Badiou, Laclau und Agamben, Berlin 2010.
Thomas Sonner, Soundtrack der Demokratie. Musik bei staatlichen Zeremonien in der Weimarer und der Berliner Republik (= Diss. Hochschule für Musik und Darstellende Kunst Stuttgart 2020), Hamburg 2021.

Ruth Müller-Lindenberg

Die musikalische Performance des Staates oder: Warum stöhnt der Protokollchef?

Dass der Staat eine musikalische Praxis hat, das erscheint auf den ersten Blick plausibel. Zu begründen ist jedoch, warum diese Praxis untersuchenswert sein sollte – geht es da nicht nur um die Nationalhymne und um allfällig erklingende Militärmusik, also um ein staatliches Symbol und um eine Musik(-truppe), die als Pars pro toto den wehrhaften Staat verkörpert? Selbst wenn dem so wäre, so müssten wir doch einräumen, dass es unendlich viele Möglichkeiten gibt die deutsche Nationalhymne aufzuführen. Um es an diesem Beispiel zu verdeutlichen: Es ist nicht dasselbe, ob im Rahmen einer vom Staat organisierten Feierstunde das *Deutschlandlied* von einem Streichquartett junger Musiker*innen, vom vielstimmig besetzten Chor eines großen, staatlich geförderten Opernhauses oder von einer – warum nicht? – Rap-Band aus einer ›Brennpunkt-Schule‹ ausgeführt wird.

Diese Art von Performances ist bislang noch nicht untersucht worden und es wird zu zeigen sein, warum es sich lohnt, das zu tun. Darüber hinaus präsentiert sich der deutsche Staat als musikalischer Akteur international gegenüber anderen Staaten auf dem Feld der Kulturdiplomatie, etwa indem er deutschen Musiker*innen die Gelegenheit zu Auftritten in den Auslandsvertretungen der Bundesrepublik Deutschland gibt und auf diese Weise für kulturellen Austausch sorgt. Die Auswärtige Kultur- und Bildungspolitik (AKBP) ist zur »soft power« eines Staates zu zählen und wird auch in diesem Sinne eingesetzt.[1] Das »konstruktive Potenzial von Musik in den internationalen Beziehungen«[2] wurde in der

---

1 Siehe dazu Arvid Enders, Indirekte Außenpolitik: Die Arbeit der Kulturreferate, in: Enrico Brandt/Christian Buck (Hg.), Auswärtiges Amt. Diplomatie als Beruf, (3. Aufl.) Opladen 2003, S. 171–178: »Kultur- und Bildungsarbeit ist indirekte Außenpolitik« (S. 178); ferner Daniel Ostrowski, Die Public Diplomacy der deutschen Auslandsvertretungen weltweit: Theorie und Praxis der deutschen Auslandsöffentlichkeitsarbeit, Wiesbaden 2010. Kritisch zum Konzept der soft power: Sigrid Weigel, Transnationale auswärtige Kulturpolitik – jenseits der Nationalkultur. Voraussetzungen und Perspektiven der Verschränkung von Innen und Außen, Stuttgart 2019, S. 24.
2 Umschlagtext von Ronald Grätz/Christian Höppner (Hg.), Musik öffnet Welten: zur Gestaltung internationaler Beziehungen, Göttingen 2019.

jüngeren Vergangenheit verstärkt in den Blick genommen.³ Auch hier kann man den Staat als einen musikalischen Veranstalter, einen ›Performer‹ verstehen. Die Spezifik der Performances besteht in diesen Fällen darin, dass sie einen Zweck verfolgen. Die Kulturabteilung des Auswärtigen Amtes präsentiert deutsche Kultur im Ausland vorrangig mit der Intention, kulturelle Austauschprozesse mit anderen Staaten anzuregen. Doch darum soll es hier nicht in erster Linie gehen. Denn die musikalische Performance des Staates findet auch dort statt, wo er sich mit Musik umgibt ohne explizit weitere politische Ziele damit zu verbinden. Auf der Bundesebene sind dies etwa eingehende und ausgehende Staatsbesuche, Staatsakte wie der Tag der Deutschen Einheit und der Tag des Gedenkens an die Opfer des Nationalsozialismus. Auch Veranstaltungen in kleinerem Format gehören dazu. So kommen Ehrenessen und Ähnliches in den beiden Amtssitzen des Bundespräsidenten ohne Musik nicht aus.

Ist also hier schon skizzenhaft ein musikalisches Repertoire des Staates umrissen und klar geworden, dass es sich um sehr unterschiedliche Performances handelt, so erstaunt es umso mehr, dass es für diese Art von musikalischen Aufführungen bislang so gut wie keine wissenschaftliche Aufmerksamkeit gegeben hat.

Das mag daran liegen, dass die dafür verantwortlichen Institutionen – die man auf internationaler, europäischer, nationaler, regionaler und kommunaler Ebene untersuchen kann – offensichtlich zwei kaum kongruente Konzepte von Musik haben: Musik als Gegenstand von Kulturpolitik (verantwortlich sind die jeweiligen Kulturreferate der Regierungsinstitutionen) und Musik als Untermalung, als Garantie für einen festlichen Rahmen (üblicherweise in der Verantwortung der Protokollreferate). Die Musikpraxis des Kulturreferates unterscheidet sich also von derjenigen des Protokolls, das scheinbar ohne explizit politischen Auftrag agiert. Dass jedoch diese Praxis ebenfalls eine im weitesten Sinne politische Wirkung und Bedeutung hat, soll im Folgenden ausgeführt und begründet werden.

Dazu sind zunächst die Forschungsdiskurse zu prüfen, die für die Untersuchung und Interpretation dieses neu zu entdeckenden Repertoires und seiner performativen Dimension zuständig sein könnten bzw. in der Vergangenheit ihre Zuständigkeit erklärt haben. Diese Diskurse kreisen um Begriffe und Konzepte wie Selbstdarstellung/Darstellung, Inszenierung, Repräsentation, Symbol, Symbolpolitik/politische Symbolik und Performativität. Eine nicht geringe Schwierigkeit besteht darin, dass sie in unterschiedlichen Wissenschaftsdisziplinen unterschiedlich aufgefasst und verwendet werden. Der cultural turn hat dazu geführt, dass sich Staatsrechtslehre, Politische Kulturforschung, Soziologie, Ge-

---

[3] Dazu auch Mario Dunkel/Sina Nitzsche (Hg.), Popular Music and Public Diplomacy. Transnational and Transdisciplinary Perspectives, Bielefeld 2019.

schichtswissenschaft, Kulturwissenschaft, Theater-, Literatur- und Musikwissenschaft auf den genannten Begriffsfeldern tummeln, jedoch auf der Basis ihrer je eigenen Wissenschaftstraditionen zu teils stark divergierenden Ergebnissen kamen und kommen. Aus diesen einzelnen Strängen ein möglichst widerspruchsfreies Konzept für die musikalische Performance des Staates entwickeln zu wollen wäre für den Anfang sehr viel verlangt. Es soll hier genügen deutlich zu machen, wo sich das Forschungsfeld, das ich abstecken möchte, verorten lässt und mit welchen methodischen Mitteln man es erfolgreich bestellen könnte.

Zur Rekonstruktion der Forschungsdiskurse im engeren Sinne gehört es auch, zu untersuchen, zu welchen Ergebnissen Studien gekommen sind, die einerseits die Verbindung der Bildenden Kunst und Architektur[4] mit politischer Symbolik thematisieren – etwa unter dem Stichwort »Visualisierung von Macht« –, andererseits Ereignisse wie Totenfeiern, Krönungsfeierlichkeiten, Inaugurationen und Staatsbesuche in den Mittelpunkt stellen. Bei solchen Ereignissen sind musikalische Anteile stets präsent; die einschlägigen Forschungsarbeiten äußern sich jedoch dazu, wenn sie es überhaupt tun, häufig nur am Rande. Darauf wird noch einzugehen sein.

Um in diesem epistemologischen Geflecht den präzisen Ort für die musikalische Performance des Staates zu finden, bedarf es einer theoretischen Bestimmung, die letztlich auf eine bislang nicht ausformulierte performative Ästhetik des Politischen zielt. In dieser hätte die musikalische Performance des Staates ihren unverrückbaren und unverzichtbaren Platz. Ich werde meinen Ausgangspunkt bei der Performativitätstheorie, genauer: bei der Philosophie des Ereignisses nehmen. Dabei muss um dieses Konzept herum ein weiterer konzentrischer Kreis geschlagen werden: die Forschung über die mediale Vermittlung des Ereignisses. Im ersten Schritt, auf den ich mich hier weitgehend beschränke, soll jedoch das ›analoge‹ (im Gegensatz zum digitalen) Ereignis im Zentrum stehen, das schon genug Fragen und methodische Probleme aufwirft. Dabei gilt der von Umberto Eco formulierte Leitsatz: »Von einer Theorie erwarten wir, dass sie uns einen alten Gegenstand in neuem Licht zeigt, damit wir erkennen, dass dieser Gegenstand erst aus der neuen Perspektive wirklich verstanden werden kann«.[5]

---

4 Ansgar Klein (Hg.), Kunst, Symbolik und Politik. Die Reichstagsverhüllung als Denkanstoß, Opladen 1995.
5 Umberto Eco, Semiotik der Theateraufführung, in: Uwe Wirth (Hg.), Performanz. Zwischen Sprachphilosophie und Kulturwissenschaft, Frankfurt am Main 2002, S. 262–276; hier S. 264.

1. Selbstdarstellung und Inszenierung des Staates

Auf einem staatswissenschaftlichen Symposium 1976 stellte der Tagungsleiter fest: »Zur ›Selbstdarstellung des Staates‹ rechnen nur solche Erscheinungen, die zu diesem Zweck bewusst als Mittel eingesetzt werden. Der Staat stellt sich immer irgendwie dar, ob er will oder nicht. Aber das eigentliche Thema lässt sich nicht mehr greifen, wenn die Erörterung über die ›Selbst‹-Darstellung hinausgeht«.[6] Das strategische Ziel der »Systemstabilisierung« sollte darin bestehen, die »rationale Botschaft« emotional einzukleiden um »Aufmerksamkeit und Sympathie« für den Staat zu sichern.[7] Hier erschien der Staat also als souveräner Autor eines Drehbuches, das er den Bürgerinnen und Bürgern zu ihrem eigenen Wohle präsentierte. Die Auffassung, der Staat habe die Darstellung seiner selbst in der Hand und könne sie für seine Zwecke einsetzen, vertritt noch zu Beginn des 21. Jahrhunderts der Jurist und Spezialist für Staatszeremoniell Jürgen Hartmann.[8] Doch schon 1976 wandte der Soziologe Helmut Klages ein, dass es zwischen intendierter und nicht-intendierter staatlicher Selbstdarstellung »fließende Übergänge« gebe,[9] während der Medienwissenschaftler Harry Pross den Staat nicht als eine Art handelnder Person verstand, sondern als die Summe von Kommunikationen, »die unter dieser Bezeichnung stattfinden«.[10]

In dieser Debatte finden sich bereits diejenigen Gedanken, die auch in den folgenden Jahrzehnten, teils in anderer Terminologie, die Theoriebildung bestimmen sollten. Die Erkenntnis, dass es einen nicht-intendierten Anteil an der staatlichen Selbstdarstellung gebe, erwies sich als anschlussfähig an das von der Theaterwissenschaftlerin Erika Fischer-Lichte entworfene Paradigma der Theatralität, das, als »übergreifende Tätigkeit« verstanden, »die Grenzen zwischen Kunst, Politik, Alltag, Freizeit und anderen Praxisfeldern« verschwimmen lasse.[11] Vor allem der Begriff der Inszenierung gewann an Bedeutung.

Selbstdarstellung des Staates hieß von da an Inszenierung, und zwar auf der Grundlage eines auf Murray Edelman zurückgehenden Konzeptes: Politik habe zwei Seiten, eine verborgene und eine öffentlich ausgestellte. Die letztere könne Strategien der ersteren in manipulativer Weise verschleiern.[12] Von theaterwissenschaftlicher Seite wurde diese Idee der zwei Wirklichkeiten zunächst über-

---

6 Helmut Quaritsch (Hg.), Die Selbstdarstellung des Staates. Vorträge und Diskussionsbeiträge der 44. Staatswissenschaftlichen Fortbildungstagung 1976 der Hochschule für Verwaltungswissenschaften Speyer, Berlin 1977, S. 4.
7 Ebd., S. 5f.
8 Jürgen Hartmann, Staatszeremoniell, 4. völlig neu bearbeitete Auflage Köln 2007, S. 36.
9 Quaritsch, Selbstdarstellung, S. 73.
10 Ebd., S. 54.
11 Matthias Warstat, Theatralität, in: Erika Fischer-Lichte/Doris Kolesch/Matthias Warstat (Hg.), Metzler Lexikon Theatertheorie, (2. Aufl.) Stuttgart 2014, S. 382–88, hier S. 385.
12 Murray J. Edelman, The Symbolic Uses of Politics, Urbana 1964.

nommen und positiv eingeordnet: »Inszenierung ist in der Politik ein legitimes, ja ein notwendiges Mittel, um bestimmte grundlegende Funktionen zu erfüllen, die gerade auch in einer Demokratie auf andere Weise kaum ebenso wirkungsvoll wahrgenommen werden können«.[13] Hervorzuheben (und für die weitere Diskussion des Themas wichtig) ist die von der Theaterwissenschaft getroffene Unterscheidung zwischen Inszenierung und Aufführung: »Unter Inszenierung wird der Vorgang der Planung, Erprobung und Festlegung von Strategien verstanden, nach denen die Materialität einer Aufführung performativ hervorgebracht werden soll [...]«.[14] Aufführung wird hingegen als Ereignis konzipiert, mit allen Implikationen, die dem Ereignisbegriff anhaften (hierzu s. unten).[15] Während zahlreiche Autor*innen an der Idee festhielten, dass sich in Inszenierungen Intentionen realisieren und Geschehnisse ebenso wie Wahrnehmungen steuern ließen,[16] erhob der Politologe Ulrich Sarcinelli schon früh Einspruch gegen diesen Inszenierungsbegriff. Inszenierung von Politik sei selber Politik, (mediale) Politikvermittlung spiegle nicht nur, sondern schaffe und verändere Wirklichkeit.[17] Er wandte ein, dass man Politik nicht »pur« haben könne und verwies auf den »Doppelcharakter des Politischen«:[18] Im politischen Handeln verschränkten sich stets »Durchsetzungs- und Inszenierungsprobleme«.[19] Kritik provozierte der Inszenierungsbegriff vor allem deshalb, weil er zu

---

13 Erika Fischer-Lichte, »Politik als Inszenierung«, Vortragsabend mit der Akademie der Wissenschaften zu Göttingen im Niedersächsischen Landtag am 12. November 2001, Hannover 2002, S. 22. Daran knüpfen auch die Überlegungen von Andreas Arnsfeld, Medien – Politik – Gesellschaft. Aspekte ihrer Wechselwirkungen unter dem Stichwort Politainment, Marburg 2005, an: »Die politische Inszenierung hat den Zweck, Voraussagbarkeit und Verlässlichkeit des politischen Handelns zu ermöglichen. Darüber hinaus legitimieren Inszenierungen den Machtanspruch des politischen Handelns« (S. 33); ähnlich auch Ronald Hitzler, Inszenierung und Repräsentation. Bemerkungen zur Politikdarstellung in der Gegenwart, in: Hans-Georg Soeffner/Dirk Tänzler (Hg.), Figurative Politik. Zur Performance der Macht in der modernen Gesellschaft, Wiesbaden 2002, S. 41.
14 Erika Fischer-Lichte, Inszenierung, in: dies./Doris Kolesch/Matthias Warstat (Hg.), Metzler Lexikon Theatertheorie, (2. Aufl.) Stuttgart 2014, S. 152–160; hier S. 152.
15 Sabine Schouten, Aufführung, in: Fischer-Lichte/Kolesch/ Warstat (Hg.), Metzler Lexikon Theatertheorie, S. 15–26.
16 Z. B. Peter Siller/Gerhard Pitz (Hg.), Politik als Inszenierung. Zur Ästhetik des Politischen im Medienzeitalter, Baden-Baden 2000: Inszenierung sei ein Medium, in dem sich ein Gehalt überhaupt erst mitteilen könne (S.11); Arnsfeld, Medien – Politik – Gesellschaft.
17 Ulrich Sarcinelli, Politische Inszenierung im Kontext des aktuellen Politikvermittlungsgeschäfts, in: Sabine R. Arnold/Christian Fuhrmeister/Dietmar Schiller (Hg.), Politische Inszenierung im 20. Jahrhundert. Zur Sinnlichkeit der Macht, Wien 1998, S. 146–157, hier S. 149f.
18 Ulrich Sarcinelli, ›Staatsrepräsentation‹ als Problem politischer Alltagskommunikation. Politische Symbolik und symbolische Politik, in: Jörg-Dieter Gauger/Justin Stagl (Hg.), Staatsrepräsentation, Berlin 1992, S. 159–174, hier S. 163.
19 Gleichwohl benannte er »Funktionen« symbolischer Mittel in der politischen Kommunikation. Politische Symbolik und symbolische Politik seien zur »Realitätsvermittlung« erfor-

sehr von der Vorstellung einer bewussten Regie geprägt sei. Vielmehr müssten auch »un- und unterbewusste Aspekte der Kultur« erfasst und analysiert werden, also das, was sich ereigne ohne vorher geplant zu sein.[20]

Um für die musikalische Performance des Staates eine Theorie zu entwerfen, knüpfe ich an diesen Gedanken an. Wie hartnäckig sich die Idee hält, Politik (als etwas a priori Gegebenes) sei der Gegenstand einer Art Einkleidung (etwas Sekundäres), zeigt der Begriff Symbolpolitik. Er muss hier kurz erläutert werden, weil es für die Umrisse der musikalischen Staats-Performance auch wichtig ist zu zeigen, wo sie gerade keine Überschneidungen mit vermeintlich verwandten Konzepten haben soll. Symbolpolitik steht umgangssprachlich im schlechten Ruf, nur den Schein von Politik zu erzeugen, weil sie die eigentliche Substanz entweder verkürze oder verfälsche. Der Begriff wird häufig pejorativ verwendet[21] und geht von der inzwischen überholten Vorstellung aus, es gebe eine ›eigentliche‹ Politik, die sich in einem zweiten Schritt in Symbolpolitik verwandeln könne. Das populärste und am häufigsten angeführte Beispiel für Symbolpolitik ist der Kniefall des deutschen Bundeskanzlers Willy Brandt im Jahre 1970 vor dem Ehrenmal für die Toten des Warschauer Ghettos.

Neuere Publikationen räumen mit der Vorstellung von souveräner Autorschaft und Intentionalität im staatlichen Handeln auf.[22] Diese Überlegungen schaffen jedoch ein neues Problem: wie man politische Repräsentation verstehen kann, ohne auf die Denkfigur zurückzugreifen, es gebe etwas gewissermaßen

---

derlich (ebd. S. 166). Es gehe dabei »um ein Stück Staatsrepräsentation« im weiteren Sinne, »in der demokratische Strukturen und Prozesse, republikanische Formen und Spielregeln und liberale Gesinnung (…) den angemessenen politischen Ausdruck finden sollten« (ebd., S. 172); ähnlich auch Jürgen Hartmann, Selbstdarstellung der Bundesrepublik Deutschland in Symbolen, Zeremoniell und Feier, in: Gauger/Stagl, Staatsrepräsentation, S. 175–190: Repräsentation sei grundlegendes Prinzip der Legitimation von Herrschaftsausübung in der Demokratie und »Symbole, Zeremoniell und Anlässe kollektiver Erinnerung« ein »besonders geeignetes Instrumentarium« der Repräsentation (S. 189f).

20 Ingo Schneider, Spielen wir alle nur Theater? Inszenierung als kulturelles Paradigma und anthropologische Kategorie – Eine Einführung, in: Michaela Fahlenbock (Hg.), Inszenierung des Sieges – Sieg der Inszenierung: interdisziplinäre Perspektiven, Innsbruck 2011, S. 13–22, mit Bezug auf Martin Scharfe, S.18f.

21 vgl. etwa Gernot Göhler, Symbolische Politik – symbolische Praxis. Zum Symbolverständnis in der deutschen Politikwissenschaft, in: Stollberg-Rilinger, Barbara (Hg.), Was heißt Kulturgeschichte des Politischen?, Zeitschrift für historische Forschung, Beiheft, Berlin 2005, S. 57–70, hier S. 57; weitere Nachweise bei Ralph Sator, Symbolische Politik. Eine Neubewertung aus prozess- und rezeptionsorientierter Perspektive, Wiesbaden 2000, S. 48 u. 58f.

22 Vgl. Barbara Stollberg-Rilinger und Tim Neu, Einleitung, in: dies./ders./Christina Brauner (Hg.), Alles nur symbolisch? Bilanz und Perspektiven der Erforschung symbolischer Kommunikation, Köln u.a. 2013, S. 11–32, hier S. 19; Barbara Hans, Inszenierung von Politik. Zur Funktion von Privatheit, Authentizität, Personalisierung und Vertrauen, Wiesbaden 2017, S. 142.

Abstraktes, welches in Darstellungen sinnlich wahrnehmbar und verstehbar gemacht werden müsse.

Die Soziologen Soeffner und Taenzler sehen die Politikinszenierung legitimiert und fundiert durch die Repräsentationsfunktion des Politikers: »In der Inszenierung als einer sinnlich-wahrnehmbaren Erscheinung verkörpert der Politiker als anerkannter Repräsentant die Einheit von Vertretendem und Vertretenem«.[23] Politische Ästhetik sei der politischen Pragmatik nicht äußerlich, sondern als Moment der Logik politischen Handelns zu begreifen.[24] Konsequenterweise lehnen die Autoren die »dichotome Unterscheidung zwischen einer vermeintlich symbolischen und einer Entscheidungspolitik im Sinne von Gattungen ›weichen‹ bzw. ›harten‹ politischen Handelns« ab.[25] An dieser Idee von figurativer Politik möchte ich im Weiteren festhalten. Ästhetische Manifestierungen im Politischen sind demnach in derselben Weise gültig wie das, was man im allgemeinen Sprachgebrauch unter ›eigentlicher Politik‹ versteht. Für die Wertigkeit des Forschungsgegenstandes Musikalische Performance des Staates hat das weit reichende Konsequenzen, wie zu zeigen sein wird.

Zunächst ist hier jedoch ein weiterer Stolperstein aufgetaucht: der Begriff Repräsentation, der u. a. in so weit auseinanderliegenden Feldern wie der Staatslehre, der Literaturwissenschaft, Theaterwissenschaft oder Psychologie zu den Schlüsselbegriffen gehört. Und natürlich muss auch die umgangssprachliche Verwendung von »repräsentativ«, wie sie das Duden Wörterbuch anbietet, mitgedacht werden: »in seiner Art, Anlage, Ausstattung wirkungs-, eindrucksvoll«.[26] Es ist hier jedoch nicht der Ort, die Fäden der einzelnen Begriffsgeschichten zu entwirren, denn die Konzeptualisierung der musikalischen Staats-Performance kommt ohne den Begriff aus.[27]

2. Symbolische Kommunikation in der Politik, politische Symbolik

Um den theoretischen Rahmen genauer abzustecken, bedarf es einer klaren Vorstellung davon, wie sich das »Symbolische« zum »Politischen« verhalte. Um mich nicht im Wirrwarr divergierender Definitionen von Politik zu verlieren, möchte ich mit Ute Frevert das Politische schlicht als einen Raum verstehen, »der

---

23 Soeffner und Tänzler, Figurative Politik, S. 22.
24 Ebd., S. 26.
25 Ebd., S. 27; ähnlich begründen dies, aus konstruktivistischer Sicht, Stollberg-Rilinger und Neu, Alles nur symbolisch?, S. 22.
26 https://www.duden.de/rechtschreibung/repraesentativ#bedeutungen; Zugriff am 5.9.2022.
27 Vgl. ausführlich dazu in diesem Band: Rainer Bayreuther, Begleit-Musik. Zur Ontologie staatlicher Musik am Beispiel des Großen Zapfenstreichs.

sich durch Kommunikation konstituiert«.[28] Diese Kommunikation ist geprägt durch historisch variable Semantiken und Praktiken und sie hat ihren Ort nicht zuletzt in außersprachlichen Medien. Frevert nennt Bilder, Symbole und Denkmäler und merkt dazu an, sie trügen nicht nur zur Deutung des Vergangenen bei, sondern forderten auch »zur Auseinandersetzung über dauerhaft verbindliche Werte und politische Ordnungsvorstellungen« auf.[29] Ich schlage vor, nicht nur die von Frevert genannten Elemente, sondern auch die Musik in dieses Konzept einzubeziehen und als ein Symbol zu verstehen. Mit Symbol meine ich, Barbara Stollberg-Rilinger folgend,[30] ein Zeichen, das in nichtdiskursiver Form auf etwas Anderes verweist. Dies kann neben den von Frevert aufgeführten Artefakten auch ein Musikstück bzw. dessen Aufführung sein. Dabei ist das Zeichen alles andere als eindeutig; es bedarf – gemäß der Semiotik von Charles Sanders Peirce – einer Interpretation, einer Konnotation.[31] Man kann also sagen, dass politische Symbole zum »gemeinsamen Zeichenvorrat [...] einer politischen Gemeinschaft« gehören[32] und dass diese Gemeinschaft sich immer wieder neu über Sinn und Bedeutung der Symbole verständigt.

Dieser weite Symbolbegriff ist klar zu unterscheiden von einem engeren, wie ihn Jürgen Hartmann noch in einer früheren Auflage seines Buches *Staatszeremoniell* vertrat. Er ging dort sogar so weit zu postulieren, dass Symbole ebenso wie das Zeremoniell »des Maßes und der öffentlichen Kontrolle« bedürften[33], da sie massensuggestive Wirkungen hätten. Die Auffassung, Symbole seien Instrumente der Politik, hat sich als langlebig erwiesen, eröffnet jedoch für die Theoriebildung zur musikalischen Performance des Staates keine weiterführenden Perspektiven. Hartmanns Symbolbegriff wird weder spezifiziert noch in zeichentheoretischer Hinsicht präzisiert, sondern bezieht sich auf Staatssymbole im engeren Sinne (etwa Flagge, Nationalhymne).

---

28 Ute Frevert, Politische Kommunikation und ihre Medien, in: dies./Wolfgang Braungart (Hg.), Sprachen des Politischen. Medien und Medialität in der Geschichte, Göttingen 2004, S. 7–19, hier S. 12.
29 Ebd., S. 14.
30 Vgl. Barbara Stollberg-Rilinger (Hg.), Einleitung, in: dies., Kulturgeschichte, S. 9–27, hier S. 11.
31 Vgl. die Erklärung bei Gerhard Göhler, Symbolische Politik – Symbolische Praxis. Zum Symbolverständnis in der deutschen Politikwissenschaft, in: Stollberg-Rilinger, Kulturgeschichte, S. 57–70, hier S. 66.
32 Ansgar Klein, Einleitung, in: ders. (Hg.), Kunst, Symbolik und Politik, S. 13–22, hier S. 20.
33 Hartmann, Staatszeremoniell (3. Aufl.), Köln 2000, S. 3.

3. Politische Ästhetik

Weshalb der Staat sich einer ästhetischen Symbolik bedient, wo also die Affinitäten zwischen dem Staat und den Künsten liegen könnten, darüber wurden in den vergangenen Jahrzehnten verschiedene diskussionswürdige Überlegungen angestellt. Der Politikwissenschaftler Hans Vorländer postulierte, dass die Politik in der Demokratie »selbstverständlich« auf sinnliche Ausdrucksformen angewiesen sei.[34] Damit nicht genug: »Gesellschaftliche und politische Wirklichkeit wird über symbolische und ästhetische Mechanismen nicht nur vermittelt, sondern auch erzeugt.«[35] Noch weitergehend bezeichnete Andreas Dörner das Ästhetische in der Politik als »Charismagenerator, der in einer Sphäre jenseits von Argument und Interesse Gefolgschaften sichert und Handlungsbereitschaften mobilisiert.«[36] Hier zeigen sich die Grundgedanken, dass das Ästhetische vom Politischen nicht zu trennen sei, dass es politische Realität nachgerade hervorbringe und dass seine Wirkmechanismen nicht dem rationalen Diskurs unterworfen seien.

Ähnlich argumentierte der Staatsrechtler Otto Depenheuer: Der Staat werfe in seiner Abstraktheit ein Wahrnehmungsproblem auf, welches ein öffentliches Handeln »in ästhetisch möglichst ansprechender Form« erfordere. In dieser Hinsicht sei er alternativlos auf Kunst und Kultur verwiesen.[37] Die ästhetische Symbolik des Staates verortete Depenheuer im Fadenkreuz des Guten, Wahren und Schönen. Ähnlich vermutete Wolfgang Braungart, das Politische suche die Nähe zu den Künsten, weil dadurch »ein kulturelles Wertebewusstsein, ein Bewusstsein für das Gültige und Bleibende, aber auch für das Einmalige und Abweichende«[38] beglaubigt werden könne. Damit umriss er wie Depenheuer die Idee des kulturellen Kanons, ohne den Begriff zu gebrauchen. Jürgen Hartmann ging noch einen Schritt weiter:

> »Schließlich macht das Staatszeremoniell Mittler- oder Zwischenwerte sichtbar, die geeignet sind, in bestimmten Zusammenhängen auf einen Hauptwert, den Staat, die Nation, die freiheitlich demokratische Grundordnung etc., hinzuweisen. Es sind vor allem ästhetische Werte, die diese inhaltlich verweisende Eigenschaft entfalten können.

---

34 Hans Vorländer, Demokratie und Ästhetik. Zur Rehabilitierung eines problematischen Zusammenhangs, in: ders. (Hg.), Zur Ästhetik der Demokratie. Formen der politischen Selbstdarstellung, Stuttgart 2003, S. 11–26; hier S. 11.
35 Ebd., S. 15.
36 Andreas Dörner, Demokratie – Macht – Ästhetik. Zur Präsentation des Politischen in der Mediengesellschaft, in: Vorländer, Ästhetik, S. 200–223; hier S. 204.
37 Otto Depenheuer (Hg.), Staat und Schönheit. Möglichkeiten und Perspektiven einer Staatskalokagathie, Wiesbaden 2005, S. 8–10.
38 Wolfgang Braungart, Irgendwie dazwischen. Authentizität, Medialität, Ästhetizität: ein kurzer Kommentar, in: Ute Frevert/Wolfgang Braungart (Hg.), Sprachen des Politischen. Medien und Medialität in der Geschichte, Göttingen 2004, S. 356–368; hier S. 362.

Im Staatszeremoniell geht es dabei im Wesentlichen um Würde, um Ordnung und um Schönheit.«[39]

Dieser Gedanke ist in seiner Bedeutung für die Interpretation der musikalischen Staats-Performance nicht zu unterschätzen. Er postuliert, dass es gewissermaßen ein Tertium comparationis geben müsse, das den Staat, wie er sich zeigt, und das ihn begleitende Ästhetische verbinde: nicht nur Schönheit, auch Würde und Ordnung. Das ähnelt der Imageaffinität, wie sie Sponsoring-Strategien in der Wirtschaft zu Grunde legen: Wenn das Musikstück (das Objekt des Sponsorings), das im Rahmen eines Staatsaktes erklingt, einen Eindruck von Schönheit, Würde und Ordnung erwecken kann, dann wirkt sich dies auf den Staat (das Unternehmen) aus, färbt gewissermaßen auf ihn ab. Dass auch der umgekehrte Fall denkbar ist, wenn nämlich der Staat Musik ›missbraucht‹ und kontaminiert, wird noch zu erläutern sein.

Depenheuers Gedanke ist grundsätzlich plausibel, taugt als Baustein für die Theorie jedoch nur unter der Bedingung: dass man alles Wertende aus ihm streicht. Ohnehin liegt die Idee der ethischen Qualität von Kunstschönheit einer aktuellen kulturwissenschaftlichen Perspektive fern. Außerdem lässt Depenheuer (wie auch Hartmann) außer Acht, dass im Falle von Musik, z. B. einer Beethoven-Symphonie, die Aufführungskontexte und -modalitäten ein a priori gegebenes Werkethos tangieren, überschreiben, ins Gegenteil verkehren und sogar löschen können: Was bleibt vom erhabenen »Per aspera ad astra«-Gestus der fünften Symphonie, wenn sie einem Karnevalsensemble mit Juxinstrumenten in die Hände gerät? Wichtig bleibt aber der Gedanke, die ästhetischen Anteile des Staates seien vermittelt durch ein Drittes. Ich werde versuchen zu zeigen, dass dieses Dritte nur im Vollzug greifbar wird.

Politologen und Staatsrechtler haben also die fundamentale Bedeutung des Ästhetischen nicht nur für Politik, sondern auch im engeren Sinne für den Staat begründet, allerdings mit normativen, ästhetisch-ethisch grundierten Konzepten. Eine Aktualisierung aus kulturwissenschaftlicher Perspektive führt auf einen performativitätstheoretischen Ansatz hin. Die Politologin Paula Diehl hat hierzu, von politischer Symbolik ausgehend, einen Vorschlag gemacht. Politik sei in zweierlei Hinsicht mit dem Symbolischen verbunden: Das Symbolische sei einerseits als intrinsische Dimension jedem sozialen und politischen Handeln inhärent. Andererseits gebe es den Vorstellungen von Politik eine expressive Form, etwa in Symbolen, Ritualen, Bildern oder Begriffen. Symbolische Repräsentation sei daher ein notwendiger Vorgang des Politischen und wirke performativ auf dieses.[40] Dieses Symbolische komme »nicht nur durch die Sprache,

---

39 Hartmann, Staatszeremoniell (4. Aufl.), Köln u. a. 2007, S. 61 f.
40 Paula Diehl, Einleitung, in: dies./Felix Steilen (Hg.), Politische Repräsentation und das Symbolische. Historische, politische und soziologische Perspektiven, Berlin 2013, S. 1–7.

sondern auch in Inszenierungen, Visualisierungen oder Ästhetisierungen zum Ausdruck«.[41] Von hier bis zur Konkretisierung solcher Ästhetisierungen in der musikalischen Performance des Staates ist es nur noch ein kleiner Schritt.

Solche »Inszenierungen, Visualisierungen oder Ästhetisierungen« sind bereits in anderen Künsten, beispielsweise in der Architektur,[42] in der Bildenden Kunst[43], aber auch im Bezug auf Ereignisse[44] untersucht worden. Es liegt also nahe zu prüfen, ob sich die Ergebnisse auch auf die Spezifik von Musik als einem politischen Symbol anwenden lassen.

Grosso modo kann man sagen, dass Studien zu statischen Objekten (Bauwerke, Bilder) stark auf den visuellen Aspekt, auf Visualisierung von Macht und Politik und auf den Symbolcharakter der Artefakte abheben, während vor allem neuere Untersuchungen zu Ereignissen von Theorien des symbolischen Handelns und des Performativen ausgehen. Eine Theorie zur musikalischen Performance des Staates muss an die letzteren anknüpfen.

In einem 1995 anlässlich der Reichstags-Verhüllung von Christo und Jeanne-Claude erschienenen Sammelband mit dem Titel *Kunst, Symbolik und Politik*[45] finden sich – auch von politischer Seite – Gedanken, die im Bezug auf Musik weiter vertieft werden können.

1.) Politische Symbole sprächen die »Macht der Gefühle« an und erfüllten eine wichtige Funktion in Prozessen politischer Kommunikation.[46] Die Formu-

---

41 Ebd., S. 14.
42 Vgl. etwa: Heinrich Wefing, Das Ende der Bescheidenheit. Rollenspieler vor Staatskulisse: Anmerkungen zur Architektur des Berliner Kanzleramtes von Axel Schultes und Charlotte Frank, in: Vorländer, Ästhetik, S. 161–183.
43 Vgl. etwa: Marion G. Müller, Politische Bildstrategien im amerikanischen Präsidentschaftswahlkampf 1828–1996, Berlin 1997.
44 Volker Ackermann, Nationale Totenfeiern in Deutschland. Von Wilhelm I. bis Franz Josef Strauss. Eine Studie zur politischen Semiotik, Stuttgart 1990; Marion G. Müller, Die zwei Körper des Präsidenten. Zur Inszenierung politischer Übergänge im amerikanischen Inaugurationszeremoniell, in: Arnold, Politische Inszenierung, S. 185–202; Johannes Paulmann, Pomp und Politik. Monarchenbegegnungen in Europa zwischen Ancien Régime und Erstem Weltkrieg, Paderborn 2000; Sabine Behrenbeck/Alexander Nützenadel (Hg.), Inszenierungen des Nationalstaats. Politische Feiern in Italien und Deutschland seit 1860/71, Köln 2000; Simone Derix, Bebilderte Politik. Staatsbesuche in der Bundesrepublik Deutschland 1949–1990, Göttingen 2009; Herfried Münkler/Jens Hacke (Hg.) Strategien der Visualisierung. Verbildlichung als Mittel politischer Kommunikation. Eigene und fremde Welten, Frankfurt a. M. u. a. 2009; Michaela Fahlenbock (Hg.), Inszenierung des Sieges – Sieg der Inszenierung; interdisziplinäre Perspektiven, Innsbruck/Wien/Bozen 2011; Helene Basu/Gerd Althoff (Hg.), Rituale der Amtseinsetzung. Inaugurationen in verschiedenen Epochen, Kulturen politischen Systemen und Religionen, Würzburg 2015; Matthias Range, British Royal and State Funerals. Music and Ceremonial since Elizabeth I., Woodbridge 2016; Thomas Sonner, Soundtrack der Demokratie. Musik bei staatlichen Zeremonien in der Weimarer und der Berliner Republik, Hamburg 2021.
45 Klein, Kunst, Symbolik und Politik.
46 Ansgar Klein, Vorwort, in: ders., Kunst, Symbolik und Politik, S. 9–12, hier S. 10.

lierung von der »Macht der Gefühle« scheint geradewegs aus einer Quelle zur Musikästhetik des späten 18. oder 19. Jahrhunderts zu stammen, obwohl doch Klein vom ehemaligen Reichstagsgebäude ausgeht.[47] Umso wichtiger ist es, die Musik als politisches Symbol genauer zu untersuchen. Auch ohne empirischen Beleg leuchtet es ein, dass das Erlebnis einer musikalischen Darbietung oder, mehr noch, des gemeinsamen Singens eine intensivere emotionale Wirkung haben kann als das Betrachten oder Betreten eines Gebäudes.

2.) Von politischer Seite wurde postuliert, dass sich in politischen Symbolen die historischen Erfahrungen eines Volkes bündelten. Es seien gewissermaßen »ruhende Pole«, in denen sich die »innere Einheit eines Volkes« verkörpern könne.[48] Angewandt auf Musik ist anzunehmen, dass auch musikalische Werke historische Erfahrungen in sich aufbewahren, die sie – die Werke – zu politischen Symbolen machen.

3.) Schließlich gab einer der Autoren den Hinweis auf den Missbrauch politischer Symbolik.[49] Von Missbrauch zu sprechen, bedeutet einen regelkonformen, ›richtigen‹ Gebrauch vorauszusetzen. Ein Beispiel macht deutlich, welche Überlegungen sich daran knüpfen lassen: Für die nationalsozialistische Propaganda war die Verwendung des *Walkürenritts* aus dem dritten Akt von Richard Wagners Musikdrama *Die Walküre* (1870) ein sinnvoller Gebrauch. Nach dem Zusammenbruch des NS-Staates wurde dies jedoch als Missbrauch von Kunstwerken gewertet. Das geht noch über die unter 2.) angestellten Überlegungen hinaus: Man kann hier die Auffassung rekonstruieren, dass Kunstwerke ein Ethos hätten, welches im Widerspruch zum beschriebenen Missbrauch stehe.[50]

---

47 An dieser Stelle kann daran erinnert werden, dass schon die Zeremonialwissenschaft des 18. Jahrhunderts auf die Macht der Sinne baute: vgl. Julius Bernhard von Rohr, Einleitung zur Ceremoniel-Wissenschafft der großen Herren, Berlin 1733: »Sollen die Unterthanen die Majestät des Königes erkennen, so müssen sie begreiffen, daß bey ihm die höchste Gewalt und Macht sey, und demnach müssen sie ihre Handlungen dergestalt einrichten, damit sie Anlaß nehmen, seine Macht und Gewalt daraus zu erkennen. Der gemeine Mann, welcher bloß an den äusserlichen Sinnen hangt, und die Vernunfft wenig gebrauchet, kan sich nicht allein recht vorstellen, was die Majestät des Königes ist, aber durch die Dinge, so in die Augen fallen, und seine übrigen Sinnen rühren, bekommt er einen klaren Begriff von seiner Majestät, Macht und Gewalt« (S.2).
48 Wolfgang Schäuble, Nationale Symbole fordern behutsamen Respekt. Rede während der 211. Sitzung des Deutschen Bundestages, in: Klein, Kunst, Symbolik und Politik, 1995, S. 28–33, hier S. 31.
49 Rüdiger Voigt, Politische Symbole und postnationale Identität, in: Klein, Kunst, Symbolik und Politik, 1995, S. 283–290; hier S. 284f.
50 Einen ähnlichen Gedanken formulierte Viktor Klemperer in seiner Untersuchung der *Lingua tertii imperii*, der Sprache des Dritten Reiches, in seinem gleichnamigen Buch. Klemperer plädierte dafür, die durch den Nazi-Missbrauch kontaminierten Wörter für eine gewisse Zeit aus dem Gebrauch zu nehmen, damit sie sich »reinigen« könnten. »Wenn den rechtgläubigen

Während es sich bei Bauwerken und Bildern um statische Objekte in der Funktion von Symbolträgern handelt, geht es bei Staatsbesuchen, Inaugurationen und Totenfeiern um Ereignisse. Im Bezug auf Staatsbesuche postuliert Simone Derix eine ebenso nach außen wie nach innen gerichtete Wirksamkeit, die ein Identifikationsangebot für die Bevölkerung mache.[51] Es gebe eine Handlungsmatrix, die durch die Umsetzung dynamisiert werde. Auf diese Weise werde das Geschehen zu einem »originären sinnkonstitutiven Akt«.[52] Derix' Konzentration auf die Handlungen, also auf die Staatspraxis, liegt bereits nahe an dem, was für die musikalische Performance des Staates entworfen werden soll:

> »Über die Wahl der Orte, die Dekoration, die Geräuschkulisse, die unterschiedlichen Handlungsmöglichkeiten wie Mahlzeiten, Reden, Besichtigungen oder Gespräche bis hin zu geplanten Gesten setzten die Protokollmitarbeiter – als Federführende in einem Aushandlungsprozess mit vielen Beteiligten – die Staatsbesuche in Szene.«[53]

Von der Musik ist hier nicht die Rede (es sei denn, man verstünde unter »Geräuschkulisse« musikalische Elemente) – und das ist keine Einzelbeobachtung. Es scheint, als sei dieser Anteil an den unterschiedlichen staatlichen Veranstaltungen schwer zu fassen; fest steht jedoch, dass er der musikwissenschaftlichen Expertise bedarf.

4. Musik als politisches Symbol

Was macht die Besonderheit von Musik als einem politischen Symbol aus, weshalb soll sie überhaupt zur politischen Symbolik taugen? In historischer Perspektive lässt sich darauf verweisen, dass die Künste – und hier im Besonderen die Musik – im Deutschland des 19. Jahrhunderts auf dem mühevollen Weg zum Nationalstaat »identifikatorische und Identität stiftende Ersatzfunktionen«[54] übernahmen. Vor allem ein ästhetisches Spezifikum der Musik dürfte

---

Juden ein Eßgerät kultisch unrein geworden ist, dann reinigen sie es, indem sie es in der Erde vergraben. Man sollte viele Worte des nazistischen Sprachgebrauchs für lange Zeit, und einige für immer, ins Massengrab legen.« (Viktor Klemperer, LTI. Notizbuch eines Philologen, Berlin 1947, S. 31).
51 Derix, Bebilderte Politik, S. 11.
52 Ebd., S. 20.
53 Ebd., S. 19.
54 Vgl. Andreas Linsenmann, Musik als politischer Faktor. Konzepte, Intentionen und Praxis französischer Umerziehungs- und Kulturpolitik in Deutschland 1945–1949/50, Tübingen 2010, S. 15. Wichtig für den Bezug auf Musik: Hermann Danuser/Herfried Münkler (Hg), Deutsche Meister – böse Geister? Nationale Selbstfindung in der Musik, Schliengen 2001; ferner Sabine Mecking, Gelebte Empathie und donnerndes Pathos. Gesang und Nation im 19. Jahrhundert, in: dies./Yvonne Wasserloos (Hg.), Musik – Macht – Staat. Kulturelle, soziale und politische Wandlungsprozesse in der Moderne, Göttingen 2012, S. 9–26.

dafür verantwortlich sein, dass sie sich für ein Symbol im Sinne Peirces in besonderer Weise eignet: die prinzipielle Unabschließbarkeit der Bedeutungszuschreibungen.

Bis jetzt ist stets von ›der Musik‹ die Rede gewesen. Besonders die von verschiedenen Autorinnen und Autoren angestellten, teils wenig konkreten Überlegungen zur symbolischen Dimension scheinen sich auf Werke und hier speziell auf einen Kanon zu beziehen, der sich in besonderer Weise für Zwecke der staatlichen Repräsentation eignet. Ein Beispiel kann dies nochmals verdeutlichen: Dass Ludwig van Beethovens neunte Symphonie beim Benefizkonzert des Bundespräsidenten aufgeführt wird, lässt sich als symbolische Operation so interpretieren, dass das Musikstück über sich hinausweist und dadurch etwas über den Staat aussagt. Was genau die Aussage sein soll, ob und wie sie zu ermitteln wäre, kann zunächst offen bleiben; das Deutungsangebot liegt jedoch auf der Hand. Allerdings begründet das noch nicht, warum die Performance von Belang sein soll, wenn doch allein das Werk – Beethovens Neunte – als symbolisch gilt.[55] Dazu bedarf es weiterführender Überlegungen zum Komplex Performance und Performativität.

5. Performance und Performativität

Im allgemeinen Sprachgebrauch versteht man unter Performance zunächst schlicht eine Aufführung. Das *Metzler Lexikon Theatertheorie* differenziert den Begriff in einer für unser Vorhaben brauchbaren Weise:

> »In der deutschsprachigen Theaterwissenschaft, in die er erst in den 1970er Jahren Eingang gefunden hat, wird er einerseits als theoretische Kategorie bedeutungsgleich mit dem Aufführungsbegriff verwendet. Andererseits wird mit ihm aber auch speziell auf die P[erformance]- Kunst rekurriert, die in den 1960er Jahren – neben Happening und Aktionskunst (Aktion) – als theatrale Gattung aus der Bildenden Kunst hervorgegangen ist. Des Weiteren wird mit dem P[erformance]- Begriff auf die sog. cultural p[erformance] Bezug genommen, d.h. auf kulturelle Praktiken, die sich durch einen Handlungs- und Aufführungscharakter auszeichnen und das Selbstverständnis einer bestimmten Gruppe von Menschen darstellen, reflektieren oder in Frage stellen […]«[56]

Über die Tatsache hinaus, dass die Forschung zur musikalischen Performance des Staates den Aufführungscharakter in den Blick nimmt, ist hier der Hinweis auf die kulturellen Praktiken wichtig, die etwas »reflektieren und in Frage stel-

---

55 Vgl. dazu etwa Esteban Buch, Beethovens Neunte, in: Etienne François/Hagen Schulze (Hg.), Deutsche Erinnerungsorte III, München 2001, S. 665–680. In diesem Text verfolgt Buch anhand von zahlreichen Beispielen aus der Rezeptionsgeschichte von Beethovens neunter Symphonie deren »diskrete Karriere als ›Staatsmusik‹« (S. 678).
56 Sandra Umathum, Performance, in: Metzler Lexikon Theatertheorie, S. 248–51; hier S. 248f.

len« können. Es gilt also nicht allein ein Zeichen zu entschlüsseln – etwa als Antwort auf die Fragen »Was ›bedeutet‹ Beethovens neunte Symphonie beim Benefizkonzert des Bundespräsidenten? Wofür gibt sie ein Symbol ab?« -, sondern es geht auch darum die Praxis zu beschreiben, die sich in der Aufführung des Werkes zeigt und diese Praxis in eine Beziehung zum Werk zu setzen. Dabei möchte ich die in der Definition gegebenen Bestimmungen von »kulturellen Praktiken« dadurch erweitern, dass ich darunter auch institutionelle Aspekte, Ressourcen, handelnde Personen, deren Entscheidungen und Intentionen fasse. In einem noch weiter ausgreifenden Schritt kann auch über Alternativen und Tabus nachgedacht werden, gewissermaßen als die negative Seite der kulturellen Praxis. Der Begriff der musikalischen Performance des Staates erschöpft sich dann nicht in der hör- und sichtbaren Außenseite, also dem Ereignishaften, sondern erstreckt sich auch auf Ermöglichungsstrukturen.

Der Terminus der Performativität hat in den vergangenen Jahrzehnten eine derart weite Verbreitung in verschiedenen Wissenschaftsdisziplinen gefunden, dass er hier nochmals erläutert und genauer bestimmt werden muss. Schon 2002 bezeichnete Uwe Wirth Performativität als »umbrella term« der Kulturwissenschaften mit kaum überschaubarer Anschlussfähigkeit.[57] Wenn auch Klaus Hempfer[58] die rhizomartige Struktur des Begriffes betonte, die es nicht möglich mache, ihn auf einen Bedeutungskern zurückzuführen, so hat sich doch im Wissenschaftssprachgebrauch eine sinnvolle Synthese der verschiedenen Stränge durchgesetzt: Für performative kulturelle Handlungen kann gelten, dass sie wirklichkeitskonstituierend sind, und zwar im Sinne einer Konstitutionsleistung, die für jedes symbolische Handeln anzunehmen ist.[59]

Auf unser Thema übertragen bedeutet das: Mit jedem seiner Äußerungsakte verändert der Staat die Realität und schafft etwas Neues, ob er dies intendiert oder nicht. In unserem Konzept wählen wir aus diesen Äußerungsakten eine Teilmenge, die Performances im engeren Sinne aus, d.h. Veranstaltungen, bei denen der Staat ›sich zeigt‹ in einem Format, welches Musik enthält. Gleichzeitig betrachten wir an der Musik ausdrücklich den Aufführungscharakter, ihre spezifische Performance. Auf diese Weise sind die staatliche Veranstaltung und die in ihr erklingende Musik jeweils im Begriff der Perfomance miteinander ver-

---

57 Uwe Wirth, Der Performanzbegriff im Spannungsfeld von Illokution, Iteration und Indexikalität, in: ders. (Hg.), Performanz: zwischen Sprachphilosophie und Kulturwissenschaft, Frankfurt a.M., 2002, S. 9–60, hier S. 39f.
58 Klaus W. Hempfer, Performance, Performanz, Performativität. Einige Unterscheidungen zur Ausdifferenzierung eines Theoriefeldes, in: ders./Jörg Volbers (Hg.), Theorien des Performativen. Sprache – Wissen – Praxis: eine kritische Bestandsaufnahme, Bielefeld 2011, S. 13–42, insbesondere S. 38.
59 Vgl. Erika Fischer-Lichte, Performativität/performativ, in: Metzler Lexikon, S. 251–258, insbesondere S. 252.

schränkt und in einander verschachtelt. So hat die Musik ihren Anteil daran, politische Realität zu stiften.

Faktoren dieser Wirklichkeitsveränderung durch Musik könnten sein: die Aktualisierung der symbolischen Dimension von musikalischen Werken, aber auch das Gemeinschaftserlebnis der an einer Veranstaltung Teilnehmenden. Die einzelnen Komponenten der Performance dürfen also nicht als Beiwerk verstanden werden. Dabei ist der Staat alles andere als ein Regisseur, der etwa substanzielle Eigenschaften ästhetisch ›einkleidete‹, so dass dafür geeignet scheinende Performances diese Substanz zur Erscheinung brächten. Er würde sich vielmehr mit jeder einzelnen Performance selber verändern, und zwar in einer Weise, die er nicht eindeutig vorherbestimmen und durch seine Intentionen prägen könnte. Denn Performances sind durch ästhetische Präsenz und Ereignishaftigkeit geprägt.

6. Präsenz und Ereignishaftigkeit

Davon ausgehend möchte ich die musikalische Performance des Staates nicht als Inszenierung verstehen, sondern ihren Ereignischarakter hervorheben. Dabei stütze ich mich vor allem auf einige zentrale Aussagen des Philosophen Dieter Mersch, besonders auf seine einschlägige Publikation *Ereignis und Aura. Untersuchungen zu einer Ästhetik des Performativen*.[60] Ein Ereignis ist nach Mersch zwar gemacht, aber weder mach- noch planbar: Zwischen dem, was vorab konzipiert wird und dem, was tatsächlich geschieht, bestehe eine strukturelle Differenz.[61] Das Ereignis sei sozusagen unverfügbar, denn es sei an seine Zeitlichkeit gebunden. Es sei unvorhersehbar in seinem Verlauf und deshalb der Intentionalität entzogen: »Nicht der Künstler schafft, sondern das Ereignis gewinnt seine Manifestation jenseits aller Autorschaft«.[62] Außerdem sei es angewiesen auf Präsenz: auf Materialität und Körperlichkeit. Eben die Bindung an Materialität und Körperlichkeit durchkreuze aber symbolische Strategien im Sinne einer Verkettung von Bedeutungsträgern (Zeichen). Mersch verweist hier auf die »Doppelstruktur von Lesbarkeit und Erscheinung«, die den Zeichen eigen sei:[63] Die Wahrnehmung des Ereignisses – die wichtigste Kategorie für eine Ästhetik des Performativen – fällt nicht zusammen mit dem Dekodieren der Zeichen.

Das Beispiel eines Staatsaktes soll die performative Seite verdeutlichen, also das, was wahrgenommen wird und an das Materielle gebunden ist. Die Protokollabteilung, etwa die des Bundeskanzleramtes erstellt für eine Feierlichkeit einen Ab-

---

60 Dieter Mersch, Ereignis und Aura. Untersuchungen zu einer Ästhetik des Performativen, Frankfurt a. M. 2002.
61 Ebd., S. 234.
62 Ebd., S. 235.
63 Ebd., S. 39.

laufplan, in welchem die musikalischen Teile für Würde und Festlichkeit sorgen sollen. (Das wäre die intentionale Ebene eines Autors/einer Autorin.) Entsprechend dieser Zielsetzung werden Werke und Komponisten ausgewählt; obligatorisch ist außerdem der Vortrag der Nationalhymne. So weit kann man von einer Ausführungsvorschrift sprechen, in der den musikalischen Anteilen symbolische Funktionen zugewiesen werden: Die Musik soll ästhetische Dignität besitzen und so die Würde des Staates symbolisieren. Wenn dieses Kalkül aufgeht, dann werden am Ende diejenigen, die dem Ereignis beigewohnt haben, das Gefühl haben, dass etwas dargeboten wurde, was im Einklang mit einer abstrakten Idee vom Staat steht, diesen also der Wahrnehmung der Anwesenden zugänglich macht.

Nun kommt allerdings die Materialität ebenso ins Spiel wie das Präsentische. Zwar lassen sich musikalische Werke der Hochkultur, die dem Kanon angehören, in ihrer Zeichenhaftigkeit leicht entschlüsseln, etwa in der Weise: Wenn der Staat etwas zu feiern hat, umgibt er sich ästhetisch nur mit dem Besten. (Dies wäre das oben so genannte ›Dritte‹.) Jedoch erschöpft sich die Aufführung nicht im Symbolischen. Sie wirkt auf die Sinne, sie ist angewiesen auf Körperlichkeit, da die Musik ja von Menschen aufgeführt werden muss. Ebenso ist sie angewiesen auf Instrumente oder Gesangsstimmen, also auf eine materielle Komponente. Hier wird klar, wie die symbolische Ebene – erfahrbar in Würde und Feierlichkeit – von den Zufälligkeiten durchkreuzt werden kann, die, um es an einem Beispiel zu zeigen, im Material (und nur dort) liegen: Ein Soloeinsatz misslingt; eine Saite reißt – schon schiebt sich unweigerlich das Material in den Vordergrund der Wahrnehmung. Es entfaltet seine eigene Logik: seinen Eigen-Sinn. Man könnte sagen, dass sich das Symbolische mühsam gegenüber dem Präsentischen behaupten muss, weil es an die Voraussetzung von dessen ungetrübtem Gelingen, also an Perfektion gebunden ist. Die Aussage der Zeichen – Würde und Feierlichkeit – kann durch die spezifischen und einmaligen Bedingungen der Aufführung geradezu in ihr Gegenteil verkehrt werden.

Man muss nicht den schlimmsten Fall – die Havarie des Materials – annehmen um die Bedeutung des Performativen (als des Präsentischen) zu erklären. Bei der Gegenübersetzung von Symbol/Zeichen und Ereignis kommt es darauf an, dass sich im Ereignis ein Überschuss zeigt, der nicht von der Deutung der Zeichen aufgefangen werden kann, weil er über sie hinausweist. Mersch formuliert das so: »Nirgends vermag sich der Prozess der Wahrnehmung einsinnig in die Texturen der Zeichen aufzulösen […]; vielmehr bewahrt er gegen diese ein Irreduzibles […]«.[64] In der beschriebenen misslungenen Performance löst sich der intendierte Konnex zwischen der abstrakten Idee des Staates und den diese begleitenden musikalischen Symbolen auf: Er wird vom Material gesprengt. Dem Staat könnte jetzt sogar Unzuverlässigkeit, Inkompetenz, Unfähigkeit zuge-

---

64 Ebd.

schrieben werden (»können die nicht mal stabile Saiten aufziehen?«), denn das Materielle würde wiederum zum Gegenstand des Deutens. Obwohl Mersch betont, dass das Wahrnehmen dem Entschlüsseln gerade entgegengesetzt sei, so muss doch eingeräumt werden, dass jede performative Handlung eingebettet ist in kulturelle Raster und Sinnhorizonte: Sie ist interpretierbar und sie erzeugt Wirkung.

Betrachten wir nochmals die Nationalhymne: Ihre Aufführung ist in zahlreichen staatlichen Veranstaltungen obligatorisch, weil sie ein nationales Symbol darstellt. Doch worin besteht die Nationalhymne eigentlich? In einer Kombination aus einem mehrstrophigen Text und einer notierten Melodie, wäre eine mögliche Antwort. Aus Sicht der hier zugrundeliegenden Performativitätstheorie ist sie jedoch nicht auf ihren Textstatus reduzierbar. Sie ist in einer Veranstaltung erst dann wirklich präsent, wenn sie erklingt. Und hier wiederum ist die Art und Weise, wie sie erklingt, nicht vorab bestimmt, sondern von materiellen und körperlichen Ressourcen abhängig. Nur in dieser Gestalt bietet sie sich der Wahrnehmung dar. Wenn es aber richtig ist, dass jede einzelne Aufführung die Eigenschaften eines Ereignisses hat, dann verändert auch jede einzelne Aufführung ›das Werk‹, also die Kombination aus Notentext und Gedicht, in spezifischer Weise. Die Konsequenz kann eine Veränderung der Staatswahrnehmung und damit des Staatsverständnisses sein.

7. Musikalische Werke: einige Problematisierungen

In einer musikalischen Performance des Staates wird in aller Regel Musik aufgeführt, die Werkgestalt hat. Die kulturwissenschaftlich orientierte Musikwissenschaft konvergiert mit der skizzierten Ästhetik des Performativen in der Überzeugung, dass das musikalische Werk so wenig mit seinem Text (also der Partitur) identisch sei, wie man es ablösen könne vom Vorgang der Interpretation.[65] Tobias Janz entwickelt diesen Gedanken weiter: Für die historische Analyse sei stets eine Kontextualisierung der aufgeführten Werke im Bezug auf die Geschichte des Hörens und der Aufführung erforderlich. Musikgeschichte schreiben hieße dann: den historischen Prozess zu verfolgen, in dem das Werk sich entfaltet und dabei auch seinen »content« verändert.[66]

---

65 Vgl. dazu die bereits im Jahre 2000 bei Hans Joachim Hinrichsen, Musikwissenschaft – Interpretation – Wissenschaft, in: Archiv für Musikwissenschaft 57. Jg. 2000/1, S. 78–90, formulierte Aktualisierung des Werk-Konzeptes: Weder Komposition noch Interpretation seien autonom, sondern auf einander angewiesene Momente eines Kommunikationskreislaufs (vor allem S. 85 und S. 90).

66 Tobias Janz, Performativity and the Musical work of Art, in: Walter Bernhart (Hg.), Essays on Performativity and on Surveying the Field, Amsterdam 2011, S. 1–15, vor allem S. 13f.

Für mein Thema leite ich ab: Die Instanz der aufgeführten Werke ist in der musikalischen Performance des Staates kein statisches Element. Mit anderen Worten: Ein musikalisches Werk, eingewoben in die Praktiken seiner Präsentation und die Zuschreibungen, die es dabei erfährt, wird durch jede einzelne Aufführung substanziell verändert. Der Gebrauch eines musikalischen Werkes im Rahmen einer musikalisch-staatlichen Performance wirkt also zurück auf dieses Werk, genauer: auf seine Bedeutung.

Hier möchte ich nochmals zu den Eigenschaften des performativen Aktes zurückkehren. Das Ereignis als das Unvorhersehbare ist nach Erika Fischer-Lichte gerade nicht der Ort für die stabile Realisierung einer vorab formulierten Wirkungsabsicht. Vielmehr ereigne sich bei jeder Theateraufführung eine Emergenz von Sinn, die weder steuerbar sei noch vorhergesehen werden könne.[67] Wie wirkt sich dieses Konzept auf die Bedeutung von Werken in einer musikalischen Performance des Staates aus? Zunächst sehe ich hier eine Übereinstimmung mit den von Hinrichsen und Janz formulierten Thesen: Was Fischer-Lichte »Emergenz« nennt, wäre die »content«-Veränderung, die Janz für musikalische Werke im Laufe von deren Aufführungsgeschichte annimmt.

Dabei muss unklar bleiben, wie genau man diesen »content« beschreiben kann, denn unterschiedliche Subdisziplinen der Musikwissenschaft würden ihn mit je unterschiedlichen Kriterien begründen, z. B. als eine bestimmte kompositionsgeschichtliche Position, ein Rezeptionsfaktum u. ä. Wichtig ist, dass er als dynamische Größe gesehen wird, also als etwas durch Ereignisse Affizier- und Veränderbares.

Ich möchte diesen Gedanken am Beispiel der Opernregie verdeutlichen: Gerade über sogenannte Repertoirewerke, die besonders häufig neu inszeniert, präsentiert und diskutiert werden, lässt sich mit überzeugender Evidenz sagen, sie seien heute nicht mehr dasselbe wie im Jahr ihrer Uraufführung: Jede neue Präsentation fügt neue Deutungsansätze hinzu (und lässt alte weg), die dem Werk nicht äußerlich bleiben, sondern es allmählich verändern. Wir rezipieren die fest im Repertoire verwurzelten Opern Wolfgang Amadeus Mozarts anders, seit etwa Ruth Berghaus' rätselhafte Inszenierung von *Così fan tutte* (1989, Deutsche Staatsoper Ost-Berlin) oder die schockierende von *Die Entführung aus dem Serail* von Calixto Bieito (2004, Komische Oper Berlin) auf der Bühne erschienen. Christoph Hubig fand dafür die Formulierung, dass »Kunstwerke einmal erlangte Wirkungen wie einen Ballast mit sich schleppen«.[68]

---

67 Erika Fischer-Lichte, Performativität: eine Einführung, Bielefeld 2012, S. 56.
68 Christoph Hubig, Rezeption und Interpretation als Handlungen. Zum Verhältnis von Rezeptionsästhetik und Hermeneutik, in: Hermann Danuser/Friedhelm Krummacher (Hg.), Rezeptionsästhetik und Rezeptionsgeschichte in der Musikwissenschaft, Laaber 1991, S. 37–56, hier S. 42.

Für die musikalische Performance des Staates ist also davon auszugehen, dass die dort präsentierte Musik keine stabile Bedeutung besitzt und deshalb aus jeder Aufführung mit neuen Facetten hervorgehen kann, dass es jedoch auch eine Bedeutungsschicht gibt, die sich in der Geschichte verfestigt hat. Sie steht möglicherweise bei der Musikauswahl Pate und lässt sich mit den Methoden der Musikwissenschaft genauer bestimmen.

Bei dieser Auswahl liegt es nahe nach dem ›Ethos‹ der Musik zu fragen: Wenn es ethische Attribuierungen an Werke und deren Autor*innen gibt, dann ist zu erwarten, dass die bei musikalischen Performances des Staates erklingenden Stücke auf der ›guten‹ Seite sind: schwer vorstellbar, man würde etwas in dieser Hinsicht Zweifelhaftes bei einer staatlichen Feierlichkeit aufführen. Doch wie könnte ein solches Ethos hergeleitet, worin könnte es begründet werden? In kulturwissenschaftlicher Perspektive verbietet es sich, dieses Ethos im ästhetischen Objekt selbst zu suchen; es kann nur das Ergebnis von Zuschreibungen sein, die sich im Laufe der Rezeptionsgeschichte dem Werk angelagert haben. Greifen wir also das Beispiel von Richard Wagners *Walkürenritt* wieder auf (und ergänzen es noch durch Franz Liszts *Les Préludes*, im Zweiten Weltkrieg Einleitungsmusik im Reichsrundfunk für Sondermeldungen der Wehrmacht). Ein Protokollchef, dem der Lapsus unterliefe, ein in dieser Weise kontaminiertes Werk auf den Ablaufplan einer Festveranstaltung zu setzen, könnte seinen Hut nehmen.[69] Fischer-Lichtes Idee von der Emergenz geht allerdings auch über diese Art von Werkbedeutungen hinaus: Sie zielt auf die Bedeutung und den Sinn, die die gesamte Performance erzeugt. Um diesen Vorgang angemessen zu beschreiben, muss die Wirkung der Musik mit einbezogen werden, von der schon oben vermutet wurde, dass sie diejenige eines Bauwerkes oder eines Bildes übertreffe.

Die Geschichte der Musikästhetik ist reich an Texten, die der Musik teils grandiose Effekte attestieren.[70] Man denke etwa an Ernst Theodor Amadeus Hoffmanns Rezension von Beethovens fünfter Symphonie, von der der Autor schrieb, sie bewege »die Hebel des Schauers, der Furcht, des Entsetzens, des Schmerzes«[71] in uns. Die aktuelle musikpsychologische und neurophysiologische Forschung formuliert das nüchterner, lässt jedoch keinen Zweifel daran, wie stark Gefühle und musikalische Erfahrung auf einander bezogen sein können.[72]

---

69 Ein pragmatisches Nebenziel des hier skizzierten Projektes zur Erforschung der musikalischen Performance des Staates könnte übrigens darin bestehen, die erforderliche Repertoiresensibilität durch historische Forschung abzusichern.
70 Vgl. Wilhelm Seidel, Die Macht der Musik und das Tonkunstwerk, in: Archiv für Musikwissenschaft, 42. Jg., H. 1, (1985), S. 1–17.
71 Hans Joachim Kruse/Viktor Liebrenz (Hg.), E.T.A. Hoffmann. Schriften zur Musik. Singspiele, Berlin u. a. 1988, S. 22–42, hier S. 25.
72 Gunter Kreutz, Musik und Emotion, in: Herbert Bruhn/Reinhard Kopiez/Andreas C. Lehmann (Hg.), Musikpsychologie. Das neue Handbuch, Reinbek 2008, S. 548–572.

Wenn man diesen hohen Wirkungsgrad auch für eine Veranstaltung annimmt, in der der Staat ›sich zeigt‹, so erscheint es geradezu zwingend, dass das eine auf das andere abfärbt: Eine durch die Musik ausgelöste emotionale Affizierung wird sich von der Bewertung des Gesamtereignisses nicht trennen und aus diesem nicht mehr herausrechnen lassen.

Messbar ist dies alles nicht, aber plausibel genug um die musikalischen Performances genauer in den Blick zu nehmen und mit der Frage nach den jeweiligen Ausführungs- und Aufführungsbedingungen diejenige zu verbinden, auf welche Weise die ästhetische Wahrnehmung das Staatsverständnis beeinflussen kann. Wenn wir akzeptieren, dass die Ereignisse, wie immer kontingent und opak in ihrer Materialität sie erscheinen mögen, letztlich doch umgeben sind von den großen kulturellen Kontexten und deren symbolischen Ressourcen,[73] dann ergibt sich daraus, dass sie auch teilhaben an Aushandlungsprozessen über Sinn- und Bedeutungszuschreibungen. Für unser Thema würde das heißen: dass sie dazu beitragen das Staatsverständnis zu prägen, weil sie den Staat in ästhetischer Weise zur Erscheinung bringen.

Eine performative Ästhetik des Staates lässt sich also durch folgende Merkmale beschreiben:
- Sie konzentriert sich auf die Wahrnehmung von Symbolen in Performances.
- Sie geht davon aus, dass diese Performances wirklichkeitsverändernd wirken und das abstrakte Bild des Staates zu immer neuen, einmaligen Erscheinungen bringen.
- Sie setzt das Präsentische gleichberechtigt neben das Zeichenhaft-Symbolische, das nicht als privilegiert gegenüber der Inszenierung verstanden werden soll. Dazu gehört auch die Gewichtung von Präsenzeffekten wie Gerührtsein, Überwältigtwerden.
- Sie rechnet gleichwohl mit dem »Ballast« (Christoph Hubig[74]) oder, anders gewendet, dem Reichtum von Bedeutungszuschreibungen. Sie macht Rezeptionskonstanten einer historisch-ästhetischen Einordnung zugänglich.

---

73 Vgl. Gert Melville, Der historische Moment, das Repertoire und die Symbolik. Resümierende Überlegungen zu Beiträgen über performatives Handeln, in: Klaus Oschema/Cristina Andenna/Gert Melville/Jörg Peltzer (Hg.), Die Performanz der Mächtigen. Rangordnung und Idoneität in höfischen Gesellschaften des späten Mittelalters, Ostfildern 2015, S. 217–234; hier S. 227 und passim.
74 Hubig, Rezeption und Interpretation, S. 42.

8. Vor dem Ereignis

Diese Bestimmungen wären jedoch unvollständig ohne die im Hintergrund wirksamen Strukturen. Zeitlich gehen sie dem Ereignis voraus, sind also unsichtbar, aber doch dem Ereignis eingeschrieben. Die Frage berührt das nicht unproblematische Verhältnis zwischen dem Präsentischen – der Performance – und dessen Umgebung – dem Institutionellen. Rehberg hat das deutlich gemacht: »Theorien der Performan (sic) bedürfen – wie auch die Entwicklung der Beobachtungsebenen in den Studien Erving Goffmans – der Ergänzung durch Theorien der ›Rahmung‹, der Herstellung von Kontexten und Bedingungen.«[75] Man müsse auch die Bühne betrachten, auf der gespielt werde. Hier kommt die Ebene der Institutionen in den Blick, weniger verstanden als Behörden oder Einrichtungen, sondern allgemeiner als symbolische Ordnungen, in Rehbergs Worten: als »Stabilisierungseffekte [...] sozialer Handlungen und Interaktionen«.[76] Rehberg führt diesen Gedanken anhand von Gemäldeausstellungen aus: Es gebe für sie »bestimmte inszenatorische Regelsysteme«[77] wie die Hängung, die Beleuchtung, die Verteilung der Bilder im Raum. Dies kann auch auf unser Konzept übertragen werden. Der institutionelle Rahmen für die Musik ließe sich etwa so beschreiben: Für die musikalischen Teile eines Staatsaktes verlangt das »inszenatorische Regelsystem«, dass sie stets im Wechsel mit Redebeiträgen erfolgen. Sie leiten die Veranstaltung ein und beenden sie. Sie müssen eine bestimmte zeitliche Ausdehnung haben, nicht zu kurz und nicht zu lang.

Zu den Rahmenbedingungen der musikalischen Staats-Performance gehören also Entscheidungen über den Ablauf ebenso wie über den Einsatz von Ressourcen. Dabei ist auch zu berücksichtigen, dass staatliche Institutionen – hier: Behörden – eine Eigenlogik in ihrer Praxis entwickeln, die sich auf das zu planende und durchzuführende Ereignis auswirkt. Es handelt sich bei den Akteuren eben nicht um Event-Manager, die ein Ereignis möglichst attraktiv und Gewinn bringend planen. Es handelt sich um Mitglieder von Behörden, deren primäre Dienstpflichten in der Regel im staatlichen Exekutivhandeln liegen. Die Aufführungen, um die es mir geht, ressortieren dort eher unter den randständigen Aufgaben. In der Dringlichkeitsliste von konkretem Verwaltungshandeln stehen sie ziemlich weit unten. Eine Anekdote kann das verdeutlichen. Hermann Schäfer berichtet über eine Protokollbesprechung zur Vorbereitung eines Staatsbesuchs: »Der zuständige Protokollchef (...) stöhnte über den ›normalen‹ Ablauf mit den

---

75 Karl-Siegbert Rehberg, Bildinszenierungen als ›institutionelle Performanz‹: Begriffliche und theoretische Vorklärungen – Das Beispiel der Präsentation von Kunstwerken in und aus der DDR, in: Erika Fischer-Lichte (Hg.), Theatralität und die Krisen der Repräsentation, Stuttgart 2001, S. 199–225, hier S. 199.
76 Ebd., S. 200.
77 Ebd., S. 208.

Worten: ›Was sonst als Haydn – Begrüßung Bundestagspräsident – Mozart – Rede des Bundeskanzlers – Beethoven – Rede Staatsgast – Nationalhymne.‹«[78]

Diese wenigen Zeilen regen mich zu folgenden Überlegungen und Fragen an:

1.) Die Verwendung von Werken aus der Komponisten-Trias Haydn/Mozart/Beethoven scheint alternativlos zu sein. Über welches Reservoir an Stücken, die dem Anlass gerecht werden, kann der Protokollchef verfügen? Welchen ungeschriebenen Regeln gehorcht er? Welche Rolle spielt der musikalische Kanon?

2.) Der Protokollchef nennt Komponistennamen, nicht Werke, Gattungen, Genres, Besetzungen. Denkbar wäre ja auch: Streichereinsemble – Mädchenchor – Bläserfanfare oder: Klaviersonate – Soloarie – Symphoniesatz oder: Jazzimprovisation – Rap – Bigband.

3.) Worin besteht die ›Normalität‹ des Ablaufs?

4.) Warum stöhnt der Protokollchef? Ist es die Ohnmacht gegenüber der Tatsache, dass im Kollegium noch nicht einmal die selbstverständlichsten Dinge bekannt sind? Oder drückt sich hier das Leiden unter den ewig unveränderlichen Ritualen aus? Oder fragt er sich, wo er die Ausführenden herbekommen soll und wie er die mit den Künstler*innen zu führenden Verhandlungen, die nicht zu seinem Routinegeschäft gehören, in seinem ohnehin überfüllten Arbeitsalltag unterbringen kann?

Die Zerlegung dieser Anekdote (die keine wäre, wenn der Protokollchef nicht gestöhnt hätte) und der spekulative Anteil der an sie geknüpften Überlegungen mögen übertrieben erscheinen. Jedoch macht nur ein minutiös beobachtendes Verfahren die einzelnen Stränge sichtbar, die sich schließlich in einem ›Ereignis‹ im Sinne einer musikalischen Performance des Staates verknüpfen. Diese Stränge stammen aus der Hierarchie der staatlichen Institutionen; sie kommen her von der dort vorhandenen Einschätzung eines bestimmten musikalischen Repertoires im Hinblick auf die Frage, ob es für eine staatliche Veranstaltung mit Musik geeignet sei; sie verbinden musikgeschichtliche, ästhetische und politische Tatsachen miteinander; sie entstehen in der Routine behördeninterner Arbeitsabläufe und ihr Gewebe ist so dicht und haltbar wie die Ressourcen, aus denen sie hergestellt werden. Zu einer Untersuchung der Ereignishaftigkeit gehört also auch die Analyse der Ermöglichungsstrukturen und -praktiken.

---

78 Hermann Schäfer, Staatskultur in Deutschland. Möglichkeit und Perspektiven, in: Depenheuer, Staat und Schönheit, S. 33–52; hier S. 47.

9. Nach dem Ereignis

Ebenso wie das, was den Performances vorausgeht, wissenschaftlich zu erforschen ist, muss auch betrachtet werden, was nach dem Ereignis geschieht, also dessen Rezeption. Grob skizziert, stehen zwei methodische Ansätze zur Verfügung: Die erste wäre eine Beschreibung des Ereignisses, wie es stattgefunden hat, also eine Art Aufführungsanalyse. Die Theaterwissenschaft hat dafür Vorschläge gemacht, deren Qualität ich gerade darin sehe, dass sie sich endgültigen Deutungen verweigern und dagegen das Unabschließbare betonen.[79] Diese Art der Analyse bezieht die situativen Umstände so weit wie möglich ein. Sie reflektiert ihre eigene Subjektivität. Das macht sie zu einem geeigneten Verfahren um die Dynamik abzubilden, die Deutungs- und Sinngebungsprozessen innewohnt. Für eine multiperspektivische Untersuchung der musikalischen Performance des Staates eignet sie sich deshalb, weil sie sich nicht der Illusion hingibt, das Ereignis abschließend dekodieren zu können. Sie zielt vielmehr darauf ab, gerade das Fluide jeder einzelnen Veranstaltung im Blick zu behalten. Diese Perspektive bricht das eher statische Denkmuster auf, wie es im resignierten »Was sonst« des stöhnenden Protokollchefs zum Ausdruck kommt.

Ein zweiter methodischer Ansatz bestünde in der Anwendung von Methoden der empirischen Sozialforschung. So könnte man Befragungen unter den Teilnehmer*innen einer staatlichen Veranstaltung mit Musik durchführen und auswerten, sei es quantitativer Art, sei es in Form von leitfadengestützten Interviews. Allerdings müsste hier der Feldzugang geklärt und außerdem bedacht werden, dass die Veranstaltungen einem möglicherweise relativ homogenen Kreis vorbehalten sind. Aussagekräftigere Ergebnisse wären von Befragungen zu erwarten, die sich auf die mediale Repräsentation eines Ereignisses in unserem Sinne bezögen. Jedoch wäre eine solche Befragung - etwa unter dem Publikum, das die mediale Übertragung eines Staatsaktes gesehen hat - durch die methodische Schwierigkeit belastet, dass sich die Ästhetik des Mediums schlicht nicht aus den Ergebnissen ›herausrechnen‹ ließe.

Ausblick

Was also ist zu tun? Die Arbeit am Thema Musikalische Performance des Staates muss in zwei Phasen erfolgen: Für die Phase vor dem Ereignis sind die Prozesse zu untersuchen, die es konzipieren und seine Gestalt festlegen. Hierzu bedarf

---

[79] Jens Roselt, Erfahrung im Verzug, in: Erika Fischer-Lichte/Clemens Risi/Jens Roselt (Hg.), Kunst der Aufführung – Aufführung der Kunst, Berlin 2004, S. 27–39; Isa Wortelkamp, Performative Writing – Schreiben als Kunst der Aufzeichnung, Leipzig 2015.

es der Kenntnis interner Abläufe, beispielsweise der Akteneinsicht in den entsprechenden politischen Institutionen oder in Archiven, um die Entscheidungsvorgänge zu rekonstruieren. Der Inhalt des musikalischen Programms verlangt eine ästhetisch-historische Einordnung, die die Aufführungsgeschichte von Werken einschließt. Je mehr Material zusammenkommt, desto deutlicher werden sich – so die Arbeitshypothese – die Konturen eines spezifischen Repertoires abzeichnen. Dieses Repertoire ist einerseits hinsichtlich seiner semantischen Verknüpfung mit dem jeweiligen politischen Aufführungsanlass zu befragen. Andererseits steht es aber auch in Beziehung zu allem, was nicht ausgewählt und aufgeführt wird. Der Abgleich mit diesem Kontext erlaubt die klare Abgrenzung einer ›staatsfähigen‹, ja ›Staat machenden‹ Musik. Dazu braucht es so viel Material wie möglich, das unter den gegebenen Kriterien genau untersucht werden muss.

Desgleichen verdienen die Aufführungsaspekte mit ihren Details Aufmerksamkeit. Beim Nachzeichnen der Entscheidungsprozesse für diesen oder jenen Ort, dieses oder jenes Ensemble etc. werden Strategien deutlich, an denen ein spezifisches Verständnis vom Zusammenhang zwischen Musik und Staat abzulesen ist (oder eben auch ein Unverständnis).

Abschließend zitiere ich ein prekäres Beispiel: Der 21. März 1933 ist als »Tag von Potsdam« in die deutsche Geschichte eingegangen, vielleicht vor allem durch das bekannte Foto, das den Handschlag zwischen Reichskanzler Adolf Hitler und Reichspräsident Paul von Hindenburg zeigt. Diese politische Feier diente dem neuen Regime dazu, sich durch die Anknüpfung an Preußens Traditionen historisch zu legitimieren. Am Abend des 21. März wurde in der Preußischen Staatsoper Unter den Linden Richard Wagners Oper *Die Meistersinger von Nürnberg* unter Leitung von Wilhelm Furtwängler aufgeführt. Die Regie sah vor, dass das Volk von Nürnberg, das im dritten Akt auftritt, sich während des *Wach auf*-Chores nicht, wie von Richard Wagner vorgesehen, Hans Sachs zuwenden sollte, sondern dem neuen Reichskanzler Hitler, der in der Mitteloge des Theaters saß. Über diesen *Wach auf*-Chor räsonierte im selben Jahr Joseph Goebbels in seiner Rundfunkrede *Richard Wagner und das Kunstempfinden unserer Zeit* (1933):

> »Es gibt wohl kein Werk in der gesamten Musikliteratur des deutschen Volkes, das unserer Zeit und ihren seelischen und geistigen Spannungen so nahestände, wie Richard Wagners ›Meistersinger‹. Wie oft in den vergangenen Jahren ist sein meisterhafter Massenchor ›Wacht [sic] auf, es nahet gen den Tag‹ von sehnsuchterfüllten deutschen Menschen als greifbare Parallele zu dem Wiedererwachen des deutschen Volkes aus der tiefen politischen und seelischen Narkose des November 1918 empfunden worden […]«[80]

---

80 Zit. nach: Joseph Goebbels, Signale der neuen Zeit. 25 ausgewählte Reden von Joseph Goebbels, (8. Aufl.) München 1940, S. 191–196, hier S. 191.

Das sind altbekannte Tatsachen. Sie verhinderten jedoch nicht, dass am 3. Oktober 2015 in einer vom Zweiten Deutschen Fernsehen (ZDF) ausgestrahlten Abendveranstaltung vor dem Brandenburger Tor in Berlin, wo in Anwesenheit zahlreicher Politikerinnen und Politiker aus dem In- und Ausland »25 Jahre Deutsche Einheit« gefeiert wurden, eine groß besetzte Aufführung des *Wach auf*-Chores stattfand.

Dieses Knäuel aus Werksemantik, Aufführungsgeschichte, politischem Anlass und Ereignis gilt es zu entwirren.

Gleichwohl beharrt das hier vorgestellte Forschungskonzept auch auf der Unbestimmbarkeit, die alle Strategien und Intentionen zu relativieren und zu durchkreuzen vermag: Die musikalische Performance des Staates erzeugt unvorhersehbare Wahrnehmungseffekte und Bedeutungen, die sich nur durch eine methodisch vielfältige Untersuchung vorsichtig beschreiben lassen. Eindeutig auf Intentionen ihrer Autoren zu beziehen sind sie nicht. In genau dem Überschuss, der im Ereignis und nur dort entstehen kann, liegt die Quelle für Erkenntnisse über Musik und Staat, die auf andere Weise nicht zu gewinnen sind.

Literatur

Volker Ackermann, Nationale Totenfeiern in Deutschland. Von Wilhelm I. bis Franz Josef Strauss. Eine Studie zur politischen Semiotik, Stuttgart 1990.

Andreas Arnsfeld, Medien – Politik – Gesellschaft. Aspekte ihrer Wechselwirkungen unter dem Stichwort Politainment, Marburg 2005.

Helene Basu/Gerd Althoff (Hg.), Rituale der Amtseinsetzung. Inaugurationen in verschiedenen Epochen, Kulturen politischen Systemen und Religionen, Würzburg 2015.

Sabine Behrenbeck/Alexander Nützenadel (Hg.), Inszenierungen des Nationalstaats. Politische Feiern in Italien und Deutschland seit 1860/71, Köln 2000.

Wolfgang Braungart, Irgendwie dazwischen. Authentizität, Medialität, Ästhetizität: ein kurzer Kommentar, in: Ute Frevert/Wolfgang Braungart (Hg.), Sprachen des Politischen: Medien und Medialität in der Geschichte, Göttingen 2004, S. 356–368.

Esteban Buch, Beethovens Neunte, in: Etienne François/Hagen Schulze (Hg.), Deutsche Erinnerungsorte III, München 2001, S. 665–680.

Hermann Danuser/Herfried Münkler (Hg.), Deutsche Meister – böse Geister? Nationale Selbstfindung in der Musik, Schliengen 2001.

Otto Depenheuer (Hg.), Staat und Schönheit. Möglichkeiten und Perspektiven einer Staatskalokagathie, Wiesbaden 2005.

Simone Derix, Bebilderte Politik. Staatsbesuche in der Bundesrepublik Deutschland 1949–1990, Göttingen 2009.

Paula Diehl, Einleitung, in: dies./Felix Steilen (Hg.), Politische Repräsentation und das Symbolische. Historische, politische und soziologische Perspektiven, Berlin 2013, S. 1–7.

Andreas Dörner, Demokratie – Macht – Ästhetik. Zur Präsentation des Politischen in der Mediengesellschaft, in: Hans Vorländer (Hg.), Zur Ästhetik der Demokratie. Formen der politischen Selbstdarstellung, Stuttgart 2003, S. 200–223.

Mario Dunkel/Sina Nitzsche (Hg.), Popular Music and Public Diplomacy. Transnational and Transdisciplinary Perspectives, Bielefeld 2019.

Umberto Eco, Semiotik der Theateraufführung, in: Uwe Wirth (Hg.), Performanz. Zwischen Sprachphilosophie und Kulturwissenschaft, Frankfurt am Main, 2002, S. 262–276.

Murray J. Edelman, The Symbolic Uses of Politics, Urbana 1964.

Arvid Enders, Indirekte Außenpolitik. Die Arbeit der Kulturreferate, in: Enrico Brandt/Christian Buck (Hg.), Auswärtiges Amt. Diplomatie als Beruf, (3. Aufl.) Opladen 2003, S. 171–178.

Michaela Fahlenbock (Hg.), Inszenierung des Sieges – Sieg der Inszenierung; interdisziplinäre Perspektiven, Innsbruck u. a. 2011.

Erika Fischer-Lichte, »Politik als Inszenierung«, Vortragsabend mit der Akademie der Wissenschaften zu Göttingen im Niedersächsischen Landtag am 12. November 2001, Hannover 2002.

Dies., Performativität. Eine Einführung, Bielefeld 2012.

Dies., Inszenierung, in: dies./Doris Kolesch/Matthias Warstat (Hg.), Metzler Lexikon Theatertheorie, (2. Aufl.) Stuttgart 2014, S. 152–160.

Dies., Performativität/performativ, in: dies./Doris Kolesch/Matthias Warstat (Hg.), Metzler Lexikon Theatertheorie, (2. Aufl.) Stuttgart 2014, S. 251–258.

Ute Frevert, Politische Kommunikation und ihre Medien, in: dies./Wolfgang Braungart (Hg.), Sprachen des Politischen: Medien und Medialität in der Geschichte, Göttingen 2004, S. 7–19.

Gernot Göhler, Symbolische Politik – symbolische Praxis. Zum Symbolverständnis in der deutschen Politikwissenschaft, in: Stollberg-Rilinger, Barbara (Hg.), Was heißt Kulturgeschichte des Politischen?, Zeitschrift für historische Forschung, Beiheft, Berlin 2005, S. 57–70.

Ronald Grätz/Christian Höppner (Hg.), Musik öffnet Welten. Zur Gestaltung internationaler Beziehungen, Göttingen 2019.

Barbara Hans, Inszenierung von Politik. Zur Funktion von Privatheit, Authentizität, Personalisierung und Vertrauen, Wiesbaden 2017.

Jürgen Hartmann, Selbstdarstellung der Bundesrepublik Deutschland in Symbolen, Zeremoniell und Feier, in: Jörg-Dieter Gauger/Justin Stagl (Hg.), Staatsrepräsentation, Berlin 1992, S. 175–190.

Ders., Staatszeremoniell (3. Aufl.), Köln 2000.

Ders., Staatszeremoniell, 4. völlig neu bearbeitete Auflage Köln 2007.

Klaus W. Hempfer, Performance, Performanz, Performativität. Einige Unterscheidungen zur Ausdifferenzierung eines Theoriefeldes, in: ders./Jörg Volbers (Hg.), Theorien des Performativen. Sprache – Wissen – Praxis: eine kritische Bestandsaufnahme, Bielefeld 2011, S. 13–42.

Hans Joachim Hinrichsen, Musikwissenschaft – Interpretation – Wissenschaft, in: Archiv für Musikwissenschaft 57. Jg. 2000/1, S. 78–90.

Ronald Hitzler, Inszenierung und Repräsentation. Bemerkungen zur Politikdarstellung in der Gegenwart, in: Hans-Georg Soeffner/Dirk Tänzler (Hg.), Figurative Politik. Zur Performance der Macht in der modernen Gesellschaft, Wiesbaden 2002, S. 35–52.

Christoph Hubig, Rezeption und Interpretation als Handlungen. Zum Verhältnis von Rezeptionsästhetik und Hermeneutik, in: Hermann Danuser/Friedhelm Krummacher

(Hg.), Rezeptionsästhetik und Rezeptionsgeschichte in der Musikwissenschaft, Laaber 1991, S. 37–56.

Tobias Janz, Performativity and the Musical work of Art, in: Walter Bernhart (Hg.), Essays on Performativity and on Surveying the Field, Amsterdam 2011, S. 1–15.

Ansgar Klein (Hg.), Kunst, Symbolik und Politik. Die Reichstagsverhüllung als Denkanstoß, Opladen 1995.

Ders., Vorwort, in: ders., Kunst, Symbolik und Politik. Die Reichstagsverhüllung als Denkanstoß, Opladen 1995, S. 9–12

Viktor Klemperer, LTI. Notizbuch eines Philologen, Berlin 1947.

Gunter Kreutz, Musik und Emotion, in: Herbert Bruhn/Reinhard Kopiez/Andreas C. Lehmann (Hg.), Musikpsychologie. Das neue Handbuch, Reinbek 2008, S. 548–572.

Hans Joachim Kruse/Viktor Liebrenz (Hg.), E.T.A. Hoffmann. Schriften zur Musik. Singspiele, Berlin u. a. 1988.

Andreas Linsenmann, Musik als politischer Faktor. Konzepte, Intentionen und Praxis französischer Umerziehungs- und Kulturpolitik in Deutschland 1945–1949/50, Tübingen 2010.

Sabine Mecking, Gelebte Empathie und donnerndes Pathos. Gesang und Nation im 19. Jahrhundert, in: dies./Yvonne Wasserloos (Hg.), Musik – Macht – Staat. Kulturelle, soziale und politische Wandlungsprozesse in der Moderne, Göttingen 2012, S. 9–26.

Gert Melville, Der historische Moment, das Repertoire und die Symbolik. Resümierende Überlegungen zu Beiträgen über performatives Handeln, in: Klaus Oschema/Cristina Andenna/Gert Melville/Jörg Peltzer (Hg.), Die Performanz der Mächtigen. Rangordnung und Idoneität in höfischen Gesellschaften des späten Mittelalters, Ostfildern 2015, S. 217–234.

Dieter Mersch, Ereignis und Aura. Untersuchungen zu einer Ästhetik des Performativen, Frankfurt a. M., 2002.

Marion G. Müller, Politische Bildstrategien im amerikanischen Präsidentschaftswahlkampf 1828–1996, Berlin 1997.

Dies., Die zwei Körper des Präsidenten. Zur Inszenierung politischer Übergänge im amerikanischen Inaugurationszeremoniell, in: Sabine R. Arnold/Christian Fuhrmeister/Dietmar Schiller (Hg), Politische Inszenierung im 20. Jahrhundert. Zur Sinnlichkeit der Macht, Wien 1998, S. 185–202.

Herfried Münkler/Jens Hacke (Hg.), Strategien der Visualisierung. Verbildlichung als Mittel politischer Kommunikation. Eigene und fremde Welten, Frankfurt a. M. u. a. 2009.

Johannes Paulmann, Pomp und Politik: Monarchenbegegnungen in Europa zwischen Ancien Régime und Erstem Weltkrieg, Paderborn 2000.

Helmut Quaritsch (Hg.), Die Selbstdarstellung des Staates. Vorträge und Diskussionsbeiträge der 44. Staatswissenschaftlichen Fortbildungstagung 1976 der Hochschule für Verwaltungswissenschaften Speyer, Berlin 1977.

Matthias Range, British Royal and State Funerals. Music and Ceremonial since Elizabeth I., Woodbridge 2016.

Karl-Siegbert Rehberg, Bildinszenierungen als ›institutionelle Performanz‹: Begriffliche und theoretische Vorklärungen – Das Beispiel der Präsentation von Kunstwerken in und aus der DDR, in: Erika Fischer-Lichte (Hg.), Theatralität und die Krisen der Repräsentation, Stuttgart 2001, S. 199–225.

Julius Bernhard von Rohr, Einleitung zur Ceremoniel-Wissenschafft der großen Herren, Berlin 1733.

Jens Roselt, Erfahrung im Verzug, in: Erika Fischer-Lichte/Clemens Risi/Jens Roselt (Hg.), Kunst der Aufführung – Aufführung der Kunst, Berlin 2004, S. 27–39.

Ulrich Sarcinelli, Politische Inszenierung im Kontext des aktuellen Politikvermittlungsgeschäfts, in: Sabine R. Arnold/Christian Fuhrmeister/Dietmar Schiller (Hg.), Politische Inszenierung im 20. Jahrhundert. Zur Sinnlichkeit der Macht, Wien 1998, S. 146–157.

Ralph Sator, Symbolische Politik. Eine Neubewertung aus prozess- und rezeptionsorientierter Perspektive, Wiesbaden 2000.

Hermann Schäfer, Staatskultur in Deutschland. Möglichkeit und Perspektiven, in: Otto Depenheuer (Hg.), Staat und Schönheit. Möglichkeiten und Perspektiven einer Staatskalokagathie, Wiesbaden 2005, S. 33–52.

Ingo Schneider, Spielen wir alle nur Theater? Inszenierung als kulturelles Paradigma und anthropologische Kategorie – Eine Einführung, in: Michaela Fahlenbock (Hg.), Inszenierung des Sieges – Sieg der Inszenierung. Interdisziplinäre Perspektiven, Innsbruck 2011, S. 13–22.

Sabine Schouten, Aufführung, in: Erika Fischer-Lichte/Doris Kolesch/Matthias Warstat (Hg.), Metzler Lexikon Theatertheorie, (2. Aufl.) Stuttgart 2014, S. 15–26.

Wilhelm Seidel, Die Macht der Musik und das Tonkunstwerk, in: Archiv für Musikwissenschaft, 42. Jg., H. 1, (1985), S. 1–17.

Barbara Stollberg-Rilinger und Tim Neu, Einleitung, in: dies./ders./Christina Brauner (Hg.), Alles nur symbolisch? Bilanz und Perspektiven der Erforschung symbolischer Kommunikation, Köln u. a. 2013, S. 11–32.

Peter Siller/Gerhard Pitz (Hg.), Politik als Inszenierung. Zur Ästhetik des Politischen im Medienzeitalter, Baden-Baden 2000.

Thomas Sonner, Soundtrack der Demokratie. Musik bei staatlichen Zeremonien in der Weimarer und der Berliner Republik, Hamburg 2021.

Sandra Umathum, Performance, in: Erika Fischer-Lichte/Doris Kolesch/Matthias Warstat (Hg.), Metzler Lexikon Theatertheorie, (2. Aufl.) Stuttgart 2014, S. 248–51.

Rüdiger Voigt, Politische Symbole und postnationale Identität, in: Ansgar Klein, Kunst, Symbolik und Politik. Die Reichstagsverhüllung als Denkanstoß, Opladen 1995, S. 283–290.

Hans Vorländer, Demokratie und Ästhetik. Zur Rehabilitierung eines problematischen Zusammenhangs, in: ders. (Hg.), Zur Ästhetik der Demokratie. Formen der politischen Selbstdarstellung, Stuttgart 2003, S. 11–26.

Matthias Warstat, Theatralität, in: Erika Fischer-Lichte/Doris Kolesch/Matthias Warstat (Hg.), Metzler Lexikon Theatertheorie, (2. Aufl.) Stuttgart 2014, S. 382–88.

Heinrich Wefing, Das Ende der Bescheidenheit. Rollenspieler vor Staatskulisse: Anmerkungen zur Architektur des Berliner Kanzleramtes von Axel Schultes und Charlotte Frank, in: Hans Vorländer (Hg.), Zur Ästhetik der Demokratie. Formen der politischen Selbstdarstellung, Stuttgart 2003, S. 161–183.

Uwe Wirth, Der Performanzbegriff im Spannungsfeld von Illokution, Iteration und Indexikalität, in: ders. (Hg.), Performanz. Zwischen Sprachphilosophie und Kulturwissenschaft, Frankfurt a. M. 2002, S. 9–60.

Isa Wortelkamp, Performative Writing – Schreiben als Kunst der Aufzeichnung, Leipzig 2015.

Volker Kalisch

Eingekreist von Verboten. Eine ›Musikerkarriere‹ im Nationalsozialismus

Düsseldorf – Stadt der Künste, Stadt der Künstler, Orgel-Stadt, gar *Electri-City*; doch »Stadt der Musik« oder »der Musiker«? Bei allem berechtigten Kunst- und Kultur-Stolz der Stadt, Musik scheint dabei nicht inbegriffen zu sein! Selbst in jenen dunklen Tagen, aber mächtigen Anstrengungen des Nationalsozialismus, aus Düsseldorf gewissermaßen die »Hauptstadt der deutschen Musik« zu erwecken,[1] verlieren sich alle Anstrengungen doch merkwürdig ›nachhaltslos‹.

In einem bewusst populär gehaltenen, ganz dem ›neuen Geist der Zeit‹ geschuldeten, viel gebrauchten Musiklexikon von 1941 findet sich – übrigens nach Veranstaltung der berühmt-berüchtigten Reichsmusiktage von 1938 – kein Eintrag zu Düsseldorf. Doch schlägt man alternativ, mit größerem Fokus das Stichwort »Ruhrgebiet« auf, so finden sich dazu folgende Passagen:

> »Unter den musikalischen Kulturgebieten Deutschlands ist wohl das jüngste der Industriebezirk an der Ruhr und den anschließenden Landschaften. […] Die Pionierarbeit, die die Industrie durch Schaffung gewaltiger Werke und mächtiger Hochofengruppen im Lande der Kohle und des Eisens leistete, ist auch auf die kulturelle Arbeit nicht ohne Folgen geblieben. Sie hat ihre Vertreter angeregt, auf jungfräulichem Boden, unbeschwert von einer vielleicht hemmenden Tradition, ein Musikleben aufzubauen, das ebenso wie das Theater einen eigenen Stil zeigt. […] Der Aufbau eines eigenständigen Musiklebens, das sich auf breite Schichten der Bevölkerung stützt, vollzog sich in den letzten zwanzig Jahren zäh und zielbewußt. […] Neben der Pflege klassischer und romantischer Kunst ist überall der Einsatz für das gegenwärtige Schaffen bemerkenswert, wie es bei einer Landschaft, die einzig aus dem Fortschritt ihr heutiges Gesicht erhielt, verständlich ist«.[2]

---

1 Es gehört zu den Merkwürdigkeiten Düsseldorfer Selbstverständnisses, dass in der Eigenwahrnehmung der Stadt das Sinnen auf eine besondere Stellung im deutschen/deutschsprachigen Musikleben auch in jüngster Zeit noch die Feder der Presse geführt hat: Etwa in der Westdeutschen Zeitung vom 24. April 2017 wird von »Düsseldorf ist Deutschlands Musikstadt Nr. 1« in einem Kontext berichtet, den die Rheinische Post (Düsseldorf) in ihrer Ausgabe vom 17. Mai 2021 bezüglich des in Düsseldorf ausgetragenen Eurovision Song Contests (ESC) mit der Schlagzeile betitelt: »Als Düsseldorf Musik-Hauptstadt war«.
2 Erwin Schwarz-Reiflingen, Musik-ABC. Universal-Lexikon für Musikfreunde und Rundfunkhörer, Stuttgart 1941, Sp. 463 f., hier Sp. 467.

Als bemerkenswerte Städte werden Essen, dann Bochum, Dortmund, Oberhausen, Gelsenkirchen, Wuppertal, Remscheid und Duisburg gelistet; Köln etwa ist mit einem eigenen Artikel vertreten – Düsseldorf hingegen bleibt Fehlanzeige im mittlerweile acht Jahre andauernden »1000-jährigen Reich«. War dies nun mehr als Widerspiegelung einer Stadt zu verstehen, die mehr nach dem Musik-Wollen/ dem Aufbau eines Musiklebens strebte als die gesicherte Feststellung einer Stadt des Musik-Habens/mit Musiktradition zu repräsentieren?

So oder so fordert diese ›Leerstelle‹ eher dazu auf, sich gänzlich unprätentiös die eher unauffällige, durchschnittliche Alltagskultur in einer deutschen Großstadt während der 13 Jahre Dauer des NS-Regimes zu beleuchten, ohne etwas verteidigen oder gutheißen zu müssen. Ich wende mich einem konkreten Fallbeispiel zu, wie es nicht ganz weit weg, etwa irgendwo in einer deutschen Stadt stattgefunden haben soll, sondern wie es sich vor der eigenen ›Haustüre‹, nämlich in Düsseldorf konkret ereignet hat.

1. Karl Wüsthoff, Musiker

Also: Düsseldorf, Kronenstr. 36; dort lebte Karl Wüsthoff. Wer war Karl Wüsthoff?

Das *Adreßbuch der Stadt Düsseldorf (zur 650-Jahr-Feier)* von 1938[3] weist ihn dort als wohnhaft im 4. Stock aus; Beruf:»Musiker« (und somit nicht »Sänger«).[4] Aufmerksam auf ihn wurde ich durch das Blättern in den *Amtlichen Mitteilungen der Reichsmusikkammer*[5] im Zusammenhang meiner Interessen an den in Düsseldorf erstmals veranstalteten Reichsmusiktagen 1938. Im Laufe dieses Jahrgangs entscheidet sich die Kammer zur Publikation einer völlig neuen Bekanntmachungskategorie: regelmäßig erschienen noch in den ersten Nummern dieser – wie all der vorhergehenden – Jahrgänge am Schluss jeder (durchgezählten) Mitteilungsnummer (tendenziell zunehmend anwachsende) Namenslisten in den Personen-»Suchanzeigen«, die den »Landesleitern, Kreis- und Ortsmusikerschaften« (aus »organisatorischen Gründen« oder einer »Rechtsangelegenheit«[6] halber) zur Kenntnis gebracht werden. Die letzte Rubrik »Un-

---

3 Adreßbuch der Stadt Düsseldorf zur 650-Jahr-Feier, Düsseldorf 1938. Nach amtl. Unterlagen u. eigenen Erhebungen, Düsseldorf o. J. [1938].
4 Ebd. II. Teil, S. 783, Sp. 3 unten.
5 »erscheinen [erst wöchentlich {1935}, dann] halbmonatlich. Als Handschrift gedruckt. Der Inhalt ist allein für den Dienstgebrauch bestimmt. Nachdruck nur mit ausdrücklicher Genehmigung der Reichsmusikkammer. ... Schriftleitung: [1935 noch Friedrich Mahling, später Fritz Siege] Dr. Alfred Morgenroth«, Berlin 5 (1938). In meinem Besitz befinden sich die Jahrgänge 2 (1935), 5 (1938) und 7 (1940). Im Folgenden zitiert als AMBl.
6 So die Differenzierung noch in den »Suchanzeigen« im AMBl. 2 (1935), ebenso in AMBl. 5 (1938), z. B. in Nr. 16.

> **Ausschlüsse aus der Reichsmusikkammer**
>
> Auf Grund des § 10 der Ersten Durchführungsverordnung zum Reichskulturkammergesetz vom 1. November 1933 (RGBl. I S. 797) sind die nachstehenden Personen aus der Reichsmusikkammer ausgeschlossen worden:
> 1. A c h t e r , Leopold, Wien 8, Blindengasse 39/3, geb. in Wien am 15. 7. 1905 — N 223 103 —.
> 2. F i s c h e r, Friedrich, Wien 9, Roten Löwengasse 9/21, geb. in Wien am 24. 12. 1904 — N 223 126 —.
> 3. G a n ß , Alfons, Berlin-Charlottenburg, Droysenstr. 6, geb. in Berlin am 1. 3. 1892 — N 382/37 —.
> 4. G r ü n , Bernard, früher wohnhaft: Wien 8, Strozzigasse 15, geb. in Stratsch am 11. 2. 1901 — N 182/37 —.
> 5. H a n i s c h , Erna, Baden bei Wien, Neustiftgasse 33, geb. in Baden b. Wien am 1. 3. 1888 — N 108 806 —.
> 6. H a n i s c h , Margarete, Baden bei Wien, Neustiftgasse 33, geb. in Baden b. Wien am 12. 11. 1890 — N 223 135 —.
> 7. S o n n e n f e l d , Karl, Wien 16, Ganglbauergasse 32/12, geb. in Wien am 19. 4. 1891 — N 223 170 —.
> 8. W e i ß , Egon Engelbert, Wien 7, Burggasse 58/27, geb. in Bodenbach am 4. 6. 1901 — N 223 180 —.
> 9. W i l l n e r , Arthur, früher wohnhaft: Wien 7, Zieglergasse 75, geb. in Teplitz-Schönau am 5. 3. 1881 — N 347/38 —.
> 10. W i n t e r f e l d , Max (Ps. Jean Gilbert), früher wohnhaft: Wien 7, Seidengasse 25, geb. in Hamburg am 11. 2. 1879 — N 152/37 —.
> 11. W ü s t h o f f , Karl, Düsseldorf, Kronenstr. 36 IV, geb. in Düsseldorf am 1. 3. 1910 — VII 1964/37 —.
> 12. Z i m m e r m a n n , Ewald, Rees, Dellstr. 4, geb. in Gelsenkirchen am 26. 8. 1910 — VII 1961/37 —.
>
> Die Ausgeschlossenen haben das Recht zur weiteren Betätigung auf jedem zur Zuständigkeit der Reichsmusikkammer gehörenden Gebiet verloren.
>
> Berlin, den 12. November 1938
> Der Präsident der Reichsmusikkammer

Abb. 1: *Amtliche Mitteilungen der Reichsmusikkammer* 5 (1938), Nr. 22, S. 78.

gültigkeitserklärungen«[7] listet wiederum Personen, deren »verloren« gegangene Mitgliedsausweise öffentlich für »ungültig« erklärt werden. Doch mit der Nr. 20 der *Amtlichen Mitteilungen* vom 15. Oktober 1938 ändert sich der vermeintliche Berichtscharakter in den Personenmitteilungen dramatisch, werden von nun an doch auch die »Ausschlüsse aus der Reichsmusikkammer« mitgeteilt, und zwar

---

7 Allein die »Ungültigkeitserklärungen« nach AMBl. 2 (1935) betreffen z. B. folgende Düsseldorfer Musikerinnen bzw. Musiker: ein gewisser Adolf Jahn in Nr. 6, eine gewisse Wilhelmine Meier-Richartz in Nr. 8, ein gewisser Paul Pflanz in Nr. 24 und ein gewisser Carl Helbig in Nr. 32.

in Form möglichst vollständiger Nennung von Namen, Adresse, Geburtsdatum und Mitgliedsausweisnummer. Gleich in den nächsten Folgenummern finden sich unter den »Ausgeschlossenen« auch Düsseldorfer Bürger,[8] wobei in Nr. 22 Karl Wüsthoff[9] aufgeführt wird, als Elfter in der aktuellen Auflistung mit den Angaben: »Wüsthoff, Karl, Düsseldorf, Kronenstr. 36 IV, geb. in Düsseldorf am 1.3.1910 – VII 1964/37.«

Wüsthoffs weitere (berufliche) Existenz als Musiker endete damit abrupt, verdeutlicht durch die redundante Schlusswendung der offiziellen Machthaber: »Die Ausgeschlossenen haben das Recht zur weiteren Betätigung auf jedem zur Zuständigkeit der Reichsmusikkammer gehörenden Gebiet verloren.«[10] Der Verlust des »Rechts zur weiteren Betätigung auf jedem zur Zuständigkeit der Reichsmusikkammer gehörenden Gebiet« kam ganz gewiss einem Berufsverbot gleich. Doch was hieß das und was bedeutete dies?

2. Tätigkeitsfelder und Handlungsbeschränkungen

Zunächst einmal muss festgehalten werden, dass es eine legale berufliche Tätigkeit als Musikerin und Musiker im NS-Deutschland außerhalb der Reichsmusikkammer so gut wie nicht gab und nicht geben konnte. Dafür sorgte u. a. die »Zweite Anordnung zur Befriedung der wirtschaftlichen Verhältnisse im deutschen Musikleben« als eine der vielen nachfolgenden »Durchführungsordnungen« und »-bestimmungen«[11] zum grundlegenden Reichskulturkammergesetz vom 22. September 1933. Diese definierte Folgendes:

---

8 Im AMBl. 5 (1938) z. B. ein gewisser Heinrich Arntz in Nr. 21, oder im Nachfolgejahrgang 7 (1940) z. B. ein gewisser Xaver Lehmann bzw. Richard Sander in Nr. 2. Leider lassen sich deren in den AMBl. mitgeteilte Daten nicht in den einschlägigen Adressbüchern Düsseldorfs nachweisen.
9 Nr. 22 vom 15. November 1938, S. 78, Sp. 1.
10 AMBl. 5 (1938), S. 70.
11 Beide Zitate in: Das Recht der Reichskulturkammer. Sammlung der für den Kulturstand geltenden Gesetze und Verordnungen, der amtlichen Anordnungen und Bekanntmachungen der Reichskulturkammer und ihrer Einzelkammern, hier: abgeschlossen am 31. Dezember 1934 [und danach freilich weitergeführt], Berlin 1935, S. 1-2. sowie Bd. I, S. 91-92, FN 12. Alle Gesetzestexte fein säuberlich gesammelt und zusammengeführt hat Karl-Friedrich Schrieber. Nota bene: Diese Textzusammenstellung erfolgt aus der Sicht der Nationalsozialisten zur »Erleichterung« der »praktischen Tagesarbeit« (Vorwort S. XIII) und will beim Auffinden all jener »Anordnungen und amtlichen Bekanntmachungen der Kammern« der Reichskulturkammer helfen, die sonst amtlich und »in der Regel« in der nationalsozialistischen Tagespresse veröffentlicht wurden, z. B. im Völkischen Beobachter (vgl. Bekanntmachung über Bestellung des Völkischen Beobachters zum amtlichen Publikationsorgan der Reichskulturkammer, a. a. O. S., 88f.). Im Folgenden zitiert als: Gesetzestexte.

1. wer als Berufsmusiker zu gelten habe: »Personen, welche in der Öffentlichkeit einer auf Erwerb gerichteten musikalischen Tätigkeit nachgehen« – und setzt somit jegliche Spezifik der Tätigkeit, gar eine etwa rein künstlerische, gezielt außer Kraft.
2. legt sie für diese Personen fest, dass sie »Mitglieder der Reichsmusikkammer sein« müssen! Dazu heißt es im Wortlaut:

»Die Mitgliedschaft wird durch Eingliederung in den für diese Tätigkeitszweige allein zuständigen Fachverband ›Reichsmusikerschaft‹ erworben und ist Voraussetzung für die öffentliche Betätigung. Der Nachweis der Mitgliedschaft wird durch eine Mitgliedskarte erbracht, die der Fachverband ›Reichsmusikerschaft‹ jedem Mitglied im Auftrag der Reichsmusikkammer ausstellt. Jedes Mitglied hat die ihm ausgestellte Mitgliedskarte bei Ausübung seiner Tätigkeit stets bei sich zu führen und auf Verlangen […] vorzuweisen«.[12]

Wer demnach seinen Mitgliedsausweis ersatzlos verliert oder wessen Mitgliedschaft aberkannt wird (obschon noch ggf. im Besitz eines Mitgliedsausweises – deshalb die Bekanntgabe der Mitgliedsausweisnummer), verliert nicht nur die Berechtigung zur erwerbsmäßigen Berufsausübung, sondern macht sich im Falle der Weiterführung einer erwerbsmäßigen Berufsausübung sogar noch strafbar. Die Polizei bzw. spezielle »vom Präsidenten der Reichsmusikkammer zur Kontrolle bestellte(n) Personen«[13] sind hierfür zur Überwachung verpflichtet.

»Musiker« als Berufsbezeichnung von Karl Wüsthoff bedeutete: »Musiker« in erwerbsmäßiger Berufsausübung. Wüsthoff war vermutlich Instrumentalist, da er sonst unter der Berufsbezeichnung »Sänger« geführt worden wäre. Aus der Aberkennung seiner Mitgliedschaft ist nicht automatisch zu schließen, dass er Bürger jüdischen Glaubens gewesen sein muss.[14] Angenommen, er musizierte als Streicher oder Bläser in einem Ensemble (Orchester oder andere, kleinere Formationen), so wäre es denkbar, dass dies zwar wohl direkt das Ende seiner berufsmäßigen Mitgliedschaft in einem großen Orchester nach sich gezogen hätte. Wäre es aber auch automatisch gleichbedeutend mit dem Ende seines Berufs als »Musiker«? Wäre Karl Wüsthoff z. B. ein außerordentlich guter Musiker gewesen, so hätte ihm doch gerade als vielgefeiertem Solisten oder Kam-

---

12 So geregelt in der Zweiten Anordnung, in: Gesetzestexte Bd. I, S. 91.
13 § 3 (1) der Dritten Anordnung zur Befriedung der wirtschaftlichen Verhältnisse im deutschen Musikleben, veröffentlicht im AMBl. 2 (1935) Nr. 5, S. 14–16. Vgl. auch die Anordnung betreffs Mitwirkung der Polizeireviere bei der Durchführung der von der Reichsmusikkammer erlassenen Anordnungen, in AMBl. 2 (1935) Nr. 10, S. 27–28. In jenen, meinem Exemplar der AMBl. 2 (1935) Nr. 5 beigebundenen Internen Richtlinien vom 5. Februar 1935 (und von [Heinz] Ihlert gezeichnet) heißt es erläuternd zu § 3: »§ 3 ist mit äusserster Schärfe durchzuführen«.
14 Im unsäglichen Lexikon der Juden in der Musik von Theo Stengel und Herbert Gerigk findet sich auch in der 2. Auflage von 1943 kein Eintrag zu Karl Wüsthoff.

mermusiker – vorausgesetzt er hätte den »Arier-Nachweis« erbracht – in Nazi-Deutschland der Karriereweg offen stehen können? Welch irrige Annahme! Denn gerade »um den Wiederaufbau des deutschen Konzertlebens unter dem Gesichtspunkt des Leistungsprinzips sicherzustellen und zugleich die praktischen Arbeitsbeschaffungsmaßnahmen für den künstlerisch qualifizierten Solistennachwuchs wirksamer zu gestalten«, wird die »Eingliederung« in gleich zwei neu geschaffene Fachschaften in der »Reichsmusikerschaft« verfügt, nämlich in die Fachschaft IV »Konzertierende Solisten und Kapellmeister«, und, falls es für eine Karriere als Solist nicht reichen sollte, in die Fachschaft II »Ensemblemusiker, freistehende Instrumentalisten und Sänger«,[15] um nur ja nicht über sie die Kontrolle durch die Kammer zu verlieren. Dass es davon Ausnahmen gegeben haben mag, ist ein Potentialis, aber eben ein ganz bestimmter, seltener, der freilich wiederum willkürlich ›geregelt‹ war: denn über diese entschied der Reichsminister für Volksaufklärung und Propaganda Joseph Goebbels persönlich. Oder es blieb gegebenenfalls noch und »ausschließlich den Präsidenten der der Reichskulturkammer angehörenden Einzelkammern vorbehalten«.[16]

Die Frage stellt sich, ob Wüsthoff für eine Zeitlang einem Broterwerb als Musiklehrer – wenn nicht an einer reichsöffentlichen Schule (was ausgeschlossen war), dann eben als »Privatmusiklehrer« – hätte nachgehen können. Auch dies war unmöglich. Nicht nur, dass in einer eigenen »Anordnung über die Unterrichtsbedingungen für den Privatmusikunterricht in der Musik« sogar der jeweils zu schließende Unterrichtsvertrag formal vorgegeben wird und auch weitere Einzelheiten einschließlich des Honorarrahmens abgesteckt werden: gleich der erste Passus legt fest, dass es sich dabei um einen »Unterrichtsvertrag« handele, der zwischen einem »Privatschüler« und dem Musiklehrer als einem »der ›Reichsmusikerschaft‹ innerhalb der Reichsmusikkammer angehörenden Musikerzieher« zustande käme.[17] Auch dieses Berufsfeld verschloss sich für Karl Wüsthoff.

Eine weitere Möglichkeit: Unterhaltungsmusiker im Gaststättengewerbe, mit Honorar, Trinkgeld und freier Verköstigung. Doch der Leiter der »Reichsgruppe Handel der Organisation der gewerblichen Wirtschaft« ordnete in Übereinstimmung mit der Reichsmusikkammer Folgendes an:

---

15 Nach Anordnung betreffs Eingliederung von Solisten, in: AMBl. 2 (1935) Nr. 10, S. 28.
16 Ebd. Dennoch gab es Ausnahmen. Eine der bekanntesten stellte in der Parallelwelt der Reichsfilmkammer der »durch und durch deutsche Schauspieler« Heinz Rühmann dar, der, obschon mit einer Jüdin, Maria Bernheim, in erster Ehe bis 1938 verheiratet, aus der Reichsfilmkammer ausgeschlossen wurde. Er durfte auf Grundlage einer solchen »Sondergenehmigung« (!) z. B. weiterhin Filme drehen, vgl. den Artikel Heinz Rühmann von Guido Knopp und Anja Greulich, in: Guido Knopp, Hitlers nützliche Idole. Wie Medienstars sich in den Dienst der NS-Propaganda stellten, München 2008, S. 14–65, hier S. 43.
17 Gesetzestexte, S. 101–102; bekräftigt und ausgebaut in den Unterrichtsbedingungen für den Privatunterricht in der Musik, in: AMBl. 2 (1935) Nr. 14, S. 38–39.

»1. In Zukunft sind für musikalische Veranstaltungen in den Betrieben der Wirtschaftsgruppe Gaststätten- und Beherbungsgewerbe nur solche Personen als Musiker zu beschäftigen, die den Erfordernissen des Reichskulturkammergesetzes [...] und der zu diesem Gesetz ergangenen Durchführungsverordnungen [...] genügen«.[18]

Also auch hier bot sich kein Anknüpfungspunkt für Wüsthoff. Vielleicht könnte er auch eine Zeitlang die berufliche Musikausübung ruhen lassen und sich z. B. aufgrund seiner Musikererfahrungen im Bereich des Verlagswesens profilieren, seine Ersparnisse – so er über welche verfügte – investieren und selbst einen Musikverlag gründen. Die Anordnung über die Regelung der musikverlegerischen Tätigkeit verlangt allerdings gleich im ersten Passus als Bedingung: »Wer [...] berufsmäßig [einen] Musikverlag betreibt, muß Mitglied der Reichsmusikkammer sein«,[19] die Karl Wüsthoff nicht erfüllen kann. Er müsste auch nicht gleich Musikverleger werden. Als Musikalienhändler böte sich eine weitere Option. In der Anordnung betreffs Abgrenzung der Reichskulturkammer von den Organisationen der Wirtschaft heißt es dazu:

»Zur Beilegung der Differenzen zwischen dem Reichsverband der deutschen Musikalienhändler und dem Reichsverband des Deutschen Phono- und Musikwarenhandels e.V. wird [...] vereinbart: Der Reichsverband des Deutschen Phono- und Musikwarenhandels e.V. befreit alle Firmen, die hauptsächlich mit Musikalien handeln und Mitglied des Reichsverbandes der deutschen Musikalienhändler sind, gleichzeitig aber von ihm als Mitglied geführt werden, von ihren Verpflichtungen...«.[20]

Karl Wüsthoff kann hier gleichsam nur zwischen Skylla und Charybdis wählen, zwischen dem einen oder dem anderen Reichsverband. Um eine Zwangsmitgliedschaft in einer der beiden Organisationen käme allerdings Wüsthoff auch da nicht herum, was ihm aber aufgrund seines Ausschlusses unmöglich ist. Ohnehin findet die vermeintliche Lücke schon wenig später ihre Schließung mit der Zweiten Anordnung betreffend Regelung des deutschen Notenhandels, in welcher wieder der erste Passus lapidar festhält: »Die Eröffnung einer Musikalienhandlung bedarf der Genehmigung durch den Präsidenten der Reichsmusikkammer«.[21]

Warum aber sollte sich Wüsthoff nicht damit zufriedengeben, wenigstens für eine Zeitlang sich ganz von der öffentlichen Bildfläche zurückzuziehen und

---

18 So in der Anordnung betreffs im Gaststättengewerbe beschäftigter Musiker, in: AMBl. 2 (1935) Nr. 17, S. 47.
19 Gesetzestexte, S. 107–108. Die Zweite Anordnung betreffend Regelung der musikverlegerischen Tätigkeit greift dabei noch weiter und verlangt explizit erst die »Genehmigung durch den Präsidenten der Reichsmusikkammer« im Falle der »Neugründung eines Musikalienverlags sowie [der] Aufnahme einer musikverlegerischen Tätigkeit durch Verlage sonstiger Art«, in: AMBl. 2 (1935) Nr. 23, S. 67.
20 In AMBl. 2 (1935) Nr. 19, S. 51.
21 AMBl. 2 (1935) Nr. 33, S. 103–104.

seine wertvollen Musik-, Musiker- bzw. Musikbetriebs-Erfahrungen z. B. Agenturen, Konzertveranstaltern oder auch Rechteverwertern zur Verfügung zu stellen? Doch selbst wenn er das wollte, dürfte er es nicht! Denn das Gesetz über Vermittlung von Musikaufführungsrechten legt in § 1 fest:

> »Die gewerbsmäßige Vermittlung von Rechten zu öffentlichen Aufführungen von Werken der Tonkunst mit oder ohne Text …, zu der es nach den gesetzlichen Bestimmungen der Einwilligung des Berechtigten bedarf, ist nur mit Genehmigung des Reichsministers für Volksaufklärung und Propaganda zulässig«.

Und § 2 droht gleich noch mit der privatrechtlichen Konsequenz: »Verträge der bezeichneten Art, die von einem nicht gemäß § 1 zugelassenen Vermittler abgeschlossen worden sind, sind nichtig«.[22]

Lassen wir Wüsthoff in einem Gedankenexperiment beruflich noch in das Lager der schreibenden Zunft, zum Musikkritiker wechseln wollen. Nicht ausführlich braucht hier nachgewiesen und zitiert zu werden, wie insbesondere alle Aktivitäten im Bereich schriftlicher Druckererzeugnisse ohnehin der engmaschigen Kontrolle zuständiger staatlicher Aufsicht und Kontrolle unterlagen. Auch das Wirken unter einem Pseudonym kann ihm nicht empfohlen werden, verlangt doch eine eigene Anordnung, dass es ausschließlich »Mitgliedern der Reichsmusikkammer« vorbehalten bliebe, aber auch nur dann, wenn diese erst ihrer Pflicht nachgekommen seien, »die Führung eines Decknamens der Reichsmusikkammer anzuzeigen«.[23] Der Vollständigkeit halber bleibt nachzutragen, worüber 1941 ein einschlägiges Lexikon informiert. Zu den zur »Hebung des Berufsstandes« vorgeschriebenen »Bedingungen« gehöre nicht nur »ein gewisses Mindestalter« der einst »Musikkritiker« genannten, sondern auch, dass die jetzt als »Musikbetrachter« titulierten »stets mit ihrem vollen Namen unterzeichnen« müssten.[24]

---

[22] Zitiert nach dem Dokument in Erich Schulze, Musik und Recht: Das Honorar des Komponisten, München u. a. 1954, S. 107.
[23] Nach Anordnung über die Führung von Decknamen (Pseudonymen), in: AMBl. 2 (1935) Nr. 29, S. 87. In der Anordnung über Namengebung, in: Gesetzestexte S. 112–113, heißt es dazu: »Die Neigung mancher Deutscher, nur das Ausländische für gut und insbesondere in jedem Fall für besser als das Deutsche zu halten, muß mit allen Mitteln bekämpft werden. In diesem Kampf muß die deutsche Musikerschaft in erster Reihe stehen«.
[24] So Erwin Schwarz-Reiflingen in seinem als Universal-Lexikon für Musikfreunde und Rundfunkhörer konzipierten Musik-ABC im Artikel »Kritik«, Stuttgart 1941 Sp. 272–273.

3. Verdrängung und Ausschluss aus dem Kulturleben

Schließlich mag noch unter Strapazierung der vermeintlichen rechtlichen Unschärfen der z. B. nur anscheinend weichen Bestimmung des Adjektivs »erwerbsmäßig« nachgedacht werden. Tatsächlich brauchte eine Person nicht unbedingt den Musikerberuf ausschließlich im Sinne jener Regelung der Dritten Anordnung zur Befriedung der wirtschaftlichen Verhältnisse im deutschen Musikleben auszuüben, die den »beruflichen Charakter« dahingehend bestimmt, indem sie einen Berufsmusiker seine »musikalische Tätigkeit ständig derart ausüben [lässt], daß [seine] Arbeitskraft zum überwiegenden Teil in Anspruch genommen« werde.[25] Dann solle doch Wüsthoff hauptberuflich etwas anderes machen und seiner Musikerberufung gleichsam nur noch »nebenberuflich« nachgehen, zumal § 6 (1) ausdrücklich regelt, dass in diesem Falle diese Personen sogar »von der Verpflichtung, der Reichsmusikkammer anzugehören«, befreit seien.

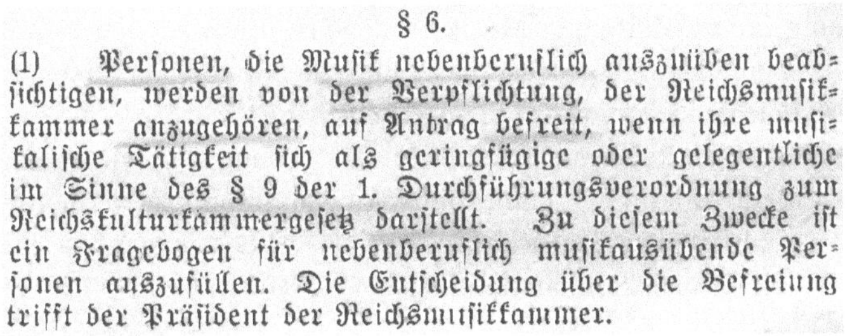

§ 6.
(1) Personen, die Musik nebenberuflich auszuüben beabsichtigen, werden von der Verpflichtung, der Reichsmusikkammer anzugehören, auf Antrag befreit, wenn ihre musikalische Tätigkeit sich als geringfügige oder gelegentliche im Sinne des § 9 der 1. Durchführungsverordnung zum Reichskulturkammergesetz darstellt. Zu diesem Zwecke ist ein Fragebogen für nebenberuflich musikausübende Personen auszufüllen. Die Entscheidung über die Befreiung trifft der Präsident der Reichsmusikkammer.

Abb. 2: *Amtliches Mitteilungsblatt der Reichsmusikkammer* 2 (1935) Nr. 5, S. 14.

Doch ist gerade dieser Paragraph sorgfältig im Kontext der Berufsverbotsregelungen zur Kenntnis zu nehmen. Denn die »nebenberufliche« Musikausübung wird bereits im Ansatz schon durch die Bedingung unterbunden, dass allein die »Ausübungsabsicht« von einer erst zu genehmigenden Antragsstellung abhängig gemacht wird: »Zu diesem Zwecke«, aber, »ist ein Fragebogen für nebenberuflich musikausübende Personen auszufüllen. Die Entscheidung über die Befreiung trifft der Präsident der Reichsmusikkammer«.[26] Doch selbst wenn dieser nebenberufliche Musiker von der Zwangsmitgliedschaft befreit werden sollte, so ist er gleichwohl »in einer bei der zuständigen Ortsmusikerschaft zu führenden Liste für nebenberuflich musikausübende Personen einzutragen«, worüber dann wiederum eine »Bescheinigung« auszustellen ist.[27]

Schließlich schiebt eine Anordnung selbst unentgeltlichen musikalischen Diensten und Mitwirkungen einen Riegel vor, da es die »innerhalb der deutschen

---

25 AMBl. 2 (1935) Nr. 5, S. 14–16, hier: § 1 (1).
26 Ebd. § 6 (1).
27 Ebd. § 6 (2).

Berufsmusikerschaft herrschenden Not « [sic!] »mit sofortiger Wirkung« verlange, dass es »allen dem Fachverband ›Reichsmusikerschaft‹ innerhalb der Reichsmusikkammer angehörenden Mitgliedern grundsätzlich verboten [ist], bei Veranstaltungen musikalischer Art unentgeltlich mitzuwirken«.[28]

Wer darüber hinaus und gewissermaßen in menschlichem Nachweisverzicht über Karl Wüsthoffs nicht vorhandener Mitgliedschaft in der Reichsmusikkammer aus Respekt vor seiner Musikerberufung oder auch nur aus Mitleid für seine persönliche Lage etwas ermöglichen wollte, also ihm gleichsam musikalisch bei sich Unterschlupf gewährte, der machte sich ebenfalls schuldig. Hält doch § 18 der Dritten Anordnung zur Befriedung der wirtschaftlichen Verhältnisse im deutschen Musikleben alle Reichsdeutschen dazu an: »Wer, ohne selbst den Beruf des Musikers auszuüben, Personen zum Zwecke der Musikausübung verpflichtet und diese einem Dritten zur Ausübung einer musikalischen Betätigung zuweist, ohne daß der Dritte Arbeitgeber des Zugewiesenen wird, muß Mitglied der Reichsmusikkammer sein«, um in § 19 noch im geweiteten Blick auch die Anstellungseventualität eines Musikers als »Privatmusikerzieher« mit einzubeziehen, die ebenfalls verlange, dass dieser Einstellende ebenfalls erst »die Mitgliedschaft der Reichsmusikkammer zu erwerben« habe.[29]

Der Ausschluss aus der Reichsmusikkammer also bedeutete – wie es anschaulicher kein anderes Dokument, keine Statistik oder Graphik zu verdeutlichen vermag – Ausschluss aus jenem Kulturgefüge, wie es das zeitgenössische Organigramm der Reichsmusikkammer abbildet.[30]

4. Schlussbetrachtung

Was lernen wir daraus? Was die Verbots- bzw. Ausschlussgründe für die der Musikerinnen und Musiker in den Existenzvernichtungslisten miteinander im Einzelnen verbunden haben mag oder sie zumindest miteinander vergleichen lässt, erschließt sich häufig nicht. Im Gegenteil: Gründe und Anlässe scheinen so unterschiedlich und unvergleichlich in jeglicher Hinsicht gewesen zu sein, dass sie die altbekannte Tatsache nur erneut belegen, der Nationalsozialismus verfügte weder über einen zentralen, inhaltlich fassbaren Musikbegriff noch über eine Art (musik-)ästhetische Theorie, die die entsprechenden Entscheidungen hätte irgendwie ›rational‹ begründen können. Die Entscheidungen waren deshalb nicht weniger gefährlich und der Sache nach nicht weniger kunstverachtend,

---

28 Anordnung über das Verbot der unentgeltlichen Mitwirkung bei musikalischen Veranstaltungen, in: Gesetzestexte, S. 96–97.
29 AMBl. 2 (1935) Nr. 5, S. 14–16, hier: § 18, 19.
30 Siehe unter: https://upload.wikimedia.org/wikipedia/commons/7/75/Reichsmusikkammer_Organigramm_1934.png.

sondern sie waren das genaue, das noch schärfere, weil prinzipiell unberechenbare und damit willkürliche Gegenteil.

Irgendeine wie auch immer ernst zu nehmende geartete Anstrengung, dem unserem heutigen Verständnis nach theoretischen Manko z. B. mittels einer nachzuliefernden theoretischen Begründung entgegenzuwirken, lässt sich in dem Gesamtfeld nationalsozialistischer Kulturpolitik (besser wäre: Kulturverwaltung) nicht erkennen, weil an die Stelle der theoretischen Auseinandersetzung der ›Problem‹lösung durch bürokratische Kontrolle und verwaltende Überwachung gesetzt wurde. Sämtliche gängelnden Maßnahmen, sämtliche entwickelten Strategien und umgesetzten Organisationssystematiken basierten einzig und allein auf der ideologisch verbrämten Überzeugung, dass es schlechterdings keine Fragen und Phänomene in Sachen (Musik-)Kultur geben könne, die sich nicht nachhaltig, umfassend und lückenlos vernetzter und systemischer Kontrolle unterziehen ließen. Nicht die in einer Sache oder in abweichenden Auffassungen wurzelnden Widerstände vermochten die uneingeschränkte Macht- und Herrschaftsgewissheit nationalsozialistischer Funktionäre ins Wanken zu bringen, sondern es waren wohl die ›Probleme‹, die sich keinen Personennamen zuordnen ließen. Auch der inhaltliche Knebelungsversuch der Musik selbst mittels Anordnungen, sei es über öffentlich indizierte »unerwünschte und schädliche Musik«,[31] sei es durch verfügten Einsendungszwang von »Programmen musikalischer Veranstaltungen,«[32] oder sei es schließlich mittels Einzug der zu »Erzeugnissen entarteter Kunst« erklärter Musikalien bzw. Medienträger:[33] alle Maßnahmen mündeten letztlich in diffamierende Listenführungen durch kleine, mittlere und/oder größere Kulturfunktionäre, was deren Walten erneut wieder ganz dem Zugriff nationalsozialistischer Willkür dienstbar machte.

Karl Wüsthoff, einen Düsseldorfer Bürger, ereilte jedenfalls mit seinem öffentlich bekannt gegebenen Ausschluss aus der Reichsmusikkammer, was hunderten, was tausenden anderen Musikerinnen und Musikern im Deutschen Reich widerfuhr!

Literatur

Amtliche Mitteilungen der Reichsmusikkammer 2 (1935), 5 (1938); 7 (1940).
Adreßbuch der Stadt Düsseldorf zur 650-Jahr-Feier, Düsseldorf 1938. Nach amtl. Unterlagen u. eigenen Erhebungen, Düsseldorf o. J. [1938].
Guido Knopp/Anja Greulich, in: Guido Knopp, Hitlers nützliche Idole. Wie Medienstars sich in den Dienst der NS-Propaganda stellten, München 2008.

---

31 AMBl. 5 (1938) Nr. 1/2, S. 1.
32 AMBl. 2 (1935) Nr. 26, S. 79.
33 AMBl. 5 (1938) Nr. 12/13, S. 45.

Erich Schulze, Musik und Recht: Das Honorar des Komponisten, München u. a. 1954.
Theo Stengel/Herbert Gerigk (Hg.), Lexikon der Juden in der Musik. Mit einem Titelverzeichnis jüdischer Werke, Berlin ²1943.
Das Recht der Reichskulturkammer. Sammlung der für den Kulturstand geltenden Gesetze und Verordnungen, der amtlichen Anordnungen und Bekanntmachungen der Reichskulturkammer und ihrer Einzelkammern, Berlin 1935.
Erwin Schwarz-Reiflingen, Musik-ABC. Universal-Lexikon für Musikfreunde und Rundfunkhörer, Stuttgart 1941.

Yvonne Wasserloos

Staatliche (Un-)Ordnung und Selbstverständnis. Musik im Staatsakt von der Weimarer Republik bis zum Begräbnis Konrad Adenauers

»Was an diesem Tage [25. 4. 1967] aber auch vom Rhein hinausdrang in die Welt, das war ein neues Gefühl für Ernst, Würde und Größe. Das war ein Stil der gesetzten Bescheidenheit und des Maßes, das nichts mit dem bombastischen Gepränge und dem heroischen Pathos früherer Staatsbegräbnisse zu tun hatte. [...] Ein kleines, aber sprechendes Symbol war das Deutschlandlied am Schluß des Bonner Staatsaktes. Das waren nicht die herrischen Posaunen und die fordernden Trommeln, sondern Haydns Kammermusik voll Zucht und Verhaltenheit, die uns gerade in dieser unserer Welt gut zu Gesicht stehen. [...] Wenn dann draußen die Trommeln dröhnten, Stahlhelme blitzten, Ehrensalute krachten... und die Düsenjäger in den Himmel stachen, dann war plötzlich jenes laute Gepränge in der Szene, das nun einmal ein Staatsbegräbnis in aller Welt erfordert. Was dagegenstand, das waren die Tausenden an den Rheinufern, die ernsten Gesichter, die Blüten und die Tränen. Der laute Heroismus des Offiziösen ging in sentimentaler Melancholie, im ergriffenen Gefühl des privaten Abschieds und im schmerzlichen Trauerchoral [*O Haupt voll Blut und Wunden*] von Johann Sebastian Bach unter.«[1]

In der Nachberichterstattung der *Kölnischen Rundschau* zum Staatbegräbnis für Alt-Bundeskanzler Konrad Adenauer 1967 spielt Musik eine auffällig prominente Rolle. Ihre Erwähnung in den diversen Teilen des staatlichen Akts zeigt ihre wahrgenommene Präsenz, sicherlich bedingt durch ihren bewussten Einsatz. Dem Staatsbegräbnis für den ersten Bundeskanzler der noch jungen Bundesrepublik Deutschland kam nach dem Untergang der NS-Diktatur innen- wie außenpolitisch eine enorme Bedeutung zu. Ein neues, demokratisches Selbstverständnis und Handeln galt es zu präsentieren, um den vollzogenen Wertewandel zu demonstrieren oder es zumindest zu suggerieren. Die durch Musik mitgetragene Inszenierung richtete sich gegen den »Bombast« früherer gleichartiger Anlässe. Darin war auch das vorausgehende Gewaltregime inbegriffen, so dass mit einem anderen, »verhaltenen« musikalischen Duktus wohlmöglich das neue Profil der Bundesrepublik und ihre symbolisch betriebene Distanzierung vom »Dritten Reich« vermittelt werden sollte.

---

1 Abschied in Würde, in: Kölnische Rundschau v. 26. 4. 1967, S. 3.

Staatliche Zeremonien dienen dazu, in ritualisierter Form die Festschreibung und gegenseitige Versicherung der geltenden gesellschaftlichen Werte im Einklang mit einer staatlichen Ordnung darzubieten. In diesem Prozess kommt der Musik auf verschiedenen Ebenen die Rolle des Bandes zwischen Staat und Bürger*innen zu. Diesen Konnex erwirkt ein dezidiert für staatsrepräsentativ gehaltenes musikalisches Repertoire, das je nach Regierungsform wechseln kann. Um diese Modifikationen darstellen zu können, bietet sich eine Untersuchung der enorm divergierenden deutschen Staatssysteme nach dem Ersten Weltkrieg an. Als Verbindungsstück dient der Staatsakt mit Staatsbegräbnis als das höchste Zeremoniell. Auf der einen Seite fällt der Blick auf das Trauerritual und die damit verbundene Erinnerungskultur an verstorbene Staatsrepräsentant*innen. Auf der anderen Seite ist davon auszugehen, dass genau dieses musikgestützte Ritual mit einem hohen Bewusstsein bezüglich der Außenwirkung belegt ist. Dies ist unter der Prämisse zu beleuchten, wie sich die Bundesrepublik zum ›Erbe‹ des NS-Systems positionierte, worunter auch die aufoktroyierte Politisierung bzw. Instrumentalisierung von Musik zur Konsolidierung der Diktatur fiel.

Das Staatsbegräbnis wird von der Weimarer Republik über die NS-Diktatur bis hin zur Konsolidierungsphase der Bundesrepublik untersucht. In der Auseinandersetzung mit dem nationalsozialistischen Regime durch die beiden deutschen Staaten fällt die Wahl damit auf die westliche Perspektive. Obwohl die Positionierung der DDR dazu ebenso relevant wie vielschichtig ist, würde dies den vorgegebenen Rahmen sprengen und soll weiteren, vergleichenden Forschungen vorbehalten bleiben. Nach einem kursorischen Überblick von der Weimarer Republik bis zur Gründung der Bundesrepublik markiert das Staatsbegräbnis für Konrad Adenauer 1967 den zeitlichen Endpunkt und inhaltlichen Schwerpunkt des Beitrags.

1. Wider den »Kulturverfall«: Musik zur Transzendenz des Staates

»Nichts nützt dem Staat so wie die Musik.«[2] Molières Aphorismus trägt ein enormes Spannungspotenzial im Hinblick auf das Verhältnis von Staat und Musik in sich. Wenn hier von einem ›Nutzen‹ im Sinne eines staatlichen Interesses die Rede ist, so ist darunter die Aufrechterhaltung von Ordnung und Macht zu verstehen. Ganz analog zu diesen Grundlagen staatlicher Systeme generiert sich ebenso die Ordnung der (westlichen) Musik aus allgemeingültigen Prinzi-

---

2 Molière, Le Bourgeois gentilhomme, Paris 1671.

pien, wie Hierarchien in der Über- und Unterordnung von Stimmen, Form, Inhalt und Zeit als Teil eines konsensualen Regulariums.[3]

Stellen Diktaturen und Demokratien bereits völlig konträre Ordnungssysteme dar, so fallen deren öffentliche Inszenierung und Intentionen umso gegensätzlicher aus. Während im NS-Regime staatliche Propagandaveranstaltungen die Massen als indoktrinierte »Glaubensgemeinschaft« in den Bann zu ziehen und auf den Staat einzuschwören versuchten, basierte und basiert das demokratische System sowohl in der Weimarer als auch in der Bonner Republik auf den Säulen von Pluralität und einem breiten Konsens. Der demokratische Staat ist abhängig vom Zuspruch seiner Bevölkerung, was wiederum erfordert, dass diese das Staatszeremoniell decodieren kann, um sich darüber mit dem Staat zu identifizieren. Die (An-)Teilnahme der Bürgerinnen und Bürger an öffentlichen Ritualen und Selbstdarstellungen des Staates gilt im Umkehrschluss als Ausweis seiner Glaubwürdigkeit und des Bekenntnisses zu ihm.[4]

Musik kann in diesen Momenten durch ihre emotionale Kraft bei der Errichtung wie Demontage politischer und sozialer Ordnungen durchaus katalytisch wirken. Wesentlich ist dabei ihr Potenzial, die Gegenwart zu transzendieren.[5] Denn das Überschreiten einer geistigen Grenze in einen anderen Raum ist ebenso Teil der Politik selbst, d.h. ihres Handelns und ihrer Macht. Nach Werner Patzelt umfasst dies die deutungsoffenen oder ›weichen‹ Seiten des Politischen, denen die ›harten‹ Seiten, d.h. Handlungsoptionen durch Macht- und Gewaltausübung gegenüberstehen, die von einer staatlichen Ordnung umfriedet werden.[6]

Musik aber bedeutet ein machtvolles System, ohne dass unmittelbar Macht ausgeübt wird. Der subkutane Einfluss auf die Gesellschaft basiert auf den emotionalen und sozialen Funktionen der Musik, die Energiepotenziale unterschiedlicher Gruppen verstärken, abschwächen oder umlenken können. Im politischen Kontext wird die Zielrichtung auf die jeweiligen Gruppen allerdings

---

3 Vgl. Sabine Mecking/Yvonne Wasserloos, »As the crowd would sing«. Musik als politisches Ereignis, in: Archiv für Kulturgeschichte 96/2 (2014), S. 341–368, hier S. 350.
4 Vgl. Volker Ackermann, Die funerale Signatur. Zur Zeichensprache nationaler Totenfeiern von Wilhelm I. bis Willy Brandt, in: Sabine Behrenbeck/Alexander Nützenadel (Hg.), Inszenierung des Nationalstaats. Politische Feiern in Italien und Deutschland seit 1860/71, Köln 2000, S. 87–112, hier S. 87.
5 Vgl. Pierre Bourdieu: Meditationen. Zur Kritik der scholastischen Vernunft. Aus dem Französischen von Achim Russer unter der Mitwirkung von Hélène Albagnac und Bernd Schwibs, Frankfurt a. M. 1997, S. 229 sowie Sabine Mecking/Yvonne Wasserloos, Musik – Macht – Staat. Exposition einer politischen Musikgeschichte, in: dies. (Hg.), Musik – Macht – Staat. Kulturelle, soziale und politische Wandlungsprozesse in der Moderne, Göttingen 2012, S. 11–38, hier S. 24.
6 Vgl. Werner J. Patzelt, Transzendenz, politische Ordnung und beider Konstruktion, in: ders. (Hg.), Die Machbarkeit politischer Ordnung. Transzendenz und Konstruktion, Bielefeld 2013, S. 9–42, hier S. 9.

durch nicht-musikalische Intentionen bestimmt.[7] Dieser Prozess reduziert vermeintlich die Autonomie der Musik, indem eine Kunstform politisch instrumentalisiert wird. Darin liegt der Reiz für Machthaber, sich mit der Musik zu ›verbünden‹ und sich ihrer Autonomie zu bemächstigen. Einerseits wirft das Sich-Umgeben mit der Hochkultur – aus diesem Bereich stammt üblicherweise das Repertoire der Musik im Staatsgebrauch – einen Abglanz auf den eigenen Status. Andererseits erscheint damit die Macht der Musik gebändigt und gefügig gemacht, was auch der symbolischen Demonstration politischer Macht dient.

Am deutlichsten lässt sich dies im Umgang und in der Bewertung von Musik in extremen Regierungsformen beobachten. Dazu gehören totalitäre Staaten und Diktaturen, die im 20. Jahrhundert Musik wie kaum jemals zuvor reglementierten. In Äußerungen zur Musik aus dieser Zeit wird auffällig häufig die Ordnung der Musik als klingendes Staatsbarometer angeführt. Folgt die Musik einem ästhetischen Reglement bzw. stellt sie sich als geordnet, d. h. einer traditionsverbundenen, kulturellen Konditionierung entsprechend und damit für das Publikum hör- und nachvollziehbar dar, so ist sie dem Staatsgefüge zuträglich und damit erwünscht.[8] Im Kontrast zu diesen möglichen musikalischen Ausweisen einer funktionstüchtigen staatlichen Ordnung steht der historische Begriff des »Kulturverfalls«. In der ersten Hälfte des 20. Jahrhunderts wurde er häufig zur Deklaration erster Anzeichen einer drohenden Staatserosion bemüht, wie die in Deutschland geführte »Musikbolschewismus«-Debatte von 1918 bis 1938 gezeigt hat.[9]

2. Musik als Spiegel staatlicher Ordnung in der Weimarer Republik und im NS-Staat

Musik und Politik in Deutschland kamen erstmalig nach dem Ersten Weltkrieg systematisch und umfangreich in einen Konnex. Nach Eckhard John implizierte das bereits 1919 in der Musikkritik aufgekommene Schlagwort »Musikbolschewismus« ganz klar politische Dimensionen. Demnach gerieten staatliche Ordnung, Kultiviertheit und Zivilisiertheit in den Zustand von Erosion infolge einer brüchigen Kultur, konkret eine Musik ›ohne‹, d. h. ohne traditionelle Ordnung oder durch ihre deplatzierte Aufführung. Die Musik Arnold Schönbergs galt im

---

7 Vgl. Hanns-Werner Heister, Macht der Musik – Musik der Macht. Musikästhetische und musikhistorische Überlegungen, in: Frank Geißler/Marion Demuth (Hg.), Musik. Macht. Missbrauch. Kolloquium des Dresdner Zentrums für zeitgenössische Musik, 6.–8. 10. 1995, Altenburg 1999, S. 11–26, hier S. 18.
8 Vgl. Mecking/Wasserloos, »As the crowd«, S. 352.
9 Einschlägig dazu siehe Eckhard John, Musikbolschewismus. Die Politisierung der Musik in Deutschland 1918–1938, Stuttgart 1994.

Schrifttum der Zeit als das Symbol für musikalischen Bolschewismus mit Brückenschlag zum Kommunismus. Hans Pfitzner interpretierte dies biologisch als »musikalische Impotenz« und »Verwesungssymptom«.[10]

Dass die Avantgarde um den Schönberg-Kreis bis dato geltende musikalische Gesetze infrage stellte, entwickelte sich zu einem Politikum mit staatstragenden Dimensionen. Über die Musik hinausgehend wurde »Musikbolschewismus« zu Beginn der 1920er Jahre in Deutschland mit »Ablehnung bzw. Rücksichtslosigkeit gegenüber bestehenden Ordnungen und Gesetzen«[11] assoziiert. Atonalität und Kommunismus bedeuteten demnach revolutionäre Energien mit umstürzlerischer Zielrichtung. Der Bruch mit der Tonalität wurde auf staatspolitischer Ebene mit dem Sturz der Monarchie gleichgesetzt.[12] Bis ins Extreme geführt, zeigte später im NS-Staat der als Distinktionsmerkmal eingeführte Begriff der »Entartung« von Kunst respektive Musik die gesteigerte Furcht vor einer Staatserosion auf. Eine »außer Art« geschlagene, d. h. jenseits etablierter Ordnungen geschaffene, entfesselte und entfesselnde Musik galt als Gefahr. Die ästhetische Gestalt einer Musik rekurriert somit auf den intakten bzw. erodierenden oder erodierten Status eines Staates.[13]

Die kulturpolitischen Gedankenströmungen in der Endphase der Weimarer Republik zeigen das Verhältnis von staatlicher Ordnung und Musik im Sinne einer ›Kultiviertheit‹ oder ›Zivilisiertheit‹ deutlich auf. Bereits in den 1920er Jahren hatten rechtskonservative oder nationalsozialistische Kräfte einen »Kulturverfall« bis hin zum »Kulturzerfall« geltend gemacht, um vor der ›drohenden‹ Gefahr gesellschaftlicher Zerrüttung durch eine gespaltene Kultur zu warnen. 1929 wurde dann in einem Manifest des Kampfbundes für deutsche Kultur die Schwäche des Staates beklagt und mit dem ebenso schwachen Zustand nationaler Kultur begründet:

> »…die Ziellosigkeit der deutschen Politik erscheint deshalb als Zeichen eines Mangels an einem allgemeinvolklichen, staatlichen und kulturellen Ideal. Vereinsamung, Verlassenheit, innere Zerspaltung und Hoffnungslosigkeit sind deshalb die Kennzeichen vieler um das seelische und geistige Gut ihres Volkes besorgter Deutscher.«[14]

Nach 1933 sollten drastische Maßnahmen zur Reglementierung der Musik der Staatskonsolidierung dienen. Grundlegend war der Gedanke, die Musik habe der politischen Kulturarbeit und nicht dem Konsumenten zu dienen. Die NS-

---

10 Hans Pfitzner, Die neue Aesthetik der musikalischen Impotenz. Ein Verwesungssymptom? München 1920.
11 John, Musikbolschewismus, S. 47.
12 Vgl. ebd. S. 47.
13 Vgl. Mecking/Wasserloos, »As the crowd«, S. 343f.
14 Die Geisteswende. Kulturverfall und seelische Wiedergeburt, Manifest des Kampfbundes für deutsche Kultur (1929), H. 1, S. 1–7, in: Themenportal Europäische Geschichte, 2014, www.europa.clio-online.de/essay/id/q63-28511 (14.7.2022).

Kulturgemeinde formulierte 1934 die neuen Prämissen des Musikbetriebs unter dem Banner des Qualitätsdiktats:

> »Auf keinen Fall kommt eine bloße Übernahme der Gepflogenheiten des bürgerlichen Musikbetriebes in Frage... Über die Belgleiterscheinungen dieser überwundenen Konzertform [des Sinfoniekonzerts], die zugleich als gesellschaftliches Ereignis mit obligater Modeschau aufgezogen wurde, ist kein Wort zu verlieren. [...] Die NS-Kulturgemeinde stellt die *Diktatur der Qualität* als Grundsatz über ihre gesamte Arbeit. Einen Grundsatz, der jedes fruchtlose Experimentieren, aber auch jede Schludrigkeit ausschließt! Die kunstwertenden Abteilungen der NS-Kulturgemeinde wachen verantwortlich darüber, daß dieser Grundsatz konsequent durchgeführt wird.«[15]

»Fruchtloses Experimentieren« und »Schludrigkeit« benennen hier das Ungeordnete. Der Bogen wurde noch weiter bis hin zur Verführung gespannt, als es in einer Rede Hitlers auf dem Nürnberger Reichsparteitag 1938 dazu hieß:

> »...wohl aber ist es nötig, die allgemeinen Gesetze für die Entwicklung und Führung unseres nationalen Lebens auch auf dem Gebiet der Musik zur Anwendung zu bringen, das heißt, nicht in technisch gekonntem Wirrwarr von Tönen das Staunen der verblüfften Zuhörer zu erregen, sondern in der erahnten und erfühlten Schönheit der Klänge ihre Herzen zu bezwingen. Nicht der intellektuelle Verstand hat bei unseren Musikern Pate zu stehen, sondern ein überquellendes musikalisches Gemüt.«[16]

Um auch ein internationales Ereignis anzuführen, sei das 1936 getroffene Verdikt Joseph Stalins gegen Dmitri Schostakowitsch nach einer Aufführung seiner Oper *Lady Macbeth von Mzensk* angeführt. In der *Prawda* erschien bekanntlich die vernichtende Kritik unter dem Titel *Chaos statt Musik*. Im Text finden sich die angesprochenen Forderungen nach der Verständlichkeit von Musik für die Rezipierenden:

> »Das Publikum wird von Anfang an mit absichtlich disharmonischen, chaotischen Tönen überschüttet. [...] Dieser ›Musik‹ zu folgen ist schwer, sie sich einzuprägen unmöglich. [...] Lady Macbeth hatte beim bürgerlichen Publikum im Ausland Erfolg. Lobte sie das bürgerliche Publikum nicht gerade deswegen, weil die Musik chaotisch und völlig apolitisch ist?«[17]

Die zitierten Formulierungen von »fruchtlosem Experimentieren«, »Schludrigkeit«, das »Wirrwarr von Tönen«, das durch allgemeine »Gesetze« und »Führung« außermusikalischer Art zu bändigen sei, das »Chaos« einer Musik, das eine ›Ge-

---

15 Mitteilungen der NS-Kulturgemeinde, in: Die Musik (26), Heft 12, September 1934, S. 933–936. Hervorhebungen im Text.
16 Adolf Hitler, Rede auf der Kulturtagung des Parteitags der NSDAP in Nürnberg, 6. Sept. 1938; http://www.worldfuturefund.org/wffmaster/Reading/Hitler%20Speeches/Hitler%20on%20Art%201938.09.06%20G.htm (14.7.2022).
17 Anon., Chaos statt Musik, in: Prawda v. 28.1.1936, deutsche Übersetzung in: Krzysztof Meyer, Schostakowitsch: Sein Leben, sein Werk, seine Zeit, Mainz 2008, S. 204ff.

fahr‹ darstelle, weisen deutlich auf die Unterscheidung zwischen staatskonsolidierender und -erodierender Musik in totalitären Systemen hin. Das ›Gefahrenpotenzial‹ verdichtet sich in der Schostakowitsch-Kritik mit dem entscheidenden Hinweis, »chaotische« Musik sei »apolitisch«. Essenziell lässt sich im Umkehrschluss der Kern dessen herauslesen, was unter der »Diktatur der Qualität« in der NS-Kulturgemeinde verstanden wurde: Die oberste Prämisse einer qualitativ hochstehenden Musik ist ihre Ordnung und damit ihre ordnende Schubkraft.

Die notwendige Gegensteuerung zur Ordnung des Verhältnisses von Staat und Musik offenbart schließlich eine entsprechende juristische Reglementierung. In der Verfassung der Weimarer Republik von 1919, die faktisch im NS-Staat fortbestand, hieß es im Artikel 142: »Die Kunst, die Wissenschaft und ihre Lehre sind frei. Der Staat gewährt ihnen Schutz und nimmt an ihrer Pflege teil.«[18] Der drastische Eingriff des Staates in die Freiheit der Kunst zeigte sich jedoch im Ausgrenzungsprinzip der nationalsozialistischen Regierung in einer nachfolgenden, einschränkenden Änderung des Artikels. Mit dem »Gesetz über Einziehung von Erzeugnissen entarteter Kunst« vom 31. Mai 1938 wurde verfügt:

»Die Erzeugnisse entarteter Kunst, die vor dem Inkrafttreten dieses Gesetzes in Museen oder der Öffentlichkeit zugänglichen Sammlungen sichergestellt und von einer vom Führer und Reichskanzler bestimmten Stelle als Erzeugnisse entarteter Kunst festgestellt sind, können ohne Entschädigung zu Gunsten des Reichs eingezogen werden, soweit sie bei der Sicherstellung im Eigentum von Reichsangehörigen oder inländischen juristischen Personen standen.«[19]

Die Problematik wird hier offensichtlich: Die Kunst unterlag im NS-Staat der willkürlichen Bewertung und Entscheidung darüber, was »entartet« und somit nicht Teil der Staatsordnung sei. Im Grundgesetz der Bundesrepublik von 1949 wurde der Passus dahingehend zurückgefahren, den Staat von der Pflege und Fürsorge für die Kunst komplett zu entbinden und diese stattdessen in die Verantwortung der Bürger*innen zu übertragen: »Kunst und Wissenschaft, Forschung und Lehre sind frei. Die Freiheit der Lehre entbindet nicht von der Treue zur Verfassung.«[20]

So sehr sich die Verhältnisse und Zuordnungen auch wandelten, so ist der Blick auf die Konstanten im Gebrauch von Musik zu staatlichen Anlässen aufschluss-

---

18 Verfassung des Deutschen Reiches, »Weimarer Verfassung« v. 11.8.1919, in: Verfassungen des Deutschen Reiches 1918–1933; www.verfassungen.de/de19-33/verf19-i.htm (14.7.2022).
19 Gesetz über die Einziehung von Erzeugnissen entarteter Kunst v. 31.5.1938, §1, Reichsgesetzblatt 1938, Teil I, S. 612, in: Österreichische Nationalbibliothek, ALEX. Historische Rechts- und Gesetzestextes Online; https://alex.onb.ac.at/cgi-content/alex?aid=dra&datum=19380004&seite=00000612 (14.7.2022).
20 Grundgesetz für die Bundesrepublik Deutschland v. 23.5.1949, Art. 5, Abs. 3, in: Bundesministerium der Justiz, Bundesamt für Justiz, Grundgesetz für die Bundesrepublik Deutschland; https://www.gesetze-im-internet.de/gg/art_5.html (14.7.2022).

reich. Der Wandel eines staatlichen Selbstverständnisses wird in der Performanz von Musik innerhalb von Zeremonien vergleich- und nachvollziehbar.

3. Zeremoniell und musikalische Fassung: Der Trauer-Staatsakt als expressive Form des Abstrakten

Staatliche Zeremonien und Feiern dienen als Rituale der Veranschaulichung und der Erfahrbarkeit eines per se abstrakten Staatswesens. Dies geschieht auf der sinnlichen Ebene, d. h. visuell durch die Präsenz staatlicher Symbole und Organe sowie auditiv durch die Einbindung von Musik. Reden dagegen wirken stärker auf der Ebene des Rationalen. Das Zeremoniell funktioniert im Ganzen als ein Stabilisierungsfaktor, um die z. B. durch den Tod eines amtierenden Staatsvertreters oder einer -vertreter*in bzw. einer machtvollen, einflussreichen Persönlichkeit wohlmöglich geschwächte Ordnung weiterhin zu stärken. Anders gewendet, ist das Trauerzeremoniell als Versuch eines Staates zu werten, dem durch den Tod »vom Chaos bedrohten Dasein, den Triumph der Ordnung vorzuführen.«[21]

Neben der Festigung ist gleichwohl die Präsentation einer neuen, selbstgegebenen Verfasstheit Teil der Intention des Staatsaktes. Um die Bevölkerung für einen (neuen) Staatsgeist zu gewinnen oder darauf einzuschwören, erscheinen Trauerfeiern als die ›geschütztere‹ Veranstaltung als geeigneter, da sie aus Gründen der Pietät oder Moral seltener Gegenwehr oder Protestaktionen provozieren. Zudem ist bis in die Gegenwart allein die Totenfeier jenes Ereignis, das im föderalistischen System der Bundesrepublik auch auf Bundesebene konsensfähig ist und integrativ wirken kann.[22]

In der deutschen Geschichte waren es seit 1871 in sämtlichen Staatsformen stets die Totenfeiern und Begräbnisse für Staatsoberhäupter, mit denen sich die neue Regierung erstmals im großen Rahmen im In- und Ausland darstellen konnte. Dazu gehörten die Trauerfeierlichkeiten für Wilhelm I. 1888, Friedrich Ebert 1925, Paul von Hindenburg 1934, Wilhelm Pieck 1960 und Konrad Adenauer 1967 sowie nach der Wiedervereinigung Deutschlands 1991 der Trauerstaatsakt für den von der RAF ermordeten Präsidenten der Treuhandanstalt Detlev Karsten Rohwedder.[23] Im derzeit gültigen »Protokoll Inland« der Bundesregierung heißt es zur Ausrichtung des Staatsakts:

»Die gewählte Form, die Gestaltung und der Ablauf des Staatsaktes – sein Zeremoniell – zielen darauf ab, das Ereignis sinnlich, emotional und rational, erfahrbar und erlebbar

---

21 Volker Ackermann, Nationale Totenfeiern in Deutschland. Von Wilhelm I. bis Franz Josef Strauß. Eine Studie zur politischen Semiotik, Stuttgart 1990, S. 291.
22 Vgl. ebd., S. 304.
23 Vgl. ebd., S. 304.

werden zu lassen. Für das Zeremoniell eines Staatsaktes sind heute folgende Elemente bestimmend geworden: Zeigen staatlicher Symbole (Fahnen, Wappen), Teilnahme eines geladenen Gästekreises, herausgehobene Platzierung der Repräsentanten der Verfassungsorgane, musikalische Begleitung, Ansprache des Staatsoberhauptes und gegebenenfalls weiterer Redner, Nationalhymne, festlicher Rahmen. Gleichwohl fällt das Zeremoniell in der Bundesrepublik Deutschland vergleichsweise bescheiden aus. Weitaus häufiger als zu bedeutenden Ereignissen werden in Deutschland vom Bundespräsidenten Staatsakte zu Ehren von Persönlichkeiten des öffentlichen Lebens angeordnet. Obwohl auf Bundesebene nur er befugt ist, die Durchführung eines Staatsaktes, Trauerstaatsaktes oder Staatsbegräbnisses anzuordnen, findet dennoch eine Abstimmung mit anderen Verfassungsorganen statt.«[24]

Vertiefend wäre hier zu ergänzen, dass das Zeremoniell nicht lediglich darauf abzielt, das »Ereignis«, sondern auch den Ausrichter des Akts, d. h. den Staat als ein abstraktes Gebilde für alle Beteiligten, Politiker*innen wie Bürger*innen »sinnlich, emotional und rational, erfahrbar und erlebbar« zu machen. Aufschlussreich ist die Bescheidenheitsgeste im bundesrepublikanischen Staatsakt. Dem entspricht der Hinweis im Protokoll, dass weniger historische Anlässe, sondern herausragende Persönlichkeiten geehrt werden sollen, was einen Reflex auf die Massenveranstaltungen des NS-Regimes darstellen könnte, das kollektive Feierlichkeiten häufig zu ›denkwürdigen‹ Daten verordnet hatte.

Bei der Analyse der Performance des Staates sind die Gattungen der aufgeführten Musik und ihre Bedeutung zweifellos mit zu berücksichtigen. Die Gattungskategorie bietet als Grundgerüst oder auch »Protokoll« einer Musik mit einer antizipierbaren Form den Hörer*innen einen vertrauten Ablauf und zu erwartenden Charakter der Situation. Im Trauerkondukt übernimmt der Trauermarsch jene Funktionen, die eng mit dem Transzendenzpotenzial der Musik verknüpft sind. Per se dient er einem ritualisierten sozialen Zweck: der Anzeige der Verwandlung von individueller in kollektive Trauer. Dadurch, dass er zusätzlich im Freien die Überführung des Sarges vom Ort der Zeremonie (Kirche, Saal etc.) zum nächsten Ort (Beförderung zum Friedhof oder Grabesstätte) klanglich umrahmt, werden durch den öffentlichen Raum weitere Anteilnehmende mit in die kollektive Trauer einbezogen. Dies können passive Zuschauer*innen sein, während jene, die hinter dem Sarg hergehen, sich nicht nur durch die gemeinsame Emotion mit dem Publikum, sondern auch untereinander durch den statischen Rhythmus des Marsches in der Bewegung synchronisieren und zur Gemeinschaft im Leid – oder zumindest der Pietät halber – zumindest kurzzeitig zusammenwachsen können. Gefühlsregungen werden dadurch nicht nur körperlich spürbar, sondern auch nach außen hin sichtbar. Wie Federico

---

24 Protokoll Inland der Bundesregierung, Staatsakte; Bundesministerium des Innern, für Bau und Heimat, 2019; https://www.protokoll-inland.de/Webs/PI/DE/staatsakte/staats-und-festakte/staats-und-festakte-node.html (16.3.2021).

Celestini herausstellt, nimmt vermutlich die Intensität der Emotionen mit der Länge des zu durchschreitenden Raumes weiter zu.[25]

4. Staatliches Trauerzeremoniell im Wandel: Zum musikalischen Repertoire zwischen 1919 und 1945

Einen Verweis darauf, dass sich staatliches Selbstverständnis mit dem Wechsel in ein neues Regierungssystem in der öffentlichen Präsentation ebenfalls wandelt, bietet das Staatsbegräbnis für Friedrich Ebert im März 1925. Die Beisetzung des ersten Reichspräsidenten verlief deutlich weniger prunkvoll als der letzte Trauerakt für ein deutsches Staatsoberhaupt, Kaiser Wilhelm I. im Jahr 1888. Ebert wurde als Bürger unter Bürger*innen inszeniert. Letztere stellten kein passives Ornament der Szenerie dar, sondern waren aktiver Teil der Trauerzeremonie, wodurch sie auch ihr Bekenntnis zur demokratischen Republik demonstrierten.[26] Dieser neuartige Ansatz der pluralen Beteiligung fiel in eine Phase der Weimarer Republik, in der sich um die Mitte der 1920er Jahre als Bekenntnis zum neuen Staat eine politische Ästhetik und eine allgemeine, ritualisierte Festkultur entwickelt hatte. Letztere materialisierte sich in Massenveranstaltungen, was gewisse Kontinuitäten der Zelebrierung und Inszenierung von Nation und Staat durch die Anwesenheit großer Menschenmengen bis zu den Olympischen Spielen 1936 nach sich zog.[27] Gleichwohl traf das in der Diktatur nicht auf den staatlichen Trauerkult zu. Die Nationalsozialisten richteten sich zunehmend gegen die Einbeziehung der gesamten Bevölkerung. Staatsbegräbnisse fanden nach 1933 teilweise unter Ausschluss der Öffentlichkeit statt, was in erster Linie den Trauerkondukt betraf. Die proklamierte Einheit von »Volk und Führer« wurde ausgehebelt, indem sie sich nicht in einer gemeinsamen, kultischen Handlung vollzog.[28]

Im Ablauf des Trauerstaatsakts kristallisierte sich in den 1920er Jahren zunehmend eine Ritualform heraus. Mit dem Begräbnis Gustav Stresemanns 1929 etablierte sich endgültig der Dreitakt mit der Abfolge Musik – Rede – Musik. Diese Dreierform setzte sich in der NS-Diktatur, in der Bundesrepublik und in der DDR fort. Bis in die Gegenwart sind solche Staatsakte als von Musik um-

---

25 Vgl. Federico Celestini, Profanisierte Transzendenz und verinnerlichte Objektivität. Marsch und Choral in Mahlers Fünfter Symphonie, in: Peter Moormann/Albrecht Riethmüller/Rebecca Wolf (Hg.), Paradestück Militärmusik. Beiträge zum Wandel staatlicher Repräsentation durch Musik, Bielefeld 2012, S. 193–202, hier S. 194f.
26 Vgl. Ackermann, Die funerale Signatur, S. 95.
27 Siehe fortführend Nadine Rossol, Performing the Nation in Interwar Germany. Sport, Spectacle and Political Symbolism 1926–36, London u. a. 2010.
28 Vgl. Ackermann, Nationale Totenfeiern, S. 285.

rahmte und begleitete Ansprachen zu verstehen.[29] Bei den Feierlichkeiten für Stresemann wurde erstmals mit Ludwig van Beethovens *Coriolan*-Ouvertüre op. 62 und dem Trauermarsch aus dem zweiten Satz der Sinfonie Nr. 3 Es-Dur op. 55, der *Eroica*, auf bereits vorhandenes Repertoire zurückgegriffen. Auftragskompositionen kamen nicht mehr zur Aufführung. Ausgangspunkt für die Verwendung der *Coriolan*-Ouvertüre war in der Weimarer Republik die Implementierung eines neuen Elements gewesen, indem mit der Musik eine persönliche Bezugnahme auf die Verstorbenen erfolgte. 1922 hatte der Reichskunstwart Edwin Redslob den Eingang zur Totenfeier für den ermordeten Außenminister Walther Rathenaus mit Beethovens *Coriolan*-Ouvertüre gestaltet, was erstmals den Vorlieben des Verstorbenen entsprach und einer jahrhundertelangen Tradition der Entpersonalisierung von Trauerfeierlichkeiten entgegenwirkte.[30]

Was das musikalische Repertoire betrifft, so hat Ackermann nachgewiesen, dass sowohl in der Weimarer Republik als auch in der NS-Diktatur die Trauermärsche aus Beethovens *Eroica* und Richard Wagners Musikdrama *Götterdämmerung* aus dem *Ring der Nibelungen* WWV 86d am häufigsten bei Staatsbegräbnissen erklangen. Beethoven lag mit 35 Aufführungen deutlich vor Wagner mit 26 an der Zahl.[31]

Komponist / Werk	Weimarer Republik	NS-Regime	Insgesamt
L. v. Beethoven Sinfonie Nr. 3 Es-Dur op. 55 *Eroica* 2. Satz Marcia funebre. Adagio assai (Trauermarsch)	3	32	35
R. Wagner *Götterdämmerung* (Trauermarsch)	3	23	26
Militärmärsche	—	19	19
Choräle	—	13	13
L. v. Beethoven Klaviersonate Nr. 12 As-Dur op. 26 3. Satz Maestoso andante (Marcia funebre sulla morte d'un Eroe)	1	6	7
R. Wagner *Parsifal* Vorspiel	—	6	6

---

29 Vgl. Joachim Wendler, Rituale des Abschieds: Eine Studie über das staatliche Begräbniszeremoniell in Deutschland, Hannover 2007, S. 62.
30 Vgl. Ackermann, Nationale Totenfeiern, S. 263.
31 Siehe dazu Tabelle 1.

(Fortsetzung)

Komponist / Werk	Weimarer Republik	NS-Regime	Insgesamt
L. v. Beethoven Sinfonie Nr. 5 c–Moll op. 67 2. Satz Andante con moto	1	5	6
L. v. Beethoven *Coriolan*-Ouvertüre op. 62	3	1	4
F. Chopin Klaviersonate Nr. 2 b-Moll op. 35 3. Satz Marche funèbre. Lento	—	3	3
Sonstige	—	12	12

Tab. 1: Werke und ihre Aufführungsanzahl bei nationalen Totenfeiern in Deutschland, 1918–1945[32]

Die Aufführung des Trauermarsches aus der *Götterdämmerung* ist im Gegensatz zu jener aus der *Eroica* durchaus als sinnbildlicher Akt politischer Kommunikation zu verstehen. In der Deutung des Symbolgehalts des Werks lassen sich deutliche Unterschiede zwischen der Weimarer Republik und der NS-Diktatur beobachten, die gleichsam den staatlichen Inszenierungswillen spiegeln. Als Wagners Werk 1922 zum Schluss des Traueraktes für Rathenau gespielt wurde, hielt der für das Zeremoniell verantwortliche Redslob fest, dies sei »symbolisch gegeben«.[33] Bekanntlich thematisiert der Trauermarsch die Klage um den erschlagenen Siegfried, was den Mord an Rathenau und seine Person in eine heroische wie mythologische Sphäre hob. Bei der Aufführung drückte sich in den emotionalen Reaktionen der Anwesenden in erster Linie der Schmerz über den Verlust des Verstorbenen aus. Nach 1933 aber sollten derartige Feierlichkeiten der Trauer selbst keinen Platz mehr bieten, sondern das Triumphale, Unbezwingbare, wie den Heldentod oder den Sieg über den Tod im Sinne des Soldatischen betonen. Der Trauermarsch aus der *Götterdämmerung* wurde als Ausdruck »des Stolzes und der unbeugsamen deutschen Kraft« aufgeführt.[34]

Diese Prämisse des musikalischen Ausdrucks fand 1936 in der Forderung der Reichspropagandaleitung ihre Fortsetzung: Bei Trauerfeiern seien weniger Kompositionen von Georg Friedrich Händel und Johannes Brahms und dafür mehr von Beethoven und Wagner einzusetzen. Man sah darin die »heroischere« und »kraftvollere« Musik, weshalb beispielsweise das vorab gängige Largo aus Händels Oper *Xerxes* HWV 40 zunehmend verdrängt wurde.[35] Lieder oder Chöre

---

32 Ergänzte Version nach der Darstellung bei Ackermann, Nationale Totenfeiern, S. 262.
33 Edwin Redslob, Staatliche Feiern der Reichsregierung, in: Gebrauchsgraphik 2 (1925), S. 51–59, hier S. 52f., zit. nach Ackermann, Nationale Totenfeiern, S. 263.
34 Münchener Neueste Nachrichten v. 18.4.1944, zit. nach Ackermann, Nationale Totenfeiern, S. 265.
35 Vgl. Ackermann, Nationale Totenfeiern, S. 267.

spielten im NS-Regime bei den Trauerfeierlichkeiten lange keine Rolle. Ausnahmen stellten jene für die Gauleiter Hans Schemm 1935 und Hubert Klausner 1939 dar, bei denen zum Schluss ein Sprechchor der Hitler-Jugend (HJ) auf Verse von Baldur von Schirach bzw. das HJ-Lied *Fallen müssen Viele* erklangen. Die Aufführung von Kultliedern der NS-Organisationen, Treueliedern der SS oder Soldatenliedern setzte sich im Zweiten Weltkrieg durch, als Joseph Goebbels 1942 die Ausrichtung der Feierlichkeiten selbst übernahm. Bis dahin war es üblich gewesen, bei NS-Staatsakten zum Schluss das *Deutschlandlied* und das *Horst-Wessel*-Lied abzusingen. Die Nationalhymne sollte im Charakter von Militärmusik aufgeführt werden, um nicht Kontemplation, sondern Aggressivität zu vermitteln.[36]

Festzuhalten bleibt, dass sich im »Dritten Reich« die Militarisierung staatlicher Totenfeiern zunehmend durchsetzte. Bezüglich des Repertoires aus der Kunstmusik verdeutlichen die Aufführungszahlen, dass in der Weimarer Republik Beethoven wie Wagner gleichermaßen eine bedeutende Rolle spielten, die Lesart und Verwendung ihrer Werke jedoch unterschiedlicher Art waren. Vor 1933 spiegelten Beethoven und Wagner noch deutlich bürgerliche und personenbezogene Werte. Nach der »Machtergreifung« wandelte sich dies in einen klar soldatischen und mystifizierenden Kult um die Verstorbenen, der der eigentlichen Trauer keinen Platz einräumte.

5. Der Staatsakt in der Bundesrepublik Deutschland: Trauerfeierlichkeiten für Konrad Adenauer 1967

In der NS-Diktatur war der Kreis jener, die mit einem Staatsbegräbnis geehrt wurden, in einem beinahe inflationären Ausmaß angewachsen, so dass dieses staatliche Ritual auch vorwiegend zu propagandistischen Zwecken stattfand. Nach 1945 distanzierten sich die beiden deutschen Staaten davon, indem sie sowohl Anlässe als auch die Anzahl der zu ehrenden Personen wieder deutlich reduzierten.[37]

Dem Staatsbegräbnis für den ersten Bundeskanzler Konrad Adenauer kam daher eine enorme Bedeutung für die Außendarstellung der jungen Republik als Teil der internationalen Staatengemeinschaft zu. Auch außenpolitisch ist ein gewisses Momentum zu beobachten, das aus Unstimmigkeiten zwischen den

---

36 Vgl. ebd. S. 260–262, 267.
37 Zwischen 1871 und 1998 fanden in Deutschland 146 nationale Totenfeiern statt, deutlich mehr als im europäischen Vergleich: 4 Trauerfeiern jeweils im Kaiserreich und in der Weimarer Republik, 71 in der NS-Diktatur, 23 in der DDR, 32 in der alten Bundesrepublik und 12 nach der Wiedervereinigung. Zahlen nach Ackermann, Die funerale Signatur, S. 88f.

USA und Deutschland erwuchs. Die USA und die UdSSR hatten mit dem gemeinsamen Atomwaffensperrvertrag ein Instrument der gegenseitigen Annäherung installiert, aus der die Bundesrepublik ausgeschlossen zu sein schien. Vor dem Hintergrund der Spannung trafen anlässlich des Adenauer-Begräbnisses US-Präsident Lyndon B. Johnson und Bundesaußenminister Willy Brandt vor den Trauerfeierlichkeiten zu einer politischen Aussprache zusammen.[38]

Innenpolitisch mussten für das Zeremoniell ebenfalls neue Wege gefunden werden. Bundespräsident Heinrich Lübke ordnete für die Traufeierlichkeiten sowohl einen Staatsakt als auch ein Staatsbegräbnis an. Federführend für die Vorbereitung und Durchführung war das Bundeskanzleramt. Unter der Leitung des Chefs Hans Grundschöttel wurde ein Sonderstab eingerichtet, dem Personen aus dem Bundeskanzleramt und dem Bundesinnenministerium sowie nach Bedarf aus weiteren Institutionen wie dem Auswärtigen Amt oder dem Verteidigungsministerium angehörten.[39] Der hohe finanzielle Aufwand für die Feierlichkeiten zulasten der Staatskasse wurde »unter Berücksichtigung der politischen und historischen Bedeutung des Anlasses« als »unabweisbar«[40] gerechtfertigt. Dies ging im Vorfeld mit dem Verweis einher, dass das Adenauer-Begräbnis »ein ähnliches Ausmaß« erreiche wie die Trauerfeierlichkeiten für John F. Kennedy und Winston Churchill.[41]

Folgt man der Berichterstattung in der Kölner Lokalpresse, so fällt auf, dass in den Tagen zwischen dem Ableben Adenauers am 19. April und dem Staatsbegräbnis am 25. April 1967 das Musikleben in der Stadt beinahe zum Erliegen kam.[42] Sämtliche Veranstaltungen der Städtischen Bühnen, das Gürzenichkonzert, ein Konzert der Kölner Chöre und der Tanzabend der Kölner Bürgergesellschaft wurden abgesagt. Der Kölner Männer-Gesang-Verein verlegte sein Festkonzert zum 125-jährigen Bestehen auf einen Termin weit nach dem Begräbnis.[43] Dem stillen Gedenken wurde eine hohe Priorität eingeräumt, was sich auch im Schweigen der Musik zeigen sollte. Wo es nicht möglich war, Veranstaltungen zu verbieten, kritisierte die Presse, dass es »keine rechtliche Handhabe

---

38 Vgl. ebd., S. 73.
39 Trauerfeierlichkeiten für Konrad Adenauer [Bericht von Hans Grundschöttel], 8.5.1967, S. 1, Bundesarchiv (BArch) B 136/3015.
40 Ebd.
41 Kölnische Rundschau v. 21.4.1967, S. 1.
42 Wesentliche Ergänzungen und Details zu den Vorbereitungen und zum Ablauf des Begräbnisses konnten der Berichterstattung in der Kölnischen Rundschau vom 20.4. bis 26.4.1967 (22. Jg., Nr. 92–97) entnommen werden. Für die Überlassung der sieben Originalausgaben aus dem Familienbesitz sei Stefan Weiss, Hochschule für Musik, Theater und Medien Hannover, ganz herzlich gedankt. Angemerkt sei, dass es sich um eine Sammlung der Ausgaben dezidiert zu diesem Ereignis handelt, das vermutlich als für die Nachwelt relevant und erhaltenswert erachtet wurde.
43 Vgl. Kölnische Rundschau v. 21.4.1967, S. 13.

[gebe], um öffentliche Tanzveranstaltungen zu untersagen. Selbst am Dienstag, dem Tag der Beerdigung, ist es nicht möglich, es sei denn, der Gesetzgeber erklärt diesen Tag zum stillen Gedenktag.«[44] Führt man sich die drastische Reduktion musikalischer Aufführungen bzw. das dezidierte Bemühen um vollständige Stille aus Gründen der Pietät vor Augen, so lässt sich erahnen, welche Bedeutung und Wirkung das Wiedererklingen der Musik nach den Tagen der Ruhe gehabt haben muss, vergleichbar mit der stillen Karwoche und der Rückkehr der Musik in der Osternachtsfeier der katholischen Liturgie. Im Verstummen wie Erklingen zeigt sich erneut das Bewusstsein um die wichtige Rolle der Musik in den Tagen des Adenauer-Begräbnisses. Erhellend ist der Blick auf die Musikauswahl beim Staatsakt und beim Staatsbegräbnis. Dass in der Bevölkerung die Vorstellung herrschte, einem Staatsmann sei mit militärischem Gestus zu huldigen, zeigt ein aus dem nordfriesischen Bredstedt an das Bundeskanzleramt eingesandtes Werk. Unter den Kondolenzschreiben befand sich der eigens für den Anlass komponierte *Dr. Konrad-Adenauer-Marsch* für eine dem Militärorchester nahekommende Besetzung von »einem Freund aus Nordfriesland, Gerdheinz Schmidt«.[45] Der erste, dezidiert staatspolitisch interne Teil der Trauerfeierlichkeiten fand am Vormittag des 25. April in Bonn statt und trug keine Zeichen des Militärischen.

5.1 Bonn

Zu Beginn des Staatsakts im Plenarsaal des Bundeshauses wurde die auf den Anlass bezogene, rund 8-minütige Streichersinfonie in h-Moll *Al Santo Sepolcro* RV 169 Antonio Vivaldis von den Streichern des Sinfonieorchesters der Beethovenhalle Bonn aufgeführt. Entsprechend des erwähnten Dreitakts Musik – Reden – Musik erklang nach den Ansprachen zum Schluss die Nationalhymne »in getragener Form«[46] und damit in klarer Abgrenzung zum aggressiven Aufführungscharakter im NS-Regime. Ist das *Deutschlandlied* zwar unverrückbarer Teil des staatlichen Zeremoniells, so kam der Aufführung beim Staatsakt für Adenauer eine weitere, mit dem Alt-Bundeskanzler persönlich verknüpfte Dimension zu. 1952 hatte sich der Bundeskanzler in der Diskussion mit Bundespräsident Theodor Heuss in der Frage um die zukünftige Hymne der Bundesrepublik für die Beibehaltung des *Deutschlandliedes* und der dritten Strophe ein- und schließlich durchgesetzt.[47]

---

44 Vgl. Kölnische Rundschau v. 21.4.1967, S. 13.
45 BArch B136/3018.
46 Programm und Zeitfolge der Trauerfeierlichkeiten für Konrad Adenauer, 21.4.1967, S. 6, BArch B136/3015.
47 Schreiben Adenauers an Heuss und Antwortschreiben von Heuss v. 29.4.1952 und 2.5.1952, in: Die Bundesregierung. Bulletin 89–91 v. 27.8.1991, das deutschlandlied – eine doku-

Dass eine Vertrautheit mit der Nationalhymne und ihrer Herkunftsgeschichte auch 1967 noch nicht unbedingt vorauszusetzen war, zeigt die Berichterstattung. Weder war der Presse bekannt, dass die Liedmelodie identisch mit Joseph Haydns österreichischer Kaiserhymne *Gott erhalte Franz, den Kaiser* ist, die Haydn im zweiten Satz seines Streichquartetts C-Dur op. 76/3 (Hob III:77) (*Kaiserquartett*) wiederverwendet noch wussten die Anwesenden in Bonn, die Situation auf Anhieb richtig zu deuten:

> »Ein musikalisches Mißverständnis gab es am Dienstag [25.4.1967] beim Festakt im Plenarsaal des Bonner Bundeshauses. Das Orchester der Beethovenhalle spielt zum Schluß das Poco Adagio Cantabile aus dem Kaiserquartett von Joseph Haydn. Das Musikstück enthält die Melodie des Deutschlandliedes, ist jedoch nicht mit der Hymne identisch. Bundespräsident Heinrich Lübke fiel der Verwechslung zum Opfer. Er erhob sich, setzte sich jedoch, als er merkte, daß er allein stand. Nun standen weitere Gäste auf. Da erhob sich Lübke wieder.«[48]

5.2 Köln

Der nächste Akt fand als Pontifikal-Requiem im Kölner Dom statt. Bemerkenswert ist hier, dass die Musikauswahl nicht im Protokoll des Bundeskanzleramts (»Programm und Zeitfolge«) vermerkt wurde. Die Trennung von Staat und Kirche könnte hier wirksam gewesen sein. Das Programm ließ sich gleichwohl aus den im Vorfeld erschienenen Presseberichten entnehmen, die damit offensichtlich ein Informationsbedürfnis abzudecken versuchten. Anhand der Darstellung in der *Kölnischen Rundschau* ist von unten stehender Programmfolge auszugehen. Die Ausführenden waren der mit rund 70 Sängern besetzte Kölner Domchor[49] unter der Leitung von Domkapellmeister Domkapitular Adolf Wendel sowie der Domorganist Josef Zimmermann, der an der großen Domorgel Werke von Johann Sebastian Bach und Johannes Brahms intonierte. Die Teile des Messordinariums wurden von der Trauergemeinde gesungen, während der Domchor die wechselnden Teile aus Hermann Schroeders Requiem unter der Leitung von Wendel übernahm.[50]

---

mentation – briefwechsel zwischen bundeskanzler konrad adenauer und bundespraesident theodor heuss; https://www.bundesregierung.de/breg-de/service/bulletin/das-deutschlandlied-eine-dokumentation-briefwechsel-zwischen-bundeskanzler-konrad-adenauer-und-bundespraesident-theodor-heuss-791474 (14.7.2022).
48 Mißverständnis, in: Kölnische Rundschau v. 26.4.1967, S. 4.
49 40 Knaben und 30 Herren, in: Kölnische Rundschau v. 25.4.1967, S. 9.
50 Vgl. Kölnische Rundschau v. 22.4.1967, S. 9.

Musikabfolge beim Pontifikal-Requiem am 25.4.1967[51]

Hermann Schroeder (1904–1984)
Proprium Requiem a cap. [Requiem für vierstimmigen gemischten Chor a cappella (1946)]

Max Eham (1915–2008)
De profundis mit Orgel [Geistliche Motette für Chor und Orgel (1953)]

Tomás Luis de Victoria (1548–1611)
Ecce quomodo moritur justus [Geistlicher Gesang für vier Stimmen]
Domine non sum dignus [Geistliche Motette für vier Stimmen]

Marc Antonio Ingegneri (1535/1536–1592)
O Domine Jesu Christe [Geistlicher Gesang für vier Stimmen]

Giacomo (Jacopo) Antonio Perti (1661–1756)
Adoramus te, Christe [Geistliche Motette]

Johann Sebastian Bach (1685–1750)
Fantasie c-Moll, 5 voci [BWV 562]
Praeludium und Fuge f-Moll [BWV 534]
Aus der Tiefe[n] rufe ich [Chor aus der gleichnamigen Kantate BWV 131 oder Choral BWV 246]
Erbarm dich mein, o Herre Gott [Choral BWV 305 oder Orgel-Choralvorspiel BWV 721]
Wohl mir, daß ich Jesum habe [Choral aus der Kantate *Herz und Mund und Tat und Leben* BWV 147]

Johannes Brahms (1833–1897)
O Welt, ich muß dich lassen [Orgel-Choralvorspiel op. posth. 122]

Einige Gedanken zur Programmzusammenstellung sollen mögliche tieferliegende Intentionen im Hinblick auf die symbolische Kommunikationsebene aufzeigen. Das Hauptaugenmerk der Auswahl zielt auf Ausgeglichenheit durch Pluralität auf den Ebenen Konfession, Nationalität und Historizität ab. Prinzipiell handelt es sich gemäß dem Aufführungsort um Gattungen der geistlichen Musik. Die Vokalwerke sind explizit für den Gebrauch in der katholischen Liturgie vorgesehen, hinzu tritt mit den Vokal- und Orgelwerken Bachs und Brahms' die protestantische Linie. Hinsichtlich der Herkunft der Komponisten ist eine, zumindest angedeutete, Internationalität durch Vertreter aus Italien, Spanien und Deutschland zu verzeichnen. Möglicherweise war auch französische Musik in Betracht gezogen worden, hieß es doch zunächst, Zimmermann würde

---

51 Entnommen aus: Musik beim Pontifikalrequiem, in: Kölnische Rundschau v. 24.4.1967, S. 5. In eckigen Klammern finden sich eigene Ergänzungen zu Werk und Besetzung. Kursivierungen beziehen sich auf Vokalwerke. Ob sie allerdings vokal oder instrumental durch die Orgel, wie in der Presse angezeigt, ausgeführt wurden, war nicht überprüfbar. Das betrifft in erster Linie die Bach-Kompositionen.

Orgelwerke von Jean Langlais aufführen.[52] Die gebotene Internationalität kommt sprachlich jedoch kaum durch den lateinischen Messetext bzw. durch die angezeigte Instrumentalmusik zum Tragen. Falls die Bach-Choräle nicht vokal, sondern rein instrumental ausgeführt wurden, was nach der Uneindeutigkeit der Bach-Werke durchaus möglich ist, wäre auch kein Wort in deutscher Sprache erklungen. Damit entfiele jegliche direkt vernehmbare nationale Komponente. Mit Bach und Brahms kamen zudem zwei deutsche Komponisten zu Gehör, die – zu diesem Zeitpunkt – als ›unbelastet‹ oder zumindest nicht als durch den NS-Staat instrumentalisiert galten.

Musikhistorisch betrachtet, sind aus dem 20. Jahrhundert von deutschen Komponisten lediglich mit Schroeders Requiem und Ehams *De profundis* Werke vertreten, die nach dem Untergang des NS-Regimes entstanden waren. Der weitere Schwerpunkt auf der Musik der Renaissance und des Frühbarock mit italienischen und spanischen Komponisten ist ebenso als die größtmögliche Entfernung von der Musik der Gegenwart oder der jüngeren Vergangenheit der 1930er und 1940er Jahre einzuordnen. Die Neue Musik fand keinerlei Berücksichtigung.

Zeigt sich in dieser Aufstellung das Bewusstsein für vielfältige Ansätze und (vermutlich) einer Ausblendung der deutschen Sprache, so ist dennoch ein gewisser Hang zur Lokalität, insbesondere zur Kirchenmusik Kölns zu konstatieren. Während Max Eham dem Wirkungsraum München zuzuordnen ist, tritt mit Hermann Schroeder eine Persönlichkeit des Kölner Musiklebens hervor. Spätestens seit der Auszeichnung für sein kirchenmusikalisches Schaffen durch Papst Johannes XXIII. 1961 war Schroeder auch mit einer gewissen Prominenz über die Stadtgrenze hinaus belegt.[53] Schroeder und Adenauer verband zudem die gemeinsame Arbeit in der Internationalen Gesellschaft zur Erneuerung der katholischen Kirchenmusik (IGK). Adenauer gehörte als damaliger preußischer Staatsrat u. a. mit Reichskanzler Heinrich Brüning dem Ehrenausschuss der 1929 gegründeten IGK an.[54] Hinzu kam, dass Adenauer sich als Oberbürgermeister der Stadt Köln für die Gründung der Hochschule für Musik (1925) eingesetzt hatte.

---

52 Vgl. Kölnische Rundschau v. 22. 4. 1967, S. 9. Im zwei Tage später in der Kölnischen Rundschau veröffentlichten Sonderartikel »Musik beim Pontifikalrequiem« wurde Johannes Brahms genannt, Jean Langlais fand keine weitere Erwähnung, Kölnische Rundschau v. 24. 4. 1967, S. 5.
53 Schroeder war in Köln von 1948 bis 1981 Professor an der Musikhochschule und unterrichtete Tonsatz, Dirigieren, Formenlehre und Musikgeschichte. 1958 bis 1961 war er stellvertretender Direktor der Musikhochschule Köln. Gleichzeitig lehrte er von 1946 bis 1972 am Musikwissenschaftlichen Institut der Universität Bonn.
54 Vgl. Rainer Mohrs, Hermann Schroeder und Aachen. Biographische Notizen aus regionaler Perspektive, (Vortrag auf der 7. Tagung der Hermann-Schroeder-Gesellschaft am 5. Oktober 2002 in der Hochschule für Kirchenmusik St. Gregorius, Aachen), in: Mitteilungen der Hermann-Schroeder-Gesellschaft, 2003, H. 3, S. 30–56, hier S. 32.

Zu einer ihrer ersten Absolventen gehörte später Herrmann Schroeder. Das Kirchenmusikinstitut der Hochschule zeichnete sich in vielen Jahren durch eine starke, internationale Strahlkraft und Modellhaftigkeit bei der Modernisierung der katholischen Kirchenmusik aus.[55] Zu konstatieren ist, dass die Musik zur Umrahmung des Requiems im Kölner Dom mit großem Bedacht ausgewählt wurde. Sie sollte keine Angriffsfläche für politisches Fehlverhalten bieten, sondern vielmehr Neutralität durch Internationalität und den Rückgriff auf unbelastete Musik bzw. Komponisten signalisieren.

Den Abschluss des öffentlichen Teils stellte der Trauerzug mit der Überführung des Sargs vom Kölner Dom bis zu einem Schiff am Rheinufer dar. Gespielt wurde währenddessen vom Musikkorps der Bundeswehr der Trauermarsch aus Händels Oratorium *Saul* HWV 53. Interessanterweise findet sich im Protokoll allerdings kein Vermerk dazu, dass während des mit 35 Minuten geplanten Zugs überhaupt Musik erklingen sollte. Dasselbe galt für die Verladung des Sargs auf das Schnellboot. Hier war lediglich ein »militärisches Abschiedszeremoniell« vorgesehen.[56] Dass das Moment mit der größten Öffentlichkeit und Wirkung in erster Linie den Trauerzug vom Dom zum Rhein ausmachte, lässt sich auch an anderer Stelle der Berichterstattung entnehmen:

> »Das ganze Gepräge eines Staatsbegräbnisses entfaltete sich auf dem Weg, den der Katafalk mit dem verstorbenen Kanzler vom Südportal des Doms zur Anlegestelle am Rhein nahm. Mit dem Deutschlandlied und dem Bach-Choral ›Wenn ich einmal soll scheiden‹ trat Konrad Adenauer seine letzte Fahrt an. Die Glocken von Köln läuteten ihm zu Ehren ein letztes Mal.«[57]

Mit der Wahl der Strophe *Wenn ich einmal soll scheiden* aus dem Choral *O Haupt voll Blut und Wunden* aus Bachs *Matthäus*-Passion BWV 244 wurde erneut der Konnex zur geistlichen Musik hergestellt. Der religiöse Aspekt hatte erst 1962 Einzug in den Auftritt des Bundeswehr-Musikkorps bei Trauerfeiern gehalten, indem das Abspielen eines Trauerchorals bei der Eingliederung des Sargs in die Formation vorgeschrieben wurde. Ein konkreter Choral war hier noch nicht benannt, sondern stand erst 1970 mit *Was Gott tut, das ist wohlgetan* festgeschrieben.[58] Die Aufführung des Bach-Chorals könnte auch als die Trennung zwischen lokal-basiertem Gedenken innen, d.h. im Kölner Dom mit dem Fokus auf katholische und kölnische Traditionen sowie einem äußeren Gedenken

---

[55] Vgl. ebd., S. 30.
[56] Programm und Zeitfolge der Trauerfeierlichkeiten für Konrad Adenauer, 21.4.1967, S. 7–8, BArch B 136/3015.
[57] In die Geschichte eingegangen, in: Kölnische Rundschau v. 26.4.1967, S. 1.
[58] Vgl. Bernhard Höfele, Das religiöse Element, dargestellt durch Musik in den militärischen Zeremoniellen der Bundeswehr, in: Moormann/Riethmüller/Wolf (Hg.), Paradestück, S. 81–93, hier S. 87f.

zwischen Dom und Rhein gelesen werden. Für die breitere Öffentlichkeit vor Ort und an den Fernsehgeräten erklang ein wahrscheinlich relativ populärer Choral.

Laut Zeitungsberichten brauchte der Trauerzug für die 500 Meter lange Strecke vom Dom zum Rhein mehr als 20 Minuten. Eine zentrale Dienstanweisung sieht für die Auftritte des Musikkorps vor, dass dieser Trauermarsch so oft wiederholt wird, bis der Sarg »den im Trauerzug vorgesehenen Platz erreicht« hat.[59] Der Trauermarsch, der bei vergleichbaren Aufführungen durch das Stabsmusikkorps eine Aufführungsdauer von ca. 3:00 Minuten hat, wird also selbst mit Pausen wenigstens vier bis fünf Mal erklungen sein – eine enorme klangliche Präsenz, auch vor den gut 15.000 Anteilnehmenden, die die Strecke säumten. Bei den Ausführenden zeigte sich eine Kontinuität. Im Einsatz war das Stabsmusikkorps unter der Leitung von Oberstleutnant Gerhard Scholz (oder auch Scholz-Rothe, 1913–1991), der im NS-Regime von 1933 bis 1945 Dirigent in diversen Musikkorps-Einheiten der Wehrmacht gewesen war.[60]

Ein intensiverer Blick auf Händels Trauermarsch aus *Saul* soll exemplarisch die Grundgedanken des Zeremoniells aufzeigen. Die Tatsache, dass das gesamte Begräbnis Konrad Adenauers nach dem Vorbild einiger internationaler Staatsmänner gestaltet worden war (Überführung des Sargs auf dem Rhein wie jener Winston Churchills auf der Themse) zeigt sich auch an Händels Trauermarsch. Er war bereits bei Staatsbegräbnissen für die englischen Könige, für Churchill sowie in den USA u. a. für George Washington und Abraham Lincoln erklungen. In England war es im viktorianischen Zeitalter üblich, Händels Oratorium zu nationalen Anlässen aufzuführen und sich zum Trauermarsch zu erheben. In *Saul* erklingt der Marsch an zentraler Stelle im dritten Akt, nach der Überbringung der Nachricht, die Hauptfigur sei in der Schlacht erschlagen worden. Handlungsdramatisch liegt hier also ein ähnlicher Heldentod vor wie es in Wagners *Götterdämmerung* mit der Klage über Siegfrieds Tötung der Fall ist. Allerdings tritt nun mit Saul eine biblische Figur hervor, die den germanisch-mythologischen Heldentod relativiert und mit einem weiteren Horizont religiöse Glaubensgrundsätze thematisiert.[61] Dem Werk liegt durch die Tonart C-Dur, fanfarenartige Motivik und wenig punktierte, kaum stockende Rhythmik, ein Duktus zugrunde, dem die eigentlich drückende Schwere von Trauermärschen fehlt. Stattdessen weist er einen für die Gattung ungewöhnlichen, weniger düsteren, sondern feierlichen Grundcharakter auf. Durch diese Abweichung wird

---

59 Zit. in: Christian Blüggel, Zur Identitätsstiftung heutiger Militärmusik, in: Moormann/Riethmüller/Wolf (Hg.), Paradestück, S. 35–68, hier S. 48.
60 Bundesministerium der Verteidigung, Informations- und Pressezentrum; Pressemitteilung »Die Bundeswehr beim Staatsbegräbnis Dr. Adenauers« IV/34, 24.4.1967; BArch 045_38b.
61 Mit der Figur des Saul, dem ersten König der Israeliten aus dem Alten Testament wird zudem die Sphäre des Jüdischen evoziert, was in der Bundesrepublik vor dem Hintergrund des Holocaust ein besonderes Zeichen bedeutete.

der eigentliche Ausdruck der Klage verschleiert: Der Marsch verweist nicht mehr allein auf die Sphäre des Todes. Stattdessen wird, wie auch im Oratorium, Transzendenz wirksam, indem der Held sich über die Realität des Todes hinaus erhebt. Händels Marsch wandelte durch die fehlende militärische Geste die Trauer des Augenblicks für zahlreiche der Anwesenden in Köln 1967 in eine tröstliche Verklärung um. Dieses neue, bis in die Gegenwart gültige musikalische Element bei deutschen Trauerstaatsakten nahm 1967 seinen wohlplatzierten Anfang. Seitdem ist das Werk als Standard in den Staatsakt der Bundesrepublik eingegangen und war Teil der Staatsbegräbnisse für Helmut Schmidt, Richard von Weizsäcker, Roman Herzog, Helmut Kohl und im Februar 2019 für Jörg Schönbohm.

6. Adenauers Begräbnis als Zeichen des Neuanfangs

Im Nachgang wies die Presse besonders auf den eingangs genannten Faktor des Würdevollen im Kölner Zeremoniell von 1967 hin, was als ein neuer Ansatz staatlicher Feierlichkeit und in der Konsolidierungsphase der Bundesrepublik als Abgrenzung von der Vergangenheit verstanden wurde. Die Beerdigung des ersten deutschen Bundeskanzlers, der für die Anerkennung West-Deutschlands im Ausland eintrat, wurde genutzt, um eine demokratische Republik, ihren Wertewandel und ihre Wiederaufnahme in die Staatengemeinschaft zu präsentieren.

Bezüglich der Funktionen von Musik zur Ordnung des Staates lässt sich in der direkten Kontextualisierung mit den Ereignissen in Bonn und Köln festhalten:

1. Prinzipiell dienen Rituale der Selbstvergewisserung des Staates als intakte Institution. Diese Rituale und die sie strukturierende Musik ordnen staatliche Zeremonien, worin sich wiederum die Ordnung des Staats widerspiegelt.
2. Die Anlehnung an die internationalen Vorbilder staatlicher Begräbnisse, wenn auch der westlichen Siegermächte, demonstrierte den Willen der Bundesrepublik, sich in diese Staatengemeinschaft einzureihen.
3. Musikalisch manifestierte sich die angestrebte politische Öffnung Deutschlands in der Wahl eines Werks aus einem englischen, geistlichen Oratorium des deutsch-englischen Komponisten Georg Friedrich Händel.
4. Dieser geweitete kulturelle Horizont zur Gestaltung staatlicher Rituale und staatlicher Ordnung zeigte sich in den Aspekten von Internationalität und Sakralität und widersprach gewissermaßen der politischen Abschottung und Pseudo-Religiosität der Diktatur.
5. Auch wenn die Auseinandersetzung mit der Verstrickung der Musik in den NS-Staat noch in den Anfängen steckte, so zeigte sich doch gerade im Programm für das Requiem im Kölner Dom ein deutliches Bewusstsein für die politische und symbolische Sprengkraft der Musik bei Staatsanlässen.

Das beschriebene Zeremoniell sollte als Teil eines kulturellen Habitus und einer Trauerkultur die wiedererlangte Kultiviertheit der Deutschen symbolisieren. Nach dem Zivilisationsbruch im Holocaust und Zweiten Weltkrieg galt es, einen mit internationaler und diplomatischer Bedeutung aufgeladenen Staatsakt kulturell einzurahmen. Der rituelle Habitus und das Schweigen und Erklingen der Musik sollte das neue politische und gesellschaftliche Fundament, d. h. die Grundordnung der Bundesrepublik nach innen stützen und nach außen repräsentieren.

Literatur

Volker Ackermann, Nationale Totenfeiern in Deutschland. Von Wilhelm I. bis Franz Josef Strauß. Eine Studie zur politischen Semiotik, Stuttgart 1990.

ders., Die funerale Signatur. Zur Zeichensprache nationaler Totenfeiern von Wilhelm I. bis Willy Brandt, in: Sabine Behrenbeck/Alexander Nützenadel (Hg.), Inszenierung des Nationalstaats. Politische Feiern in Italien und Deutschland seit 1860/71, Köln 2000, S. 87–112.

Anon., Chaos statt Musik, in: Prawda v. 28.1.1936, deutsche Übersetzung in: Krzysztof Meyer, Schostakowitsch: Sein Leben, sein Werk, seine Zeit, Mainz 2008, S. 204 ff.

Christian Blüggel, Zur Identitätsstiftung heutiger Militärmusik, in: Peter Moormann/Albrecht Riethmüller/Rebecca Wolf (Hg.), Paradestück Militärmusik. Beiträge zum Wandel staatlicher Repräsentation durch Musik, Bielefeld 2012, S. 35–68.

Pierre Bourdieu: Meditationen. Zur Kritik der scholastischen Vernunft. Aus dem Französischen von Achim Russer unter der Mitwirkung von Hélène Albagnac und Bernd Schwibs, Frankfurt a. M. 1997.

Bundesarchiv (BArch) B 136/3015 und 045_38b.

Die Bundesregierung. Bulletin 89–91 v. 27.8.1991, das deutschlandlied – eine dokumentation – briefwechsel zwischen bundeskanzler konrad adenauer und bundespraesident theodor heuss; https://www.bundesregierung.de/breg-de/service/bulletin/das-deutschlandlied-eine-dokumentation-briefwechsel-zwischen-bundeskanzler-konrad-adenauer-und-bundespraesident-theodor-heuss-791474 (14.7.2022).

Federico Celestini, Profanisierte Transzendenz und verinnerlichte Objektivität. Marsch und Choral in Mahlers Fünfter Symphonie, in: Peter Moormann/Albrecht Riethmüller/Rebecca Wolf (Hg.), Paradestück Militärmusik. Beiträge zum Wandel staatlicher Repräsentation durch Musik, Bielefeld 2012, S. 193–202.

Die Geisteswende. Kulturverfall und seelische Wiedergeburt, Manifest des Kampfbundes für deutsche Kultur (1929), H. 1, S. 1–7, in: Themenportal Europäische Geschichte, 2014, www.europa.clio-online.de/essay/id/q63-28511 (14.7.2022).

Gesetz über die Einziehung von Erzeugnissen entarteter Kunst v. 31.5.1938, § 1, Reichsgesetzblatt 1938, Teil I, S. 612, in: Österreichische Nationalbibliothek, ALEX. Historische Rechts- und Gesetzestextes Online; https://alex.onb.ac.at/cgi-content/alex?aid=dra&datum=19380004&seite=00000612 (14.7.2022).

Grundgesetz für die Bundesrepublik Deutschland v. 23.5.1949, in: Bundesministerium der Justiz, Bundesamt für Justiz, Grundgesetz für die Bundesrepublik Deutschland; https://www.gesetze-im-internet.de/gg/art_5.html (14.7.2022).

Hanns-Werner Heister, Macht der Musik – Musik der Macht. Musikästhetische und musikhistorische Überlegungen, in: Frank Geißler/Marion Demuth (Hg.), Musik. Macht. Missbrauch. Kolloquium des Dresdner Zentrums für zeitgenössische Musik, 6.–8.10.1995, Altenburg 1999, S. 11–26.

Adolf Hitler, Rede auf der Kulturtagung des Parteitags der NSDAP in Nürnberg, 6. Sept. 1938; http://www.worldfuturefund.org/wffmaster/Reading/Hitler%20Speeches/Hitler%20on%20Art%201938.09.06%20G.htm (14.7.2022).

Bernhard Höfele, Das religiöse Element, dargestellt durch Musik in den militärischen Zeremoniellen der Bundeswehr, in: Moormann/Riethmüller/Wolf (Hg.), Paradestück, S. 81–93.

Eckhard John, Musikbolschewismus. Die Politisierung der Musik in Deutschland 1918–1938, Stuttgart 1994.

Kölnische Rundschau v. 20.4. bis 26.4.1967 (22. Jg., Nr. 92–97).

Sabine Mecking/Yvonne Wasserloos, »As the crowd would sing«. Musik als politisches Ereignis, in: Archiv für Kulturgeschichte 96/2 (2014), S. 341–368.

dies., Musik – Macht – Staat. Exposition einer politischen Musikgeschichte, in: Dies. (Hg.), Musik – Macht – Staat. Kulturelle, soziale und politische Wandlungsprozesse in der Moderne, Göttingen 2012, S. 11–38.

Mitteilungen der NS-Kulturgemeinde, in: Die Musik (26), Heft 12, September 1934, S. 933–936. Hervorhebungen im Text.

Rainer Mohrs, Hermann Schroeder und Aachen. Biographische Notizen aus regionaler Perspektive, (Vortrag auf der 7. Tagung der Hermann-Schroeder-Gesellschaft am 5. Oktober 2002 in der Hochschule für Kirchenmusik St. Gregorius, Aachen), in: Mitteilungen der Hermann-Schroeder-Gesellschaft, 2003, H. 3, S. 30–56.

Molière, Le Bourgeois gentilhomme, Paris 1671.

Werner J. Patzelt, Transzendenz, politische Ordnung und bei der Konstruktion, in: ders. (Hg.), Die Machbarkeit politischer Ordnung. Transzendenz und Konstruktion, Bielefeld 2013, S. 9–42.

Hans Pfitzner, Die neue Aesthetik der musikalischen Impotenz. Ein Verwesungssymptom? München 1920.

Edwin Redslob, Staatliche Feiern der Reichsregierung, in: Gebrauchsgraphik 2 (1925), S. 51–59.

Nadine Rossol, Performing the Nation in Interwar Germany. Sport, Spectacle and Political Symbolism 1926–36, London u.a. 2010.

Protokoll Inland der Bundesregierung, Staatsakte; Bundesministerium des Innern, für Bau und Heimat, 2019; https://www.protokoll-inland.de/Webs/PI/DE/staatsakte/staats-und-festakte/staats-und-festakte-node.html (16.3.2021).

Verfassung des Deutschen Reiches, »Weimarer Verfassung« v. 11.8.1919, in: Verfassungen des Deutschen Reiches 1918–1933, www.verfassungen.de/de19-33/verf19-i.htm (14.7.2022).

Joachim Wendler, Rituale des Abschieds: Eine Studie über das staatliche Begräbniszeremoniell in Deutschland, Hannover 2007, S. 62.

Nepomuk Riva

Integrative Rhetorik und eurozentrische Selbstrepräsentation. Musik in der Fernsehberichterstattung über den Bundespräsidenten

1. Musikalisches Störfeuer beim Großen Zapfenstreich

Der Rücktritt von Christian Wulff im Februar 2012 war ein ungewöhnliches Ereignis in der Geschichte der Bundesrepublik Deutschland. Erstmals wurde ein Bundespräsident aus dem überparteilichen Amt gedrängt, weil gegen ihn wegen möglicher Vorteilsnahme ermittelt werden sollte. Der Abschied erfolgte dem Protokoll entsprechend durch den etwa 20-minütigen Großen Zapfenstreich, zu dem sich der scheidende Präsident selbst Musiktitel auswählen durfte, die das Stabsmusikkorps der Bundeswehr vortrug. Wulff wünschte sich das populäre Lied *Over the Rainbow* von Judy Garland, den *Alexandermarsch* von Andreas Leonhardt, das Neue Geistliche Lied *Da berühren sich Himmel und Erde* von Christoph Lehmann und die *Ode an die Freude* aus der Symphonie Nr. 9 von Ludwig van Beethoven. Offensichtlich standen diese Lieder repräsentativ für seine Wahrnehmung des Amtes und seiner Person: Beethoven für die Europäische Union, ein Kirchenlied für das christliche Verständnis seiner Partei, die Christlich Demokratische Union Deutschlands (CDU), und das kulturelle Erbe Deutschlands und den Divisionsmarsch der 1. Panzerdivision in Hannover, woher Wulff politisch stammte. Das Filmmusiklied aus *Der Zauberer von Oz* gab Anlass dazu, es als sein persönliches Hoffnungslied zu interpretieren, da er sich ungerechtfertigt aus dem Amt gedrängt sah.

Der Große Zapfenstreich verläuft nach festem Protokoll ohne Ansprachen, so dass die deutschen öffentlich-rechtlichen Fernsehsender – wie bei anderen politischen Verabschiedungen dieser Art üblich – die Musik live übertrugen, die anwesenden Personen beim schweigenden Zuhören zeigten und die Veranstaltung in großen Abständen sparsam mit erläuternden Kommentaren versahen. Im Fall von Wulff kam es aber bei dieser repräsentativen Verabschiedung vor dem Präsidentensitz am Schloss Bellevue zu einer musikalischen Störung. Teile der Bevölkerung, die gegen die Ehrenbekundung für einen vor einer Anklage stehenden Bundespräsidenten protestierten, positionierten sich hinter dem Zaun mit Vuvuzelas und Rasseln und versuchten, die Musikveranstaltung mit

Instrumenten und durch Pfeifen zu übertönen. Wulff zwang sich, Haltung zu bewahren und so zu tun, als würde er diese Geräuschkulisse nicht hören.

Wulffs zweijährige Amtszeit ist allerdings nicht wegen des Vorwurfs der Vorteilsnahme in Erinnerung geblieben, von der er 2014 gerichtlich freigesprochen wurde, sondern aufgrund der Debatte, die seine Rede zum Tag der Deutschen Einheit am 3. Oktober 2010 auslöste, in der er neben dem Christen- und dem Judentum auch den Islam als Teil der deutschen Gesellschaft bezeichnete.[1] Von dieser integrationsfreundlichen Politik, die er seit der Rede mit Engagement gegen alle Widerstände weiter verfolgt hatte, war allerdings bei seiner Verabschiedung musikalisch nichts zu vernehmen. Die Auswahl entstammte vollständig einem westlichen, christlichen und eurozentrischen Repertoire. Kommentarlos wurde dies von der Fernsehberichterstattung hingenommen. Ausgerechnet das aus Südafrika stammende Blasinstrument Vuvuzela, das durch Fußballfans weltweit Verbreitung gefunden hat, brachte dagegen eine interkulturelle Note in den Gesamtklang.

Dieser Widerspruch zwischen den Reden des Bundespräsidenten zur deutschen Integrationspolitik und seiner musikalischen Performance im Amt ist kein Einzelfall. Seit Ende der 1990er Jahre bemühen sich alle Amtsinhaber auf ihre Art darum, durch Reden das Thema Integration, interkultureller Respekt und religiöse Toleranz positiv in den gesellschaftlichen Diskurs einzubringen. Im Folgenden möchte ich darlegen, warum diese Auftritte bis auf wenige Ausnahmen gesellschaftlich und politisch folgenlos bleiben. Es gelingt den Bundespräsidenten nicht, ihre Sprechakte mit einem kohärenten Handeln zu verbinden, auch weil sie die für die audiovisuelle Kommunikation so wichtige Ebene der Musik ignorieren. Sie übersehen, dass sie durch die begleitenden Klänge ihrer Auftritte Aussagen treffen, die oft diametral zu ihren Absichten stehen. Dies wird durch die Berichterstattung im deutschen Fernsehen, in der sich der Bundespräsident der Bevölkerung darstellt und die er zum Teil sogar mitbestimmen kann, noch verstärkt. Die Selbstdarstellung des Bundespräsidenten und die mediale Berichterstattung verbleiben in stereotypen Mustern einer musikalischen Repräsentation, die eher der Idee einer deutschen und christlichen Kulturnation folgen als einer offenen, diversen Gesellschaft.

Die musikethnologischen Forschungen zur Repräsentation migrantischer Communities in nationalen Kontexten möchte ich mit dem folgenden kritischen Essay durch eine medienwissenschaftliche Perspektive erweitern. Methodisch werde ich mich auf Theorien der Soundscape Studies und Filmmusik beziehen sowie auf mein Erfahrungswissen, das ich im Bildschnitt in 20-jähriger freiberuflicher Tätigkeit bei öffentlich-rechtlichen deutschen Fernsehsendern im Be-

---

1 <https://www.bundespraesident.de/SharedDocs/Reden/DE/Christian-Wulff/Reden/2010/10/20101003_Rede.html> (17.05.2021).

reich Nachrichten und Magazine erwerben konnte. Die Art der Berichterstattung liegt nicht nur in der Struktur der Sender, ihrer verschiedenen Sendeformate und anvisierten Publikumsschichten begründet, sondern auch in den Bedingungen der Produktion sowie in ungeschriebenen journalistischen Richtlinien, die innerhalb der Sender mündlich weitervermittelt werden und bislang nicht wissenschaftlich erforscht sind.

2. Musikalische Repräsentationen nationaler Politiken

Die Repräsentation nationaler Identitäten durch Musik ist ein Thema, das die historische Musikforschung in Europa schon lange an der Kunstmusik besonders des 19. Jahrhunderts untersucht hat. Die Musikethnologie widmet sich seit Jahrzehnten dem Thema aus ihrer Perspektive. Dabei versucht sie anhand qualitativer ethnographischer Methoden die Prozesse nachzuvollziehen, wie aus regionalen Musikpraktiken Symbole nationaler Identitäten konstruiert[2] oder wie gewisse Klänge und musikalische Formen dazu benutzt werden, ethnische und geographische Fremdzuschreibungen vorzunehmen.[3] Nicht immer arbeiten die Forschenden auf nationalstaatlicher Ebene. Identitätsstiftende Musikpraktiken spielen im transkulturellen Bereich von Migration ebenso eine Rolle,[4] wie beispielsweise Forschungen zu UNESCO-Auszeichnungen lokaler Musikpraktiken als Intangible Cultural Heritage. Letztere haben meist gravierende Auswirkungen auf politische Selbstdarstellungen der entsprechenden Nationen und wirken sich oft nachteilig auf benachbarte lokale Musikszenen aus.[5] Musikpraktiken als Repräsentationen von Nationen können zudem auch unabhängig von politischen Zusammenhängen in den Gesellschaften verhandelt werden, wie etwa der Eurovision Song Contest.[6]

Die Selbstdarstellung des politischen Betriebes durch Musik wird in diesem Forschungsfeld nur am Rande betrachtet, besonders in Bezug auf die Entstehung

---

2 Z.B. Kelly M. Askew, Performing the Nation: Swahili music and cultural politics in Tanzania, Chicago 2002; Janaki Bakhle, Two men and music: nationalism in the making of an Indian classical tradition, New York 2005. Jedrek Mularski, Music, politics, and nationalism in Latin America: Chile during the Cold War era, Amherst 2014; Abel Polese,/Jeremy Morris/Emilia Pawlusz/Oleksandra Seliverstova (Hg.), Identity and nation building in everyday post-socialist life, London 2017.
3 Johannes Ismaiel-Wendt, Tracks'n'treks: populäre Musik und postkoloniale Analyse, Münster 2011.
4 Jennifer C. Post (Hg.), Ethnomusicology. A contemporary reader, New York 2006, S. 223–292.
5 Keith Howard, Music as intangible cultural heritage policy, ideology, and practice in the preservation of East Asian traditions, Farnham 2012.
6 Philip V. Bohlman, The music of European nationalism: cultural identity and modern history, Oxford 2002, S. 1–34.

bestimmter Nationalhymnen. Als beispielhaft gilt in diesem Bereich etwa die wechselhafte Geschichte des südafrikanischen Kirchenliedes *Nkosi sikelel' Afrika*, das über ein politisches Protestlied im Anti-Apartheid-Kampf des African National Congress zur südafrikanischen Nationalhymne und einem panafrikanischen Hoffnungslied aufstieg.[7] Hier lässt sich nachvollziehen, wie sich eine politische und gesellschaftliche Transformation, die zur Integration entrechteter Bürger*innen führte, auch auf der politischen Ebene musikalisch abbilden kann. Der ansonsten weitgehende Mangel an Untersuchungen zum Musikeinsatz im politischen Alltag liegt darin begründet, dass vor allem die Vertreter*innen der Applied Ethnomusicology ihre Aufgabe in der Arbeit mit marginalisierten Gruppen innerhalb von Gesellschaften sehen,[8] den Forschenden persönliche Kontakte zur politischen Szene fehlen und vor allem in nicht-demokratischen Ländern das Feld der Politik aus ethischen und sicherheitsbedingten Gründen gemieden wird. Hinzu kommt, dass die politische Kommunikation weitgehend auf mediale Vermittlung angewiesen ist, deren Produktionsprozesse innerhalb einer qualitativ ethnographisch forschenden Musikethnologie seltener betrachtet werden. Dabei zeigt sich gerade bei den Themen Integration, interkultureller Respekt und religiöse Toleranz paradigmatisch die Kluft zwischen den Reden der Politiker, die den rechtlichen Rahmen von gesellschaftlichem Zusammenleben gestalten, und ihrem Verständnis von musikalischer Diversität.

3. Die Agenda der Bundespräsidenten zu Integration und gesellschaftlicher Toleranz

Die von der rot-grünen Koalition unter Bundeskanzler Gerhard Schröder im Jahr 2000 beschlossene Reform des Staatsangehörigkeitsrechts und die Neufassung des Einbürgerungsrechts stellten eine grundlegende Veränderung des Umgangs mit den Migrant*innen und deren Nachkommen in Deutschland dar. Den seit Mitte der 1950er Jahren als ›Gastarbeiter‹ nach Deutschland migrierten Menschen und ihren Familien wurde erleichtert, die deutsche Staatsbürgerschaft anzunehmen. In Deutschland geborene Kinder erhielten automatisch ein Recht auf einen deutschen Pass. Damit erfolgte der Wechsel von einem Abstammungs- zu einem Geburtsortprinzip, das es zuvor in keinem deutschen Staat gegeben hat. Diese in der Bevölkerung nicht unumstrittene Politik wurde von den Bundespräsidenten positiv begleitet, auch wenn die jeweiligen Amtsinhaber unter-

---

7 David B. Coplan, In township tonight!: Three centuries of South African black city music and theatre, Chicago 2008, S. 56–63.
8 Svanibor Pettan, Applied Ethnomusicology in the Global Arena, in: Svanibor Pettan/Jeff Todd Titon (Hg.), The Oxford handbook of applied ethnomusicology, New York 2016, S. 29–52.

schiedliche Schwerpunkte setzten. Ein paar charakteristische Beispiele sollen dies belegen.

Johannes Rau, langjähriger Politiker der Sozialdemokratischen Partei Deutschlands (SPD), thematisierte bereits bei seiner Rede nach der Wahl zum Bundespräsidenten am 23. Mai 1999, dass er sich in der Pflicht sehe, »Bundespräsident aller Deutschen zu sein und der Ansprechpartner für alle Menschen, die ohne einen deutschen Pass bei uns leben und arbeiten.«[9] Im Gegensatz zu den Jahren 1982 bis1998 unter Bundeskanzler Helmut Kohl, in denen sich Migrant*innen in Deutschland als Menschen zweiter Klasse diskriminiert fühlten,[10] wollte Rau einen neuen Umgang mit dieser Bevölkerungsgruppe beginnen. Mit seiner Aussage stieß er nicht nur auf positives Echo. Die Landtagswahlen in Hessen einen Monat zuvor hatte die CDU gerade mit einer Protestaktion gegen die doppelte Staatsbürgerschaft für sich entscheiden können.

Der parteilose Horst Köhler, der das Amt von 2004 bis 2010 ausübte, sah als Ökonom Zuwanderung als eine politische Notwendigkeit, um die deutsche Wirtschaft zu fördern und das Sozialsystem zu stützen. Während einer Jahrestagung des Forums Demographischer Wandel am 10. Oktober 2008 fasste er die Herausforderung von Integration auf folgende Weise zusammen:

> »Unterschiede und Ungleichheiten in einer Gesellschaft sind historisch gesehen nichts Neues. Mehr noch: Sie gehören zum Menschsein dazu. ... Die Herstellung völliger Gleichheit ist weder möglich noch wünschenswert. Unterschiede und Ungleichheiten machen die Vielfalt unserer Gesellschaft aus, und sie spornen zu Leistung und Anstrengung an. ... Und wir müssen deutlich machen, dass wir eine Gesellschaft sind, die engagierte Menschen mit Offenheit empfängt und willkommen heißt. ... Integration bedeutet: ›Aus der Vielfalt des Zusammenlebens ein Ganzes zu schaffen.‹ – Und zwar nicht einfach durch Anpassung der Einen an die Anderen, sondern durch die Besinnung auf Gemeinsamkeiten und durch die Schaffung fairer Teilhabechancen für alle.«[11]

Köhlers rationale Beweggründe für eine geordnete Einwanderungspolitik waren weder weiten Teilen der Bevölkerung noch der CDU/CSU, die ihn ins Amt gewählt hatte, ohne Weiteres zu vermitteln.

Wulffs Schwerpunkt bei der Integration lag dagegen aufgrund der verschiedenen internationalen Kriege gegen den Terrorismus seit 2001 und der islamistischen Anschläge in Europa auf einer Verständigung der Religionen in

---

9 <https://www.bundespraesident.de/DE/Die-Bundespraesidenten/Johannes-Rau/Zitate/SharedDocs/Zitate/DE/Johannes-Rau/1999/05/19990523_Zitat4.html> (17.05.2021).

10 Atila Karabörklü von der Türkischen Gemeinde in Deutschland im Interview mit Pitt von Bebenburg: »Mölln war wie eine Explosion«, in: Frankfurt Rundschau, 22.11.2022, <https://www.fr.de/politik/moelln-rassistischer-anschlag-war-wie-eine-explosion-30-jahre-91932367.html> (14.02.2023).

11 <https://www.bundesregierung.de/breg-de/service/bulletin/rede-von-bundespraesident-horst-koehler-796338> (17.05.2021).

Deutschland. Dies brachte er in seiner bereits erwähnten Rede zum Ausdruck, in der er die drei Weltreligionen Judentum, Christentum und Islam als gleichwertige Teile der deutschen Gesellschaft einordnete.

»Zu allererst brauchen wir aber eine klare Haltung. Ein Verständnis von Deutschland, das Zugehörigkeit nicht auf einen Pass, eine Familiengeschichte oder einen Glauben verengt, sondern breiter angelegt ist. Das Christentum gehört zweifelsfrei zu Deutschland. Das Judentum gehört zweifelsfrei zu Deutschland. Das ist unsere christlich-jüdische Geschichte. Aber der Islam gehört inzwischen auch zu Deutschland.«[12]

Diese Aussage eines CDU-Mitgliedes brachte ihm viel Widerspruch in der eigenen Partei ein, die ihm in seiner religiösen Toleranz keinesfalls folgen wollte.

Der parteilose Joachim Gauck, Bundespräsident von 2012 bis 2017, vertrat einen differenzierten Blick auf das Thema Integration, dessen Herausforderungen für die aufnehmende Bevölkerung er deutlich artikulierte und daneben nicht nur Rechte, sondern auch Pflichten der Einwandernden ansprach. So äußerte er sich etwa am 29. November 2016 in Offenbach:

»Ja, Einwanderung erweitert unseren Blick. Sie bringt aber auch Probleme mit sich. Einwanderung ist immer beides: Bereicherung und auch Belastung, Gewinn und auch Verlust. ... Pluralität von Lebens- und Glaubensformen will auf verschiedene Weise verteidigt werden. Wir haben dafür Sorge zu tragen, dass Migranten nicht missachtet, nicht verhöhnt oder gar fremdenfeindlich attackiert werden. Wir haben aber auch dafür Sorge zu tragen, dass sie nicht alleingelassen werden, wenn sie aus den Normen ihrer Herkunftsgemeinschaften auszubrechen versuchen ... Und vor allem: Wir dürfen durch unser Desinteresse und unsere Zurückhaltung Islamisten und Terroristen nicht das Feld überlassen. ... Integration ist nicht nur eine große Herausforderung für die aufnehmende Gesellschaft, sie ist auch eine Herausforderung für die Hinzukommenden. ... Aber letztlich hängt es vom Willen eines jeden Einwanderers ab, ob er Deutschland als sein neues Zuhause betrachtet, seine Rechte und Pflichten wahrnehmen und Teil dieser Gesellschaft werden will.«[13]

Solche Aussagen wurden von konservativen Teilen der deutschen Bevölkerung wohlwollend aufgenommen, die in der Integrationsdebatte oft das Gefühl erhielten, von der Politik zu einem neuen Verhalten gezwungen zu werden. Von der politischen Linken und Vertreter*innen von Migrantenorganisationen wurde Gauck dafür kritisiert.[14]

Frank-Walter Steinmeier (SPD) ist seit 2017 als Bundespräsident vor allem mit erstarkenden rechtspopulistischen Strömungen in Deutschland konfrontiert, die

---

12 <https://www.bundespraesident.de/SharedDocs/Reden/DE/Christian-Wulff/Reden/2010/10/20101003_Rede.html> (17.05.2021).
13 <https://www.bundespraesident.de/SharedDocs/Reden/DE/Joachim-Gauck/Reden/2016/11/161129-Offenbach-Integration.html?nn=1891550> (17.05.2021).
14 Daniel Bax: Bürger gegen Joachim Gauck. Linke und Migranten zu Gauck, in taz, 21.02.2012, <https://taz.de/Linke-und-Migranten-zu-Gauck/!5100202/> (14.02.2023).

sich dezidiert gegen Zuwanderung aussprechen. Für ihn ist es aus diesem Grund wichtig zu betonen, dass es die Aufgabe der Politik ist, die rechtlichen Grundlagen für ein freiheitliches Leben zu verteidigen und von der Bevölkerung ebenso Toleranz und Respekt für einander zu fordern. Bei einem deutsch-türkischen Bürgergespräch am 22. August 2018 in Berlin formuliert er:

»Es gibt keine halben oder ganzen, keine Bio- oder Passdeutschen. Es gibt keine Bürger erster oder zweiter Klasse, keine richtigen oder falschen Nachbarn …, sondern es gibt die eine Bundesrepublik Deutschland – ihre Staatsbürger, mit gleichen Rechten und Pflichten, und mit ihnen die vielen Menschen, die hier leben und arbeiten und gemeinsam eines teilen: dass sie in diesem Land von Recht und Freiheit friedlich zusammenleben wollen. … Aber allein die Feststellung, dass wir ein Einwanderungsland sind, reicht auch nicht aus. Aus ihr muss etwas folgen: für den Staat, der die Verantwortung hat, zu organisieren, dass unser Zusammenleben funktionieren kann; für die Politik, die die Leitlinien dafür vorgeben muss, und für jeden Einzelnen von uns. Denn das alltägliche Miteinander, das gestalten wir selbst, und seine Konflikte kann keiner – auch keine Politik – uns abnehmen. Integration ist weder Gnade noch Geschenk. … Wir müssen einander respektieren – auch in unserer Verschiedenheit, solange sie innerhalb des geltenden Rechts gelebt wird.«[15]

Das Thema ist für Steinmeier in den letzten Jahren noch dringlicher geworden, da rechtsextreme Einzeltäter in Deutschland versuchen, ihre politischen Vorstellungen mit Gewalt durchzusetzen, wie beim Anschlag auf die Synagoge in Halle 2019 oder dem rassistisch motivierten Terroranschlag in Hanau 2020.

Trotz unterschiedlicher Argumente und Wortwahl verfolgen alle Bundespräsidenten seit 1999 eine ähnliche politische Agenda von Integration, kultureller Vielfalt, Respekt und religiöser Toleranz. In gleicher Weise inszenieren sie sich auch übereinstimmend bei Auftritten, in denen sie diese Thematik zum Ausdruck bringen. Eine nachhaltige Veränderung zu mehr Integration und Toleranz in Gesellschaft und Politik ist ihnen damit aber bislang nicht beschieden. Das gesamtdeutsche politische Klima ist mit den Jahren sogar fremdenfeindlicher geworden, wie der Aufstieg und die Etablierung der rechtspopulistischen Partei Alternative für Deutschland (AfD) zeigt. Die Bundespräsidenten haben dennoch nicht versucht, ihre Strategien bei repräsentativen Auftritten oder in der Kommunikation zu verändern. Die Berichterstattung im deutschen Fernsehen folgt ihnen beständig mit Beiträgen, in denen die Amtsinhaber beinahe austauschbar erscheinen. Das ermöglicht im Folgenden, die vorhandenen homogenen Daten über diesen Zeitraum hinweg einheitlich zu analysieren.

---

15 <https://www.bundesregierung.de/breg-de/service/bulletin/rede-von-bundespraesident-dr-frank-walter-steinmeier-1503982> (17.05.2021).

4. Die Performance des Bundespräsidenten in medialen Prozessen

Der Bundespräsident ist laut Grundgesetz (Art. 54–61) das Staatsoberhaupt der Bundesrepublik Deutschland, besitzt allerdings weitgehend nur repräsentative Funktion und beteiligt sich in der Regel nicht an der Tagespolitik. Folglich begrenzt sich sein Handeln auf Auftritte zu repräsentativen Zwecken, das Durchführen symbolischer Handlungen sowie das Kommunizieren mit verschiedenen nationalen und internationalen Gruppen durch Ansprachen, Diskussionen oder Verhandlungen. Den Erfolg oder Misserfolg seiner Arbeit bemisst er daran, ob seine Reden in gesellschaftlichen und politischen Diskursen Gehör finden und ob seine repräsentativen Auftritte vor Publikum und in der medialen politischen Berichterstattung als seinem Amt angemessen wahrgenommen werden. Es handelt sich also im engeren Verständnis um ein performatives Verhalten, das sich mit der Sprechakttheorie des Philosophen John Austin analysieren ließe.[16]

Die Beschäftigung mit Musik findet beim Bundespräsidenten im öffentlichen Raum ebenfalls nur durch das gesprochene Wort, durch seine Aufmerksamkeit erzeugende Präsenz bei Musikveranstaltungen oder indirekt durch die Organisation von Feiern mit musikalischen Darbietungen statt. Die Bundespräsidenten verstehen sich stets in der Rolle, bei diesen Gelegenheiten die gesamtgesellschaftliche Bedeutung kultureller Aktivitäten zu betonen. Die Auftritte sowie besonders die mediale Berichterstattung darüber setzen den Bundespräsidenten allerdings in ein Verhältnis zu den Klängen in seiner Umgebung. Da die musikalische Ebene gerade bei audiovisuellen Produkten wie der Fernsehberichterstattung die Bildaussage auf verschiedene Weise beeinflussen kann, ist diese nicht von den anderen Elementen seines Handelns zu trennen. Aus seinen Auftritten, den Ansprachen und der Musik entsteht im Sinne der Theaterwissenschaftlerin Erika Fischer-Lichte eine ästhetische Performance.[17] Dieser Performance-Begriff gilt umso mehr für die Berichterstattung über den Bundespräsidenten im Fernsehen, die für weite Teile der Bevölkerung die einzige Möglichkeit darstellt, sich über seine Tätigkeit ein Bild zu machen.

Das deutsche Fernsehen als Kommunikations- und Unterhaltungsmedium hat – besonders was den öffentlich-rechtlichen Rundfunk betrifft – einen Auftrag zur politischen Information und einen politischen und kulturellen Bildungsauftrag (Rundfunkstaatsvertrag II. § 11). Die Berichterstattung über den Bundespräsidenten wird den Redaktionen von Politik, Gesellschaft, Kultur, Bildung und Unterhaltung zugeordnet. Für die folgende Untersuchung gilt es, sich die unterschiedlichen Bereiche der medialen Kommunikation klarzumachen. Zum

---

16 John Langshaw Austin, How to Do Things with Words, New York 1962.
17 Erika Fischer-Lichte, Ästhetik des Performativen, Frankfurt a. M. 2004.

einen werden für die Auftritte des Bundespräsidenten Musikaufführungen aktiv inszeniert, auf die er in seinen Reden Bezug nehmen kann. Die Sendung *Weihnachten mit dem Bundespräsidenten*[18] wird sogar in Zusammenarbeit zwischen dem Bundespräsidialamt und dem ZDF konzipiert und produziert. Daraufhin gibt es einen journalistischen, technischen und künstlerischen Transformationsprozess innerhalb der Fernsehanstalten. Die Auftritte des Bundespräsidenten werden thematisch und zielgruppenspezifisch an ein potentielles Publikum angepasst. Ereignisse werden dabei selektiert und mit bestimmten textlichen, bildlichen und klanglichen Stilmitteln versehen. Die jeweiligen Formate wie Nachrichten, Unterhaltungsmagazine, Dokumentationen oder Veranstaltungsübertragungen ermöglichen unterschiedliche Formen der journalistischen Darstellung, Interpretation und dramaturgischen Bearbeitung, mit denen das ursprüngliche Ereignis in ein mediales Produkt transformiert wird. Das Publikum kann letztlich nur ein audiovisuelles Produkt konsumieren, das auf bestimmte Interessen und Thematiken hin erstellt wurde. Der Fall der eingangs beschriebenen Rückkopplung durch musikalische Störung eines Auftrittes des Bundespräsidenten bleibt bislang ein Einzelfall.

Der Produktionsprozess von Berichten über den Bundespräsidenten funktioniert in der Art, dass neben dem Bild und den Ansprachen akustisch mitaufgezeichnet wird, was atmosphärisch zu vernehmen ist. Mit den Worten Murray Schafers handelt es sich um Klanglandschaften mit ihren »keynote sounds«, »signals« and »sound markers«.[19] Bei den meisten politischen Treffen erklingen nur Raum- oder Straßenatmosphären. Während politischer Zeremonien, bei gesellschaftlichen Anlässen, Reisen oder Auftritten auf kulturellen Festen kann dagegen auch Musik erklingen. Diese Umgebungsklänge werden unbearbeitet im Schnitt übernommen, wobei hin und wieder charakteristische Sounds benutzt werden, um klanglich im Stil einer Couleur locale einen bestimmten Handlungsort einzuführen. Der Grund für diese eher spartanische Technik ist neben dem Zeitdruck, unter dem in der politischen Berichterstattung gearbeitet wird und der jede zusätzliche musikdramaturgische Konzeption unmöglich macht, der journalistische Anspruch auf eine objektive Berichterstattung, wodurch eine Situation möglichst realitätsgetreu wiedergegeben werden soll. Seriosität im Fernsehen zeichnet sich ohnehin in der Regel durch den Verzicht von Musik aus, außer sie ist integraler Bestandteil der Ereignisse, über die berichtet wird.

---

18 <https://www.zdf.de/kultur/musik-und-theater/weihnachten-mit-dem-bundespraesidenten-118.html> (17.05.2021).
19 Murray Schafer, The soundscape: our sonic environment and the tuning of the world, Rochester 1977.

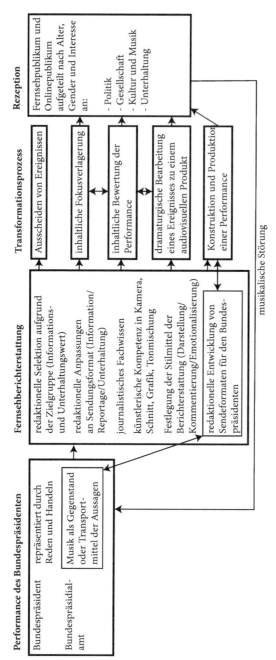

Abb. 1: Der Kommunikationsprozess des Bundespräsidenten durch das Fernsehen (eigene Darstellung)

Wenn dennoch Musik erklingt, lassen sich ihre Wirkungen in der Fernsehberichterstattung grundsätzlich mit denen der Funktionen von Filmmusik vergleichen. In Anlehnung an das von Hansjörg Pauli entwickelte Kategoriensystem werden Musiken eingesetzt, die den Charakter der Bilder paraphrasieren, die neutrale oder ambivalente Bilder polarisieren, und solche, die den visuellen Inhalt der Bilder kontrapunktieren.[20] Der Unterschied zum fiktionalen Film besteht darin, dass für das Fernsehen abgesehen von formatspezifischen Erkennungsmelodien keine eigenen Musiken komponiert werden. Die verschiedenen Sendungsformate entscheiden über den Einsatz entsprechender Musiken. Nachrichtensendungen verzichten in der Regel so weit wie möglich auf Musik. Ist sie Teil der Szenerie, soll sie die Bilder lediglich paraphrasieren. Politische Dokumentationen können dagegen zusätzliche Musik an bestimmten Stellen verwenden, um Themen und Personen bewusst zu polarisieren. In Unterhaltungsmagazinen werden häufiger zusätzliche populäre Musiken verwendet, um Beiträge zu dynamisieren und bestimmte Zielgruppen anzusprechen. Allerdings darf aufgrund der unterschiedlichen Nutzungsrechte von Musik, die die Gesellschaft für musikalische Aufführungs- und mechanische Vervielfältigungsrechte (GEMA) vertritt, im Fernsehen und Internet nicht jedes Stück für Beiträge verwendet werden. Die Auswahl ist dann auf industriell erstellte, rechtefreie Musik begrenzt, die von zahlreichen Internetfirmen angeboten wird. Diese ist oft produktionstechnisch und kompositorisch aufgrund des geringen Budgets zur Herstellung von minderer Qualität und deswegen für die meisten Journalist*innen nicht attraktiv. Deshalb wird oft vollkommen auf zusätzliche Klänge verzichtet. Kontrapunktische Musiken sind im Fernsehen nur im Bereich von kabarettistischen und satirischen Formaten möglich.

Die Reporter*innen spezialisieren sich innerhalb ihrer Sender auf bestimmte Parteien oder politische Ämter und deren Stab, zu denen sie ein gewisses Maß an Vertrauen aufbauen und Kontakte zu deren Netzwerken knüpfen. Dieses Verhältnis beruht jedoch auf einer fairen Berichterstattung, so dass eine Person wie der Bundespräsident niemals ohne handfesten Grund kritisiert oder seinen Aussagen durch die Verwendung von polarisierenden oder kontrapunktischen Musiken neue Bedeutungen verliehen würden. Die Befürchtung ist zu groß, dadurch berufliche Kontakte und den Informationsfluss aufs Spiel zu setzen. Aus diesen Gründen übernehmen die Journalist*innen atmosphärische Klänge ohne Veränderungen und hinterfragen die Musikdarbietungen bei öffentlichen Auftritten des Bundespräsidenten nicht.

---

20 Hansjörg Pauli, Filmmusik – Ein historisch-kritischer Abriß, in: Hans-Christian Schmidt (Hg.), Musik in den Massenmedien Rundfunk und Fernsehen. Perspektiven und Materialien, Mainz 1976, S. 91–119.

Da Politik allerdings nicht nur darstellen, sondern auch etwas erreichen will, möchte ich im Folgenden an Austins Idee der Bewertung von Performances festhalten. Für mich stellt sich bei der Analyse der Musik bei den Auftritten des Bundespräsidenten zum Thema Integration, kulturelle Vielfalt und religiöse Toleranz die Frage, ob diese kohärent zu den sprachlichen Aussagen und dem Auftreten verlaufen oder ob sie in Kontrast dazu stehen. Werden sie paraphrasierend oder polarisierend eingesetzt und unterstützen oder verstärken damit bestimmte Inhalte der Aussagen oder wirken sie kontrapunktisch und ziehen den Inhalt der sprachlichen Aussagen in Zweifel? Wie divers ist die Musik, die bei den Auftritten des Bundespräsidenten zu hören ist, und wie vielfältig ist das Publikum? Unter Musikdarbietungen, die die Diversität der deutschen Gesellschaft abbildet, verstehe ich dabei: Stücke verschiedener Genres von Urheber*innen unterschiedlicher Herkunft; gespielt auf Instrumenten und von Menschen aus verschiedenen sozialen Schichten und ethnischen Gruppen; für ein öffentliches Publikum, zu dem potenziell die gesamte deutsche Bevölkerung Zutritt hat; und mit Inhalten, die die demokratischen Werte von Gleichheit, kulturellem Respekt und religiöser Toleranz ausdrücken. Dabei müssen nicht immer alle Komponenten unbedingt erfüllt sein, wohl aber mehr als eine, um von Diversität zu sprechen. Außerdem sollte in keinem Bereich ein exklusives Merkmal eine Teilhabe anderer Personengruppen ausschließen.

Ausgangspunkt meiner Forschungen stellt die postkoloniale und anti-rassistische Kritik an der Darstellung von fremden Kulturen und Migrant*innen in deutschen Medien dar, wie sie etwa an dem stereotypen Afrikabild mehrfach thematisiert wurde.[21] Vergleichbare Konstruktionen von Stereotypen lassen sich auch in der Verwendung von Musik bei den medialen Darstellungen des Bundespräsidenten nachweisen.

5. Die musikalische Repräsentation des Bundespräsidenten in verschiedenen Sendeformaten

Mit Blick auf die öffentlich-rechtlichen Fernsehanstalten lassen sich verschiedene Kategorien erkennen, bei denen der Bundespräsident in ein Verhältnis mit Musik gesetzt wird. Diese entsprechen den unterschiedlichen Bereichen der Programmgestaltung. Die ausgewählten Beispiele sind soweit möglich datiert und lassen sich zur Drucklegung des Aufsatzes fast alle noch im Internet frei zugänglich finden. Dies kann sich besonders bei den Mediatheken der öffentlich-rechtlichen Sender schnell ändern. Die analysierten Eigenschaften lassen sich

---

21 Susan Arndt (Hg.), AfrikaBilder. Studien zu Rassismus in Deutschland, Münster 2006; Noah Sow, Deutschland Schwarz Weiß, Norderstedt 2008.

allerdings auch in zahlreichen weiteren Fernsehbeiträgen finden. Aufgrund der weitgehenden Übereinstimmung der politischen Agenda zum Thema Integration, kulturelle Vielfalt und religiöse Toleranz treten die Bundespräsidenten seit 1999 nicht wahrnehmbar individuell in Erscheinung und werden hier deswegen homogen als Amtsinhaber behandelt. Meine Bewertungen der Auftritte und der Berichterstattungen werden jeweils mit exemplarischen Vorschlägen versehen, wie die beschriebenen Situationen positiv verändert werden könnten, um Kohärenz zwischen Reden, Auftritt und Musikdarbietung zu erzeugen. Dabei geht es mir vor allem darum zu zeigen, dass Veränderungen in den jeweiligen Bereichen anhand in der Gesellschaft bereits vorhandener kultureller Aktivitäten problemlos möglich wären, wenn der Wille dazu auf politischer Ebene und in den Fernsehsendern bestünde.

6. Repräsentation der militärischen Gewalt

Am häufigsten erscheint Musik im Zusammenhang mit dem Bundespräsidenten bei der Repräsentation des deutschen Staates bei Staatsbesuchen in Deutschland oder im Ausland. Der Bundespräsident läuft dann schweigend zu Nationalhymnen, Marsch- oder Militärmusik mit anderen ranghohen Politiker*innen das eigene Stabsmusikkorps bzw. das des einladenden Landes ab. Dabei handelt es sich um ein festgelegtes Protokoll und die Homogenität des internationalen Musikrepertoires führt dazu, dass Bilder und Musiken sich stets ähneln, auch wenn sie gerade unterschiedliche Nationen symbolisieren sollen. Ein direkter Bezug zu den Stücken oder den Musizierenden ist in solchen Fällen nicht zu erkennen und auch nicht gewünscht. Dem Bundespräsidenten geht es nicht um eine Ehrerbietung vor der Musik, sondern vor dem Militär der entsprechenden Nationen.

In der politischen Berichterstattung im Fernsehen werden solche Aufnahmen als »Bildteppich« bezeichnet und haben vor allem einen praktischen Nutzen für die journalistische Arbeit. Sie dienen dazu, die Hauptpersonen in Bewegung im Freien zu zeigen – was attraktiver ist als Runden an Konferenztischen oder bei Pressekonferenzen – und darauf den Anlass und die Handlungsabsichten der Protagonisten zu kommentieren. Der indirekte Bezug zum Militär des jeweiligen Landes wird nicht thematisiert. Musik ist hier Teil der Klangatmosphäre und kann aufgrund der Verpflichtung zur objektiven Berichterstattung nicht herausgeschnitten oder ersetzt werden. Sie verleiht der Szene eine gewisse Ernsthaftigkeit, erzeugt aber gegenüber dem Bildgeschehen keine zusätzliche Aussage. Historisch betrachtet ist diese Musikverwendung allerdings in einem militärischen Kontext verhaftet, der nationale Unterschiede betont, und repräsentiert weder den Zustand der gegenwärtigen deutschen Gesellschaft noch kulturelle

Toleranz. Dabei ist es seit Schröders Abschied aus dem Bundeskanzleramt 2005 beim Großen Zapfenstreich Sitte geworden, dass sich die Geehrten vom Stabsmusikkorps populäre Musikstücke in instrumentalen Versionen wünschen. Darunter waren nicht nur zahlreiche deutsche und christliche Lieder, sondern auch der *St. Louis Blues* von William Handy, *Summertime* von George Gershwin und *Smoke on the Water* von Deep Purple. Besonders Schröders Musikwunsch von *My Way* ist in diesem Kontext interessant, basiert das Lied doch auf einem französischen Chanson, das in den USA mit neuem Text zu einem Hit von Frank Sinatra wurde, letztlich aber in unzähligen Cover-Versionen und Sprachen existiert. Selbst wenn Schröder mit dem Titel wahrscheinlich vorrangig sein politisches Selbstbewusstsein zum Ausdruck bringen wollte, hat er unbewusst zahlreichen Zuhörer*innen ermöglicht, im Innern einen Text in ihren eigenen Sprachen hinzuzufügen. Es ist nicht nachvollziehbar, warum eine ähnliche musikalische Diversität bei anderen Anlässen nicht auch möglich sein sollte, zumal das Abschreiten des Stabsmusikkorps funktional keine Marschmusik erfordert. Durch eine andere Musikauswahl könnten auch aktuelle gesellschaftliche Themen akustisch thematisiert werden.

7. Repräsentation Deutschlands als christliche Kulturnation

Der Bundespräsident beteiligt sich am deutschen Musikleben beispielsweise durch Ehrungen von Musiker*innen oder durch Auftritte bei Musikfesten, meist in der Funktion als Schirmherr. Dabei liefert er nur einen Wortbeitrag als ranghoher Beteiligter, bleibt aber letztlich ein Außenstehender. Sein repräsentatives und überparteiliches Amt – in Fällen der Verleihung des Bundesverdienstkreuzes wohl oft auch simpel ausführendes Amt – verhindert einen persönlichen Bezug oder eine Bewertung der Musiker*innen. Die kulturelle oder auch landes- und gesellschaftspolitische Berichterstattung im Fernsehen portraitiert den Bundespräsidenten dann als eine der Hauptpersonen, wählt charakteristische Redeausschnitte aus den Ansprachen aus und zeigt ihn als Teil des lauschenden Publikums. Die Veranstaltung erhält durch seine Anwesenheit eine größere Aufmerksamkeit. Ein Termin beim Bundespräsidenten bzw. der Besuch eines Bundespräsidenten bei einer Veranstaltung sorgt überhaupt erst dafür, dass ein Ereignis von regionalen oder überregionalen Nachrichtenredaktionen wahrgenommen wird.

In diesem Zusammenhang ist zu erkennen, dass der Bundespräsident einen deutlichen Schwerpunkt auf den Bereich der deutschen und europäischen Kunstmusik legt, wie etwa bei der Eröffnung der Elbphilharmonie in Hamburg, die am 11. Januar 2017 im Norddeutschen Rundfunk (NDR) live übertragen wurde. Gauck lobte den neuen Konzertsaal als »Wahrzeichen einer weltoffenen vielfältigen Metropole« und bezeichnete ihn zugleich als »Juwel der Kulturnation Deutschland«. Vor einem exklusiven deutschen Ehrenpublikum mit Honoratioren aus Stadt, Politik und Kunst, dessen Internationalität sich auf Musiker*innen aus aller Welt konzentrierte, beschwor Gauck das Miteinander einer vielfältigen Gesellschaft:

> »Die Elbphilharmonie ist für mich auch ein Bau, der unserer offenen Gesellschaft entspricht. Ihre Architektur führt Unterschiede zusammen, ohne es irgendwie gleich machen zu wollen. Dafür steht die Plaza als Ort der Begegnung, die allen zugänglich ist. Dafür steht aber auch dieser Saal, in dem niemand zurückgesetzt wird und dessen weiße Haut aus lauter Unikaten zusammengefügt ist. Hier rücken wir näher zusammen, fühlen uns geborgen in der Gemeinschaft, ohne uns in der Masse zu verlieren. Hier erleben wir ein Miteinander, ohne unsere Individualität aufgeben zu müssen. So erfahren wir alle zusammen und jeder für sich allein, die verbindende Kraft der Musik.«[22]

Gauck redete über »die verbindende Kraft der Musik« vor einem ohnehin homogenen Publikum. Auch wenn er im Folgenden deutlich machte, dass ein öffentlich geförderter Bau auch die Aufgabe habe, Musikveranstaltungen an Menschen zu richten, die bislang noch nicht in Konzerte gehen würden, blieb seine Rede bei einem Aufruf ohne Konsequenzen: »Die Elbphilharmonie als ein Haus für alle – das ist ein großes Versprechen.« Das folgende Eröffnungskonzert bestand allerdings aus Kunstmusik von der Renaissance bis zur Gegenwart von ausschließlich westeuropäischen Komponisten. Dabei gibt es auch erfolgreiche zeitgenössische migrantische Komponist*innen in Deutschland, wie etwa Fazıl Say, deren Orchesterwerke hier hätten gespielt werden können. Solche Musikstücke hätten Gaucks Thema von »Bereicherung und auch Belastung, Gewinn und auch Verlust« durch Zuwanderung in der deutschen Musikszene direkt zu Gehör gebracht und möglicherweise eine unmittelbare Diskussionsgrundlage eröffnet.

In gleicher Weise kann der Bundespräsident bei Veranstaltungen deutscher musikalischer Laienorganisationen auftreten. So sind die Bundespräsidenten beispielsweise seit Jahren Schirmherren des Deutschen Musikfestes, eines mehrtägigen Festivals der Blas- und Spielleuteensembles, das jährlich im Sommer in Osnabrück stattfindet. Die Sendung *Hallo Niedersachsen* des NDR berichtete am 2. Juni 2019 über die Abschlussveranstaltung und zeigte neben mehreren Musikgruppen und dem Festumzug auch Steinmeiers Auftritt auf einer Bühne, aus dessen Ansprache mit den Worten zitiert wurde: »Dieses Volksfest […] zeigt, wie viel Musik tatsächlich bewirken kann für den Einzelnen, aber auch für die Gemeinschaft und die Gesellschaft als Ganzes.«[23] Der Bun-

---

22 <https://www.bundespraesident.de/SharedDocs/Downloads/DE/Reden/2017/01/170111-Elb philharmonie.pdf?__blob=publicationFile> (15.02.2023).
23 Steinmeier besucht Osnabrücker Musikfest, in: Hallo Niedersachsen, 2.06.2019, NDR. Rede des Bundespräsidenten: < https://www.bundespraesident.de/SharedDocs/Reden/DE/Frank-Walte r-Steinmeier/Reden/2019/06/190602-Deutsches-Musikfest.html?nn=9042544&fbclid=IwAR01k lW45MIsMSLj6MO1DbBQzgDYXk4ZpiEf-sRoWGWlSmDjZqRGUBj-5lE> (15.02.2023).

despräsident nahm hier die Aufgabe wahr, das deutsche musikalische Vereinswesen zu ehren, das eine lange Tradition besitzt. An keiner Stelle des Beitrages ist aber unter den Musizierenden eine Person zu erkennen, die nicht zur weißen deutschen Mehrheitsgesellschaft gehören könnte, oder Musik zu vernehmen, die nicht europäischer Marschmusik entspricht. Dabei haben sich gerade durch die europäische Kolonialisierung und christliche Mission Blasmusikensembles weltweit verbreitet und stilistisch transformiert. Zahlreiche migrantische Communities aus Südamerika und Afrika pflegen in Deutschland erfolgreich ihre eigenen musikalischen Genres. Warum übernimmt der Bundespräsident die Schirmherrschaft über ein Musikfest, das seiner politischen Agenda von gesellschaftlicher Integration widerspricht?

Ein weiterer musikalischer Schwerpunkt bei den Auftritten des Bundespräsidenten liegt auf dem christlichen europäischen Repertoire. Dazu gehören unter anderem die jährlichen Besuche der katholischen Wohltätigkeitsorganisation Die Sternsinger in Schloss Bellevue, über die regelmäßig in den Hauptnachrichtensendungen von ARD und ZDF berichtet wird. Die Kinder, die ansonsten in vielen Gemeinden von Tür zu Tür laufen, um Geldspenden für ein wechselndes entwicklungspolitisches Projekt in einem Land des Globalen Südens zu sammeln, erhalten hier erhöhte politische und mediale Aufmerksamkeit. Seit Jahren besuchen katholische Kindergruppen aus unterschiedlichen deutschen Gemeinden Anfang Januar als orientalische Herrscher mit Turban und Kronen verkleidet den Bundespräsidenten, um ihren Segen an die Tür zu schreiben und christliche Lieder vorzutragen. Die mittlerweile als rassistisch-diskriminierend bezeichnete Tradition des Blackfacing eines Königs, die 2012 unter Bundespräsident Wulff noch möglich war,[24] wird seit Jahren nicht mehr praktiziert. Dennoch vereinnahmt die katholische Kirche damit symbolisch den Amtssitz und manch ein Bundespräsident hat keine Scheu, bei bekannten christlichen Liedern mitzusingen und damit in seinem Amtssitz einseitig zu einem religiösen Fest Stellung zu beziehen. Hinzu kommt, dass die Kinder in ihren Verkleidungen Staatsbesuche aus arabischen Ländern im Schloss Bellevue persiflieren, deren Vertreter*innen in durchaus vergleichbaren Kleidungen erscheinen könnten. Da kein anderes religiöses Fest in Deutschland existiert, bei dem Kinder oder Jugendliche auf diese Weise in Bellevue empfangen werden, positioniert sich der Bundespräsident hierbei im Widerspruch zu seinen Aussagen der religiösen Toleranz. Wenn dem Bundespräsidenten diese Besuche aufgrund des entwicklungspolitischen Inhaltes der Spendensammlung wichtig sind, sollte er zumindest darauf hinwirken, sie interreligiös zu gestalten.

---

24 Wulff und die Sternsinger: Tür zu, Affäre beendet, in SPIEGEL TV, <https://www.youtube.com/watch?v=SqV7lxL6k1I> (17.05.2021).

Die stärkste Vermischung des überparteilichen Amtes mit der christlichen Religion stellt das alljährliche ZDF-Format *Weihnachten mit dem Bundespräsidenten* dar, das immer am 24. Dezember vor der Hauptnachrichtensendung ausgestrahlt wird. Seit 1995 produziert die Abteilung für Gesellschaft und Unterhaltung zusammen mit dem Bundespräsidenten ein einstündiges Weihnachtskonzert aus einer Kirche, jedes Mal in einem anderen Bundesland. Ein Moderator oder eine Moderatorin leitet durch die Sendung und interviewt das Bundespräsidentenpaar zu den gesellschaftlichen Themen des Jahres, zu ihrem sozialen Engagement und zu persönlichen Weihnachtsfesttraditionen. Dazwischen erklingt europäische barocke und klassische Kunstmusik, die von regionalen Orchestern und Kinderchören vorgetragen wird. Eine internationale Gesangssolistin oder ein Instrumentalsolist treten zusätzlich auf, meist aus dem Kreis der im letzten Jahr preisgekrönten oder mit Bundesverdienstkreuz versehenen Musizierenden. In jeder Sendung gibt es ein Stück, etwa einen Gospel oder einen Popsong mit christlichem Textbezug, das von Musiker*innen aus der nationalen oder internationalen populären Musikszene interpretiert wird. In der Mitte der Veranstaltung liest eine deutsche Schauspielerin oder ein Schauspieler eine humorvolle Weihnachtserzählung. Als Höhepunkt trägt am Ende der Bundespräsident vom Stehpult aus das Weihnachtsevangelium (Lk 2,1–20) vor. Danach verteilen Kinder und Jugendliche wie in Osternachtfeiern üblich ein Kerzenlicht an jede Person in der Kirche. Zum Abschluss singen alle Anwesenden, in der ersten Reihe die jeweilgen Ministerpräsident*innen und Landespolitiker*innen aller politischen Couleur, gemeinsam ein deutsches Weihnachtslied.

Musik wird hier dramaturgisch verwendet, um die sprachlich thematisierten Werte Harmonie, familiärer und gesellschaftlicher Zusammenhalt sowie christliche Nächstenliebe musikalisch emotional zu bekräftigen. Interkulturalität findet nur durch die Auswahl internationaler Künstler*innen statt oder ist hin und wieder in der diversen Besetzung der christlichen Chöre mit Kindern unterschiedlicher Hautfarbe zu erkennen. Erneut stehen die Aussagen des Bundespräsidenten während der Veranstaltung in einem Kontrast zu der gesamten Inszenierung. So konnte Steinmeier 2019 über das Hauptthema seiner zukünftigen Arbeit folgendermaßen sinnieren:

> »Ich glaube, das Thema, was uns interessieren muss, […] ist das Thema Zusammenhalt in der Gesellschaft. […] Wir reden immer mehr in Gruppen untereinander, aber die Brücken in dieser Gesellschaft, die müssen erhalten bleiben. Auch zwischen den unterschiedlichen Gruppen, zwischen den Menschen, die unterschiedlich leben – und das meine ich nicht nur geographisch – die einen anderen kulturellen Hintergrund haben, vielleicht auch einen anderen religiösen Hintergrund haben. Und deshalb nehme ich mir vor, auch für das kommende Jahr, und die kommenden Jahre, dass ich weiter

unterwegs sein werde, um zu helfen, diese Brücken mit den Menschen und Gruppen unterschiedlicher Erfahrungen und Lebensverhältnisse zu bauen.«[25]

Der Bundespräsident formuliert hier Gedanken über Integration, religiöse Toleranz und gesellschaftliche Kommunikation vor einer religiös und sozial homogenen Gruppe, wie sich aus dem Aussehen und der Kleidung des Publikums schließen lässt. Mit einer solchen Sendung trägt er kaum dazu bei, eine »Brücke in dieser Gesellschaft« zu bauen. Das Format ist eher ein Beleg dafür, dass anders Gläubige oder Atheisten im deutschen Staat nicht als gleichwertig betrachtet und behandelt werden. Es gibt kein vergleichbares Format zu einem jüdischen oder muslimischen Fest. Das Fernsehen trägt hier nicht nur zur Berichterstattung über den Bundespräsidenten bei, sondern kreiert zusammen mit ihm ein Bild einer deutschen und christlichen Kulturnation, die in dem Sender nach den Tagesnachrichten mit der Weihnachtsansprache des Bundespräsidenten fortgesetzt wird. Mit Steinmeiers oben zitiertem Anspruch des »Respektieren – auch in unserer Verschiedenheit« hat dieses Format wenig zu tun.

Anknüpfungspunkte für eine integrative und interreligiöse Politik gäbe es selbst in dieser Sendung auch aus christlicher Sicht zur Genüge, von denen der Bundespräsident allerdings im Gegensatz zu mancher deutschen Gemeinde in den Weihnachtsgottesdiensten keinen Gebrauch macht. So ist etwa zeitgleich in Berliner Großstadtkirchen zu erleben, dass das Weihnachtsevangelium von deutschen und syrischen Christ*innen parallel in ihren jeweiligen Sprachen vorgetragen wird, um darauf zu verweisen, dass der christliche Glaube im Nahen Osten entstanden und eng mit der Thematik der Flucht verbunden ist. In Gemeinden mit einem ernstzunehmenden christlich-jüdischem Dialog wird ein weiterer Vers zum Weihnachtsevangelium hinzugenommen, in dem von der Beschneidung Jesu nach seiner Geburt berichtet wird (Lk 2,21). Dies soll darauf hinweisen, dass der christliche Gottessohn nach dem jüdischen Glauben aufwuchs und lebte. In der Musikszene gibt es außerdem Kammermusikensembles, die sich ausgehend von barocker christlicher Musik mit Themen des Nahostkonfliktes sowie der interreligiösen und interkulturellen musikalischen Verständigung beschäftigen, wie etwa die Produktion *Die arabische Passion nach J. S. Bach* (2009) des Ensembles Sarband. Hier wird barocke Musik mit arabischen Instrumenten und in arabischen Übersetzungen interpretiert. Solche Ansätze sind in der ZDF-Sendung nicht zu erkennen. Die Form der Selbstdarstellung ist nicht in Einklang zu bringen mit den oben getroffenen Aussagen aller Bundespräsidenten zur Integration von Menschen mit Migrationshintergrund und anderen Glaubens in Deutschland.

---

25 Weihnachten mit dem Bundespräsidenten – Ein festliches Konzert aus St. Ingbert im Saarland, ZDF 24.12.2019, <https://www.youtube.com/watch?v=mZvaTdCVuOA> (15.02.2023).

8. Musik als Klangmarker für Orte und soziale Umgebungen

Im Gegensatz zu der Selbstdarstellung des Bundespräsidenten wird Musik in der deutschen Fernsehberichterstattung bevorzugt als Klangmarker für Orte oder soziale Umgebungen verwendet, sobald der Bundespräsident andere Länder bereist oder bestimmte soziale Gruppen in Deutschland besucht. Damit ist immer die Absicht verbunden, dem Publikum im Stil einer Couleur locale durch eine bestimmte Klangkulisse unmittelbar zu vermitteln, dass sich der Bundespräsident nicht in seiner gewohnten politischen Umgebung befindet. Meist handelt es sich um Musikaufführungen während des Besuches, die unreflektiert von den Reporter*innen länger und ausschließlich unter die Bildsequenzen gelegt werden und damit eine eigene Aussage erzeugen. Mag dies im Fall von Auslandsbesuchen dem Zweck dienlich sein, andere Umgebungen innerhalb von Sekunden einzuführen, besteht dabei die Gefahr, dass Journalist*innen sich musikalischer Stereotype über bestimmte Regionen der Welt bedienen und diese reproduzieren. Sollten solche Klänge nicht bereits durch das Ambiente des Besuches vorhanden sein, können sie auch zu Beginn von Beiträgen wenige Sekunden lang zusätzlich in die Tonspuren der Beiträge hineingemischt werden. Solche stereotypen länderspezifischen Musiktracks existieren auf zahlreichen industriellen GEMA-freien CD-Produktionen.

So berichtet etwa Jan-Philipp Scholz am 14. Dezember 2017 über den offiziellen Besuch Steinmeiers in Gambia in der Nachrichtensendung der Deutschen Welle. Der Beitrag beginnt mit Straßenszenen aus der Hauptstadt, zu denen der Kommentar die allgemeine politische Lage des Landes beschreibt. Drei namenlose Interviewpersonen geben ihre kritischen politischen Einschätzungen ab. Daraufhin wird der Bundespräsident bei Gesprächen mit Vertretern der Zivilgesellschaft gezeigt, beim Besuch eines Ausbildungsprojektes für junge Menschen und bei einer Pressekonferenz, in der er dem Präsidenten ein Angebot zur gleichberechtigten Zusammenarbeit unterbreitet: »Herr Präsident, wenn Sie gerne öffentlich sagen ›Gambia is back‹, dann will ich als deutscher Präsident gerne sagen ›Germany is back in Gambia‹.«[26] Auf der klanglichen Ebene arbeitet der Beitrag vollständig mit atmosphärischen Geräuschen. Musik erklingt nur, wenn der Bundespräsident aus dem Auto steigt oder von gambianischen Politikern an verschiedene Handlungsorte geführt wird. Anscheinend spielt in diesen Augenblicken ihm zu Ehren eine instrumentale Musikgruppe im Hintergrund, die allerdings nicht zu sehen ist. Stilistisch handelt es sich dabei um westafrikanische muslimische Musik aus dem Herrschaftskontext, aus der deutlich eine

---

26 Jan-Philipp Scholz, Historischer Besuch: Bundespräsident Steinmeier in Gambia, Deutsche Welle, 14.12.2017, <https://www.dw.com/de/historischer-besuch-bundespräsident-steinmeier-in-gambia/av-41803859> (15.02.2023).

Algaita, ein Doppelrohrblattinstrument, herauszuhören ist. Damit wird auf der musikalischen Ebene keine Gleichwertigkeit der Kulturen, sondern ein Kontrast erzeugt. Weder wird auf gemeinsame kulturelle Eigenschaften verwiesen, wie das mit internationaler populärer Musik möglich gewesen wäre, die auch auf gambianischen Straßen zu hören ist, noch wird populäre westafrikanische Musik unter den Beitrag gelegt, die möglicherweise auch im Westen bekannt sein könnte und die das gegenseitige Interesse aneinander hätte abbilden können.

Ein vergleichbarer Umgang mit Musik gilt für die Berichte über Besuche des Bundespräsidenten bei bestimmten sozialen und religiösen Gruppen in Deutschland, wie etwa in jüdischen oder muslimischen Gemeinden, in Asylheimen oder bei Geflüchteten. Bevorzugt arbeiten die Fernsehbeiträge, die objektiv berichten möchten, mit stereotypen religiösen, nicht-christlichen oder folkloristischen Klängen, die während der Besuche zu vernehmen sind, um so den jeweiligen Handlungsort einzuführen. Die kurzen Musikausschnitte wirken dabei vergleichbar dem Sounddesign in der Fernsehwerbung polarisierend und beeinflussen die Wahrnehmung des Publikums, auch ohne dass sie eigens thematisiert werden. Zwangsläufig wird eine Andersartigkeit der Umgebung konstruiert, selbst wenn der Bundespräsident die Orte aufsucht, um für Toleranz und Integration zu werben und dies von den Beteiligten auch so verstanden wird.

Beispielhaft zeigt sich dies am Bericht von Martin Breitkopf in der *Abendschau* des Bayerischen Rundfunks (BR) über den Besuch von Steinmeier mit seiner Frau in der Islamischen Gemeinde in Penzberg am 2. Dezember 2019.[27] Der Beitrag zeichnet ein positives Verhältnis zwischen der Gemeinde und der multikulturellen Stadt. Die Vize-Direktorin Gönül Yerli freut sich über den Besuch und spricht im Interview von einem »Zeichen für die Integration der Muslime und auch eine Anerkennung für das muslimische Leben hier in Deutschland«. Der Imam Benjamin Idriz vertritt selbstbewusst: »Es ist ein Islam, der in Deutschland angekommen ist, nämlich ein Islam der die Werte in Deutschland – wie Gleichberechtigung der Geschlechter, Toleranz, Respekt und Religionsfreiheit – auch verinnerlicht hat«. Der Bundespräsident lobt nach einem Rundgang und Gesprächen die Gemeindearbeit: »Umso mehr bin ich hier an einem Ort, an dem das gelebt wird, was ich mir für unser Land wünsche«. Der Reporter schließt mit den Worten: »Penzberg ist ein Modell, wie Islam in Deutschland funktionieren kann.« Auf der klanglichen Ebene sind in dem Beitrag fast durchgängig die atmosphärischen Geräusche zu vernehmen. Allerdings werden in einer Szene beim gemeinschaftlichen Gebet im Hauptsaal von einem Mann Koranrezitationen vorgetragen, die auch unter die vorherigen Bilder des Frau-

---

27 Martin Breitkopf, Bundespräsident besucht islamische Gemeinde, in: Abendschau, BR 2.12. 2019, <https://m.facebook.com/islammuenchen/videos/bundespraesident-frank-walter-steinmeier-hat-am-2-dezember-2019-die-islamische-ge/962559804114841/> (15.02.2023).

engebetsraumes gelegt werden. Zusätzlich wird den Außenaufnahmen des Gebäudes, eine Drohnenfahrt das Minarett abwärts, für einige Sekunden arabischer Männergesang unterlegt. Damit widerspricht die musikalische Ebene dem integrativen Ansatz der Textebene und verbindet eine liberale islamische Gemeinde stereotyp mit Solo-Männergesang arabischer religiöser Texte. Wenn dem Autor das Thema Liberalität und Multikulturalität der Stadt wichtig gewesen wäre, hätte er eine wertneutrale instrumentale Musik zur Unterlegung des Beitrages ausgewählt.

9. Populäres Musikfest für bürgerliches Engagement

Die einzige Veranstaltung des Bundespräsidenten, bei der ausgewählte Musiker*innen mit ihren Auftritten im Mittelpunkt stehen, ist das jährlich Ende August im Garten von Schloss Bellevue stattfindende Bürgerfest, das besonders der Arbeit der Ehrenamtlichen in Deutschland gewidmet ist. Auf dem Festgelände gibt es neben zahlreichen Ständen von Organisationen, Vereinen und Lobbyisten Veranstaltungsorte mit Gesprächsrunden zu gesellschaftspolitischen Themen, ein Kinderprogramm sowie eine Festivalbühne. Bei der Programmgestaltung ist zu erkennen, dass ein Schwerpunkt auf bürgernahe populäre Musik gelegt wird, die dem Jazz, der Pop- und Rockmusik, dem Rap, der Weltmusik und weiteren populären Genres entstammt. Die auftretenden Personen sind offensichtlich nicht ohne Hintergedanken ausgewählt: Sie sollen mit ihrer Musik repräsentativ eine liberale, demokratische, integrative Gesellschaft abbilden. Teilweise handelt es sich dabei um die Gewinner von interkulturellen Festivals, wie etwa die preisgekrönten Gruppen des Straßenumzuges vom Karneval der Kulturen in Berlin. Musiker*innen aus einem jährlich wechselnden europäischen Partnerland ergänzen das Fest um eine europäische Dimension. Um das entsprechende Publikum anzuziehen, werden für das Fest vor allem regional und national erfolgreiche Künstler*innenpersönlichkeiten ausgewählt, die weder zu den Topstars gehören, noch extreme politische Ansichten vertreten oder zu ausgefallene Bühnenshows inszenieren.

Auch wenn der Bundespräsident die Veranstaltung an seinem Amtssitz eröffnet und an Gesprächsrunden teilnimmt, ist sie vorwiegend dazu gedacht, das Bundespräsidialamt der Bevölkerung während eines Festtages zugänglich zu machen und wichtige gesellschaftspolitische Themen aufzugreifen und zu diskutieren. Dementsprechend konzentriert sich die mediale Berichterstattung aus dem Bereich Kultur und Gesellschaft auf die musikalischen Akteur*innen, deren Interviewaussagen und die Reaktionen des Publikums. Der Bundespräsident tritt in Fernsehberichten zu diesem Ereignis in den Hintergrund. Das mag auch daran liegen, dass sich die Journalist*innen von der Darstellung der bekannten Musikerpersönlichkeiten mehr Zuschauerinteresse versprechen als vom Bundespräsidenten, der bei dem Fest nur durch repräsentative Auftritte, kurze Gespräche und Reden in Erscheinung tritt.

10. Notwendigkeit weiterer musikalischer Störfeuer

Der private Musikgeschmack der Bundespräsidenten lässt sich außer beim Großen Zapfenstreich kaum in das überparteiliche und repräsentative Amt einbringen, auch wenn davon in den Medien immer mal wieder die Rede ist. So wurde über Johannes Raus Vorliebe für Schlager, Klassik und frühen Jazz berichtet,[28] darüber, dass Joachim Gaucks Musikgeschmack bei Udo Lindenberg endete[29] oder Frank-Walter Steinmeier eine Vorliebe für Jazz hat.[30] Als aktiver Musiker oder passiv Hörender hat sich bislang noch kein deutscher Politiker im Amt des Bundespräsidenten hervorgetan. Fernsehreporter*innen bestätigen, dass die Dichte des Arbeitsprogrammes einen Austausch über Musik oder eine Inszenierung von persönlichen Vorlieben nicht ermöglicht. Möglicherweise haben die Bundespräsidenten und ihre Verwaltung bislang der Bedeutung von differenzierten musikalischen Aufführungen zu Repräsentationszwecken noch nicht genügend Aufmerksamkeit gewidmet.

11. Ausblick

Eine musikalische Performance, in der ein kohärentes Bild von Reden, Handeln und Musikgestaltung des Bundespräsidenten in Bezug auf sein Anliegen der Integration, der kulturellen Vielfalt und religiösen Toleranz entsteht, lässt sich nur in der Veranstaltungsreihe des Bürgerfestes im Schloss Bellevue erkennen. Bei allen anderen Veranstaltungen mit Musik präsentiert der Bundespräsident entweder nur die christlich-europäische Kunstmusik oder exklusive deutsche Musiktraditionen. Je mehr musikalische Diversität aber bei den vom Bundespräsidialamt organisierten Festen ermöglicht wird, desto mehr gerät der Amtsinhaber in der medialen Berichterstattung in den Hintergrund. Vielleicht wäre

---

28 Kinder interviewen Rau: »Hatten Sie als Kind eine Zahnspange?«, in: Tagesspiegel, 20.06. 2001. <https://www.tagesspiegel.de/berlin/kinder-interviewen-rau-hatten-sie-als-kind-eine-zahnspange/235630.html> (17.05.2021).
29 Wie der Bundespräsident Polens ›Woodstock‹ rockt, in: Die Welt, 3.08.2012. <https://www.welt.de/politik/ausland/article108465619/Wie-der-Bundespraesident-Polens-Woodstock-rockt.html> (17.05.2021).
30 Jazzfest Bonn: Steinmeier ist größter Jazz-Fan, in: Deutsche Welle, 16.05.2019. <https://www.dw.com/de/jazzfest-bonn-steinmeier-ist-größter-jazz-fan/a-48763807> (17.05.2021).

die Rolle eines kulturellen Vermittlers aber auch eine zeitgemäße Form, das Amt des Bundespräsidenten in einer diversen Gesellschaft zu gestalten.

In der medialen Berichterstattung über den Bundespräsidenten im deutschen Fernsehen kommt es durch die Anpassung an Sendeformate und Zielgruppen zusätzlich zu einer starken Stereotypisierung. Die musikalische Ebene wird bei politischen Auftritten kaum beachtet, die nationale und eurozentrische Darstellung von Deutschland als Kulturnation nicht hinterfragt und der einseitige Schwerpunkt auf christlicher Musik durch gemeinsame Formate wie *Weihnachten mit dem Bundespräsidenten* sogar noch gefördert. Die Widersprüche, die sich dabei zwischen den Reden des Bundespräsidenten zu religiöser Toleranz und seinem Handeln, das die christliche Religion deutlich präferiert, ergeben, werden bislang nirgends thematisiert. Hier wäre im Sinne eines kritischen Journalismus einiges zu reformieren und das Bundespräsidialamt könnte mit einer anderen musikalischen Ausrichtung und mit seinem Einfluss auf die Medien durchaus auch auf eine andere Darstellung seiner Aktivitäten hinwirken.

Letztlich handelt es sich beim Bundespräsidialamt wie auch bei den öffentlich-rechtlichen Fernsehanstalten um große Institutionen, die sich erfahrungsgemäß nur widerwillig auf Veränderungen einlassen. Aus diesem Grund bedarf es einer größeren Beteiligung der in Deutschland lebenden Menschen an den politischen Prozessen, auch um deren musikalische Repräsentation zu verändern. Dies kann durch das Einfordern von mehr Diversität bei repräsentativen Auftritten geschehen oder wenn nötig durch weitere musikalische Störfeuer bei Veranstaltungen. Vielleicht ist gerade ein gesellschaftliches Engagement von unten nötig, um der politischen Ebene und den Medien zu zeigen, dass sich die Gesellschaft in Deutschland verändert hat und eine Kulturnation anders zu beschreiben wäre. Nicht nur aus der Perspektive der qualitativen musikethnologischen Forschung wäre es interessant, solche Aktionen zu verfolgen.

Literatur

Susan Arndt (Hg.), AfrikaBilder. Studien zu Rassismus in Deutschland. Münster 2006.
Kelly M. Askew, Performing the Nation: Swahili music and cultural politics in Tanzania. Chicago 2002.
John Langshaw Austin, How to Do Things with Words, New York 1962.
Janaki Bakhle, Two men and music: nationalism in the making of an Indian classical tradition, New York 2005.
Philip V. Bohlman, The music of European nationalism: cultural identity and modern history, Oxford 2002.
David B. Coplan, In township tonight!: Three centuries of South African black city music and theatre, Chicago 2008.
Erika Fischer-Lichte, Ästhetik des Performativen, Frankfurt a. M. 2004.

Johannes Ismaiel-Wendt, Tracks'n'treks: populäre Musik und postkoloniale Analyse, Münster 2011.
Keith Howard, Music as intangible cultural heritage policy, ideology, and practice in the preservation of East Asian traditions, Farnham 2012.
Jedrek Mularski, Music, politics, and nationalism in Latin America: Chile during the Cold War era, Amherst 2014.
Hansjörg Pauli, Filmmusik – Ein historisch-kritischer Abriß, in: Hans-Christian Schmidt (Hg.), Musik in den Massenmedien Rundfunk und Fernsehen. Perspektiven und Materialien, Mainz 1976, S. 91–119.
Svanibor Pettan, Applied Ethnomusicology in the Global Arena, in: Svanibor Pettan/Jeff Todd Titon (Hg.), The Oxford handbook of applied ethnomusicology, New York 2016, S. 29–52.
Abel Polese/Jeremy Morris/Emilia Pawlusz/Oleksandra Seliverstova (Hg.), Identity and nation building in everyday post-socialist life, London 2017.
Jennifer C. Post (Hg.), Ethnomusicology. A contemporary reader, New York 2006.
Murray Schafer, The soundscape: our sonic environment and the tuning of the world, Rochester 1977.
Noah Sow, Deutschland Schwarz Weiß. Norderstedt 2008.

Martin Löer

»Es muss was Wunderbares sein« – wie das Protokoll die Musik instrumentalisiert

Kommentierung: Nepomuk Riva

Martin Löer studierte Jura in Münster und Lausanne. Nach Tätigkeiten beim Generalsekretariat der Europäischen Gemeinschaft in Brüssel und bei der Deutschen Industrie- und Handelskammer in Tokyo arbeitete er von 1979 bis 1991 zunächst als Referent in der Politischen Abteilung, anschließend als Referatsleiter in der Protokollabteilung der Senatskanzlei Berlin. Von 1991 bis 1993 war er Präsidialsekretär der Akademie der Künste Berlin. Danach versah er das Amt des Protokollchefs in Berlin (stellvertretend; 1993–1995), Brandenburg (1995–2001) und im Bundespräsidialamt (2001–2010). Zuletzt war er Direktor Protokoll und Information beim Gerichtshof der Europäischen Union in Luxemburg.

Alle Bundespräsidenten machen sich auf die eine oder andere Weise für die Musik – nicht nur die Klassische – stark, indem sie Schirmherrschaften z. B. für Chorfestivals übernehmen, herausragende Musikveranstaltungen besuchen oder zu Hauskonzerten einladen.

Der Bundespräsident selber wird vom ersten Auftritt im neuen Amt, wenn er die Ehrenformation der Bundeswehr abschreitet, bis zum Großen Zapfenstreich am Ende seines Mandats vom Stabsmusikkorps der Bundeswehr begleitet, das auch bei den Trauerstaatsakten für verstorbene Bundespräsidenten mitwirkt.

Neben anderen Referaten des Bundespräsidialamtes ist hier das Protokollreferat gefordert, wenn es um die Zusammenstellung der Musikstücke und schließlich die Umsetzung geht. Das lässt sich gut am Beispiel des Trauerstaatsaktes zeigen: In der Regel wird er kombiniert mit einer kirchlichen Zeremonie. Bei Johannes Rau, Richard von Weizsäcker und Roman Herzog fand beides im Berliner Dom statt, um einen logistisch schwierigen Ortswechsel zu vermeiden.

Bereits der Gottesdienst wird musikalisch umrahmt. Dem schließt sich der Trauerstaatsakt nahtlos an. Formal zuständig ist der Bundesminister des Innern. In Abstimmung mit den Hinterbliebenen wird gemeinsam mit dem Protokollreferat des Bundespräsidialamts und des Bundesministeriums der Verteidigung der Ablauf bis ins letzte Detail festgelegt, einschließlich der musikalischen Umrahmung. Am Ende kommt wiederum das Stabsmusikkorps zum Einsatz.

Innerstaatliche Veranstaltungen – wie der Tag der Deutschen Einheit, der reihum von den Bundesländern ausgerichtet wird – erfordern eine enge Zusammenarbeit mit dem jeweiligen Landesprotokoll. Dies betrifft auch die musikalische Umrahmung einschließlich der Nationalhymne. Zunehmend kommt die *Europa*-Hymne [Ludwig van Beethoven – *Ode an die Freude* aus der Symphonie Nr. 9] ins Spiel, im Falle von Papst Benedikt XVI. war es sogar die *Bayern*-Hymne.

Bei Staatsbesuchen, sowohl bei den hereinkommenden als auch den herausgehenden Besuchen, liegt die Federführung beim Protokoll des Auswärtigen Amts. Als musikalische Begleiter wurden z. B. die Deutsche Kammerphilharmonie Bremen, die Zwölf Cellisten der Berliner Philharmoniker, das Weimarer Klenke-Quartett mit auf die Reisen des Bundespräsidenten genommen. Solche Ensembles treten im Verlauf des Staatsbesuchs bei der sogenannten Gegenveranstaltung auf, mit der sich der Bundespräsident bei den Gastgebern bedankt. Im Gegenzug kommt es vor, dass Musikschaffende als Ehrenbegleiter des Staatsoberhauptes nach Deutschland kommen, so die griechische Mezzosopranistin Agnes Baltsa zusammen mit dem Staatspräsidenten von Griechenland; eine portugiesische Fado-Sängerin gemeinsam mit dem portugiesischen Präsidenten; ein britisches Orchester mit der Queen. In den letzten Jahren sind allerdings sowohl Anzahl als auch Länge der Staatsbesuche erheblich reduziert worden, so dass man häufig auf die Gegenveranstaltung verzichtet.

Ich möchte noch einige Bemerkungen zum Benefizkonzert des Bundespräsidenten machen.

Dieses Format wurde 1988 von Bundespräsident Richard von Weizsäcker ins Leben gerufen. Die Konzerte fanden zunächst jährlich in der Berliner Philharmonie mit dem Berliner Philharmonischen Orchester statt und wurden von so prominenten Dirigenten wie Sergiu Celibidache und Carlos Kleiber geleitet. Bei der Ursprungsidee mag der politische Hintergedanke, die Präsenz des Bundespräsidenten in Berlin zu erhöhen (zum Verdruss von DDR und Sowjetunion), durchaus auch eine Rolle gespielt haben.

Seit der Wiedervereinigung werden die Benefizkonzerte des Bundespräsidenten jährlich mit hochkarätigen Orchestern, Dirigenten und Solisten und Solistinnen reihum in den Bundesländern ausgerichtet. Der Erlös der Veranstaltungen kommt sozialen oder kulturellen Organisationen zugute. Bundespräsident Richard von Weizsäcker hat also eine Tradition begründet, die von seinen Nachfolgern weitergeführt wird.

Der Bundespräsident besucht im Laufe seiner Amtszeit von fünf Jahren eine Vielzahl von Musikveranstaltungen, etwa Konzerte und Opernaufführungen.

Häufig handelt es sich um Einladungen. Die Mitarbeiterinnen und Mitarbeiter im Bundespräsidialamt prüfen die Opportunität und geben dem Bundespräsidenten eine Empfehlung. In der Regel besucht der Bundespräsident Veranstaltungen, die eine erhöhte Aufmerksamkeit verdienen und setzt dadurch einen Schwerpunkt.

Ein weiteres Feld sind Hauskonzerte an den beiden Amtssitzen, also im Berliner Schloss Bellevue und in der Villa Hammerschmidt in Bonn. Traditionell lädt der Bundespräsident zu einem Hauskonzert in der Adventszeit ein. In der Vergangenheit traten dort vor allem Chöre auf, vom Windsbacher Knabenchor aus Bayern bis zum Mädchenchor Hannover. Bundespräsident Frank-Walter Steinmeier hat wiederholt zu Jazzkonzerten eingeladen. Am 17. Dezember 2019 gab es ein Auftaktkonzert zum Beethoven-Jahr mit der Deutschen Kammerphilharmonie Bremen und Schülerinnen und Schülern der Gesamtschule Bremen-Ost.

In seiner Eigenschaft als Schirmherr der Deutschen Stiftung Musikleben, die musikalischen Spitzennachwuchs fördert und den Deutschen Musikinstrumentenfonds betreut, lädt der Bundespräsident einmal in seiner Amtszeit Stipendiatinnen und Stipendiaten zu einem Konzert ins Schloss Bellevue ein. Die Gästeliste wird mit der Stiftung abgestimmt, so dass deren fördernde Mitglieder auf diese Weise eine Würdigung durch den Bundespräsidenten erfahren. Aus meiner Sicht ist dies eine Win-win-Situation, zumal die Stiftung gerne Hilfe anbietet, wenn Musikerinnen und Musiker bei anderer Gelegenheit gesucht werden.

Ich erinnere mich an ein Wandelkonzert im Schloss Bellevue mit der Deutschen Kammerphilharmonie Bremen und dem Dirigenten Paavo Järvi. Im Saal befand sich eine große Leinwand, die den Raum deutlich verkleinerte. Zunächst wurde eine Videoproduktion über das Orchester und sein soziales Engagement gezeigt. Mit den ersten live gespielten Klängen der Musik fiel plötzlich die Leinwand, hinter der zur Überraschung der Gäste das gesamte Orchester mit seinem Dirigenten zum Vorschein kam.

Auch der Park von Schloss Bellevue wird im Sommer musikalisch bespielt, klassisch ebenso wie mit Rockmusik, zum Beispiel beim Bürgerfest, beim Tag der offenen Tür oder beim Tag des Ehrenamts. Zur Wieder-Inbetriebnahme von Schloss Bellevue nach mehrmonatiger Renovierung im Frühjahr 2006 veranstaltete das Bundespräsidialamt neben einem Abend mit klassischer Musik auch einen Abend unter dem Motto »Bellevue unplugged«. Letzterer ging als akustische Herausforderung in die Annalen ein... Wiederholt fanden im Schloss Bellevue Matineen in Kooperation mit den Berliner Festspielen statt, bei denen die Aufmerksamkeit auf das jeweilige Schwerpunktthema des Berliner Musikfests gelenkt wurde. Auch bei einer Vielzahl von Essen, zu denen der Bundespräsident einlädt, vom Staatsbankett im Rahmen eines Staatsbesuchs bis zu

Ehrenessen für verdiente Persönlichkeiten, spielt die Musik eine nicht zu unterschätzende Rolle.

Ich möchte einige generelle Hinweise zu den organisatorischen Abläufen geben: Jeder Termin des Bundespräsidenten wird detailliert vorbereitet. Das jeweils zuständige Fachreferat im Bundespräsidialamt unterbreitet dem Bundespräsidenten Vorschläge, sei es, dass sie von außen kommen (z.B. Einladung zur Teilnahme am Deutschen Chorwettbewerb oder zur Eröffnung der Bayreuther Festspiele), sei es, dass das Bundespräsidialamt selber eine Initiative vorschlägt. Veranstaltungen im Schloss Bellevue und in der Villa Hammerschmidt sowie alle sonstigen Inlands-Veranstaltungen werden auch vom Protokollreferat betreut. Ob und welche Art von musikalischer Umrahmung gewählt wird, hängt neben der ›inhaltlichen‹ Seite auch von einer Vielzahl anderer Aspekte ab. Dazu gehören Fragen der technischen Realisierbarkeit ebenso wie der Finanzierung.

In der Regel traten die Künstlerinnen und Künstler zu meiner Zeit (2001 bis 2010) beim Bundespräsidenten ohne Honorar auf. Ich höre jedoch, dass dem nicht mehr so ist, sondern dass ein höheres dreistelliges Honorar gezahlt wird.

Bei der Programmgestaltung lautet die erste Frage seitens des Protokolls, ob etwas über die Vorlieben der zu ehrenden Gäste bekannt ist. Es wird versucht, neben einem auf Deutschland verweisenden Musikstück auch – als Hommage dem jeweiligen Gast gegenüber – ein Musikstück mit Bezug zum Gast auszuwählen. Gern engagiert das Bundespräsidialamt neben deutschen Künstlerinnen und Künstlern auch solche aus dem Gastland, die in Deutschland leben. Aus Kontakten zu den Musikhochschulen in Berlin, zum Felix Mendelssohn Bartholdy-Musikwettbewerb, zu einzelnen Orchestern, insbesondere den Berliner Philharmonikern und der Karajan-Akademie sowie zahlreichen Chören ergibt sich ein Netzwerk, dessen wir uns im Protokollreferat bedient haben.

Ich möchte beispielhaft den Ablauf eines Staatsbanketts etwas genauer beschreiben: Der Bundespräsident gibt ein Abendessen zu Ehren eines Staatsoberhaupts im Schloss Bellevue. Vor dem Schloss sind Fackelträger und das Stabsmusikkorps der Bundeswehr zur Begrüßung der Gäste aufgestellt. Nach Aperitif und Defilee beginnt das Essen. Zwischen den ersten Gängen gibt es Ansprachen des Gastgebers und des Ehrengasts. Zwischen Hauptgang und Dessert wird ein musikalisches Intermezzo von etwa 10 bis 15 Minuten eingeplant. Hierbei kann es sich um einen Solisten, eine Solistin, ein Duo oder auch, je nach Platz-Disponibilität, ein mehrköpfiges Ensemble handeln.

Ich erinnere mich an einige besondere Ereignisse:

Der Präsident von Portugal Aníbal Cavaco Silva wurde erwartet. Der RIAS-Kammerchor Berlin hatte angeboten, neben Liedern deutscher Komponisten auch ein portugiesisches Lied aus der Heimatregion des Präsidenten zu singen. Der bis dahin eher versteinert wirkende Präsident und seine Frau waren sichtlich gerührt und ließen sich dazu animieren, das Lied gemeinsam mit dem Chor noch einmal zu singen. Die anwesenden portugiesischen Gäste waren sprachlos, sie erlebten ihren Präsidenten zum ersten Mal singend. Der zunächst eher steife Abend endete in beschwingter Stimmung.

In einem anderen Fall fragten wir bei den Berliner Philharmonikern nach, ob der finnische Solo-Kontrabassist Janne Saksala dazu bereit sei, beim Staatsbankett zu Ehren der Präsidentin von Finnland Tarja Halonen mitzuwirken. Er sagte zu und spielte mit einem deutschen Kollegen zusammen einen Tango mit dem Titel *Das rothaarige Mädchen*. Die in der Tat rothaarige Präsidentin zeigte sich freudig überrascht.

Für ein Staatsbankett zu Ehren der Präsidentin von Irland Mary McAleese bot ein Professor der Berliner Universität der Künste an, die besten Studierenden seiner Hornisten-Klasse auftreten zu lassen. Neun (!) Hornisten spielten neben deutschen Kompositionen auch ein irisches Volkslied, gar ein »Lieblingslied« der Präsidentin, der dies Tränen der Rührung in die Augen trieb.

Für den Präsidenten von Österreich Thomas Klestil sang ein A capella-Quartett aus Mitgliedern des Rundfunkchors Berlin beim Bankett und – auf spontanen Wunsch von Bundespräsident Johannes Rau – zum Abschluss des Abends das Lied *Guten Abend, gut' Nacht* von Johannes Brahms. Gastgeber und Gäste stimmten mit ein. Ich erinnere mich an den erstaunten Kommentar eines der Sänger: »Das erleben wir sonst nur im Altenheim.«

Mit Lang Lang trat beim Besuch des chinesischen Staatspräsidenten Hu Jintao ein Weltstar auf. Er spielte deutsche Klavierkompositionen. Auch der Vater des Pianisten wirkte an der musikalischen Umrahmung des Abends mit einem traditionellen chinesischen Streichinstrument mit. Vater und Sohn traten ohne Honorar auf, allein für die Ehre.

Beim Ehrenessen aus Anlass des 85. Geburtstages von Richard von Weizsäcker führten die Geschwister Pfister Auszüge aus einer überaus erfolgreichen Berliner Version der Operette *Im weißen Rössl* auf. Der gastgebende Bundespräsident Horst Köhler – frisch im Amt – zeigte sich zunächst skeptisch, gab seine Reserven jedoch auf, als offensichtlich wurde, wie sehr sich der Ehrengast über den Auftritt freute.

Als Bundespräsident Walter Scheel 85 Jahre alt wurde, trat der Berliner Kirchenchor auf, in dem auch Eva Luise Köhler, die Frau des Bundespräsidenten, Mitglied war. Neben Liedern von Brahms und Mendelssohn erklang, sehr zur Freude von Walter Scheel, als Zugabe das Lied *Hoch auf dem gelben Wagen*, das er 1973 gemeinsam mit zwei Düsseldorfer Gesangvereinen auf Schallplatte veröffentlicht hatte.

Für die Feier hochrangiger Geburtstage in den Amtssitzen gab es zu meiner Zeit ein sehr temperamentvoll spielendes Quartett des Stabsmusikkorps der Bundeswehr. Das Ensemble trug Bearbeitungen von *Happy Birthday to you* im Stil von Johann Sebastian Bach, Wolfgang Amadeus Mozart, Ludwig van

Beethoven und Richard Wagner vor. Für die Musiker war es eine angenehme Dienstpflicht, die wir umso lieber annahmen, als kein Honorar fällig wurde.

Auch Ehrungen von Sportlerinnen und Sportlern, die bei Olympischen Spielen oder Weltmeisterschaften erfolgreich waren, finden in einer festlichen Veranstaltung statt, bei der der Bundespräsident das Silberne Lorbeerblatt verleiht. Auf der Suche nach einer musikalischen Umrahmung für eine solche Veranstaltung bekam ich einmal den Hinweis auf einen gewitzten Oboisten der Deutschen Kammerphilharmonie Bremen. Er schlug vor, zur Auszeichnung der siegreichen deutschen Fußballerinnen das Endspiel Deutschland gegen Brasilien musikalisch nachzuspielen: *Der Mai ist gekommen* gegen *The girl from Ipanema*. Den Gästen war anzusehen, dass sie ohne viele Worte das musikalische Geschehen enträtseln konnten. Ich erinnere mich an viel lachende Zustimmung.

Musikalisch begabte Staatsoberhäupter können das Protokoll vor nicht alltägliche Herausforderungen stellen: Kaiser Naruhito von Japan liebt es Bratsche zu spielen. Bevor er zum Kaiser ernannt wurde, besuchte er als Prinz Hiro-nomiya Berlin auf Einladung des Bundespräsidenten. Uns wurde übermittelt, dass Seine Kaiserliche Hoheit gerne an einem Konzert mit den Berliner Philharmonikern mitwirken würde, als Mitglied der Bratschen-Gruppe. Diesem Wunsch konnte nicht entsprochen werden, doch der Konzertmeister der Berliner Philharmoniker, Toru Yasunaga, ein Landsmann, rettete die verfahrene Situation: Er bot an, gemeinsam mit zwei Orchesterkollegen und dem Prinzen einige Stücke zu spielen. Gespielt hat das Quartett im Schloss Charlottenburg. Damit war der Prinz einverstanden. Das Gesicht blieb gewahrt.

Ich möchte abschließend noch ein sehr langlebiges mediales Format erwähnen: Seit der Amtszeit von Bundespräsident Herzog strahlt das Zweite Deutsche Fernsehen (ZDF) an Heiligabend die Sendung *Weihnachten mit dem Bundespräsidenten* aus. Reihum wird sie in den Bundesländern produziert und aufgezeichnet. Schauplatz ist immer eine Kirche. Das ZDF schlägt die musikalisch Mitwirkenden vor, das Programm besteht aus Weihnachtsliedern, klassischer und sogenannter U-Musik [Popularmusik] und Lesungen.

Ich hoffe, ich konnte zeigen, wie vielfältig die musikalischen Bezüge zum Amt und zur Amtsführung des Bundespräsidenten sind. Um aber auf meinen Titel zurück zu kommen: In vielen Fällen – das ist hoffentlich deutlich geworden – ist die Musik bei protokollarisch hochrangigen Anlässen viel mehr als eine Umrahmung und kann ganz gezielt eingesetzt werden.

Der Bericht über die Arbeit des Protokollreferates im Bundespräsidialamt ermöglicht rare und wertvolle Einblicke in dessen funktionale Verwendung von Musik. Aus Sicht eines Musikethnologen, der sich mit der gesellschaftlichen Bedeutung und dem Einsatz musikalischer Praktiken im sozialen Kontext beschäftigt, ergeben sich daraus einige Themenfelder, die genauer untersucht werden müssten.

Zunächst ist interessant, dass die geschilderte Musikpraxis in vielen Fällen noch höfischer und sogar im engeren Sinne monarchischer Tradition folgt, wie an militärischen Ehren über die Amtszeit hinaus, an der Verbindung von Politik mit kirchlichen Staatsakten sowie an privaten Veranstaltungen mit hochkultureller Hausmusik zu erkennen ist. Vielsagend ist in dieser Richtung die späte Einsicht, dass professionelle Musikerinnen und Musiker nicht kostenlos auftreten. Für einen demokratischen und säkularen Staat erscheint das von außen betrachtet überholt und spiegelt nicht die politischen und gesellschaftlichen Veränderungen der letzten Jahrzehnte wider. Hier wäre zu fragen, ob dieses Verharren in Traditionen mit der hohen Repräsentationsfunktion des Amtes des Bundespräsidenten zusammenhängt, so dass diese Musikpraxis sich womöglich positiv staatstragend auswirkt.

Im Zusammenhang mit der Tradition der musikalischen Performance des Staates stellt sich darüber hinaus die gesellschaftspolitische Frage, warum bis zum heutigen Tag die staatliche Musikausübung unwidersprochen durch ein Stabsmusikkorps der Bundeswehr ausgeführt wird, das nur für den protokollarischen Ehrendienst, z. B. für den Bundespräsidenten, den Bundeskanzler und den Verteidigungsminister zuständig ist. Selbst sozialdemokratische Regierungen haben an dieser Verbindung von Militär und Musik keine Veränderungen vorgenommen, obwohl sie auf Länderebene seit Jahrzehnten verstärkt auch soziokulturelle Zentren und die alternative Off-Szene im Bereich von Theater und Musik fördern. Warum ist eine solche musikalische Institution heute nicht im Bildungsministerium oder bei der Beauftragten der Bundesregierung für Kultur und Medien angesiedelt? Eine Demilitarisierung der repräsentativen Musikpraxis wäre ein deutliches Zeichen für eine am Gemeinwohl orientierte Kulturpolitik. Es wäre interessant zu erfahren, ob es diesbezüglich beispielsweise während Koalitionsverhandlungen – vergleichbar zur Anbindung der Goethe-Institute am Auswärtigen Amt – jemals Diskussionen gab.

Der Bericht lässt neben der äußeren Repräsentation des Bundespräsidenten durch Musik auch ein inneres Konzept eines Verhältnisses von Musik und Nation erkennen, das in der deutschen Politik weiter vorherrscht. Musik und Ausführende werden aufgrund ihrer Herkunft und Nationalität eingeordnet und bestimmte Musikstile und Instrumente symbolisch mit Regionen auf der Welt verbunden. Das führt auf der einen Seite zur Konstruktion einer repräsentativen teils lokalpatriotischen, teils nationalen oder auch pannationalen europäischen Musik, gleichzeitig wird die Musik für Gäste und ausländische Politikerinnen und Politiker aus dem Repertoire von deren Herkunftsregionen entnommen. Die Musikauswahl funktioniert damit nach einer pars-pro-toto-Symbolik. Die Inter- oder Transkulturalität der Aufführenden wird nur in Ausnahmefällen in Betracht gezogen, der soziokulturelle Hintergrund der Politiker*innen jedoch weitgehend ignoriert. Die Musikauswahl schien bei dem beschriebenen Besuch des portugie-

sischen Präsidenten geglückt zu sein. Man möge sich aber beispielsweise umgekehrt einen Besuch des ehemaligen Außenministers Joschka Fischer in einem europäischen Land mit dem gleichen Konzept vorstellen: Weder wäre dieser durch Ausschnitte aus Schuberts Winterreise *zu beeindrucken gewesen noch mit dem Volkslied* Auf der schwäbsche Eisenbahne *aus seiner Heimatregion. Je internationaler die Lebensläufe deutscher und internationaler Politiker*innen auf Dauer werden, desto mehr muss sich das Protokoll die Frage gefallen lassen, welche Musikgenres Gäste in eine beschwingte Stimmung versetzen können. Eine an Themen orientierte Musik, die nicht Kulturen trennt, sondern nationale Grenzen überwinden kann, wird in M. Löers Bericht nicht eigens thematisiert. Dabei verkörpern gerade die internationalen Karrieren der Musizierenden diese Möglichkeit, ebenso wie bestimmte Musikgenres, deren weltweite Ausbreitung weder Grenzen noch politische Systeme verhindern konnten.*

Ein Thema, das bei Löer ebenfalls keine Erwähnung findet, aber in der Geschichte immer wieder eine Rolle gespielt hat, ist die Abhängigkeit der Musiker*innen von politischen Mächten. Welche Verantwortung übernimmt der deutsche Staat, wenn er internationale Musiker*innen vor Machthabern anderer Länder auftreten lässt, die eben diesen Menschen womöglich eines Tages keine Freiheitsrechte oder Rechtssicherheit innerhalb ihrer Grenzen mehr einräumen? Welche politische Aussage treffen Musizierende durch ihre Auftritte, ohne dies vorab abschätzen zu können? Die vielfältigen Konflikte weltweit und die Macht der Social Media haben in den letzten Jahren gezeigt, wie schnell sich eine Assoziation mit Politiker*innen und deren Handeln negativ auf Künstler*innen auswirken kann.

Dieser erste Einblick in die Musikpraxis im Bundespräsidialamt eröffnet damit eine Fülle von neuen Fragen und Forschungsgebieten, die in einem demokratischen Staat dringend diskutiert werden müssten, um neue Meinungsbildungen zu befördern.

Christoph Habermann

»Die Musik ist nicht zu ersetzen«. Perspektiven eines »internen Outsiders«

Christoph Habermann (CH, Staatssekretär a.D.) im Interview mit Ruth Müller-Lindenberg (RML)
Videokonferenz 2021
Kommentierung: Yvonne Wasserloos (YW)

Christoph Habermann studierte in Konstanz Soziologie und Politikwissenschaft. Von 1979 bis 1982 war er Mitarbeiter in der Planungsabteilung des Bundeskanzleramtes. Danach wechselte er in die Staatskanzlei des Landes Nordrhein-Westfalen, wo er zuletzt die Abteilung »Ressortkoordination und politische Planung« leitete. Von 1999 bis 2004 war er Leiter der Abteilung Inland und stellvertretender Chef des Bundespräsidialamtes in Berlin. Dem folgten Tätigkeiten als Staatssekretär (2004 bis 2007, Staatsministerium für Wirtschaft und Arbeit des Freistaats Sachsen; 2007 bis 2011 Staatssekretär im Ministerium für Arbeit, Soziales, Gesundheit, Familie und Frauen des Landes Rheinland-Pfalz). Seit 2011 arbeitet Christoph Habermann als freiberuflicher Berater und ist Vorsitzender eines Gremiums der Selbstverwaltung im Gesundheitswesen.

RML: Herr Habermann, können Sie uns aus Ihrer Erfahrung besonders eindrucksvolle Beispiele für die musikalische Performance des Staates schildern?

CH: Ich will vorab eine Bemerkung machen: Für die Vorbereitung von Veranstaltungen, bei denen auch Musik eine Rolle spielt, sind im Bundespräsidialamt, in Staatskanzleien, im Kanzleramt und im Auswärtigen Amt Mitarbeiterinnen und Mitarbeiter zuständig, die im Protokoll arbeiten.

Inwiefern bei der Auswahl dieser Mitarbeiterinnen und Mitarbeiter im Protokoll ihr fachlicher Hintergrund eine Rolle spielt, steht in einem wichtigen Bezug zur musikalischen Gestaltung. Es wäre zu fragen, inwiefern sie in irgendeiner Art und Weise mit den Wirkungen und Funktionen von Musik vertraut sind und dies die musikalische Rahmung beeinflusst. Ebenso aussagekräftig ist eine Untersuchung der Auswahl von Musik, so sie anhand offener Kriterien (Popularität? Wunsch?) getroffen wurde und welche Begründung dahinter zu lesen ist.

Ich habe in einem solchen Bereich selber nie gearbeitet und auch als ich leitende Aufgaben hatte, im Bundespräsidialamt oder anschließend in Sachsen und Rheinland-Pfalz, gehörte die Vorbereitung solcher Veranstaltungen mit musikalischen Beiträgen, mit einem musikalischen Teil, nie zu meinem Aufgabenbereich [verantwortlich war der Leiter der Abteilung Z (= Zentralabteilung)].

Zu überlegen wäre, ob es etwas über den Stellenwert von Musik bei solchen Veranstaltungen aussagt, sobald die Verantwortung für den musikalischen Rahmen in den Bereich einer Person mit Leitungsfunktion fällt.

Deshalb kann man vielleicht sagen, dass ich auf dieses Thema, »Die musikalische Performance des Staates«, den Blick eines ›internen Outsiders‹ habe. Es gibt da ein paar Ausnahmen, auf die komme ich nachher bei den einzelnen Fragen nochmal zurück.

Mein grundsätzlicher Eindruck, wenn ich mich zurückerinnere an all die Jahre, in denen ich im ministeriellen Bereich gearbeitet habe, war, dass für die musikalische Gestaltung von Veranstaltungen drei Faktoren eine besondere Rolle spielen.

Der erste Faktor: Ist die Person, die Frau oder der Mann, die zu einer Veranstaltung, zu einem Konzert oder zu einer Veranstaltung mit musikalischen Teilen einlädt, ist das jemand, der einen persönlichen Zugang zu Musik hat? Ist das jemand, der ein persönliches Interesse hat, der sich auskennt, der bestimmte Vorlieben hat?

Musikalische Vorprägung oder fachliche Kompetenz scheinen die Gestaltung deutlich zu beeinflussen.

Der zweite Punkt, der vielleicht eine noch wichtigere Rolle spielt: Bei solchen Veranstaltungen mit Musik gibt es eine Art Tradition.

Hier wäre zwischen Tradition und Ritual zu unterscheiden. In einigen Situationen (z. B. Abspielen der Hymne, des »Deutschlandliedes«) ist von einem festen Platz der Musik als rituellem Bestandteil eines Zeremoniells auszugehen, der nicht verhandelbar ist, ebenso wenig wie die Wahl der Musik.

Deshalb gibt es bei Menschen, die mit diesen Dingen zu tun haben, zunächst mal den Grundsatz: »Das haben wir schon immer so gemacht. Das haben wir noch nie so gemacht!« Das ist jetzt natürlich ein bisschen überspitzt formuliert. Natürlich spielt auch eine Rolle, welche Kontakte zu Musikerinnen, zu Orchestern, zu Streichquartetten, zu Jazz-Bands, zu Popgruppen das Protokoll hat und auch, welche möglicherweise über Jahre gewachsenen Bindungen und Verbindungen es von den Menschen, die im Veranstaltungsmanagement arbeiten, zu Menschen in der Musikszene gibt.

Der dritte grundsätzliche Punkt, der eine wichtige Rolle spielt: Man muss ja nicht nur wollen, sondern man muss auch können. Es ist immer die Frage, ob eine bestimmte Gruppe, ein Orchester, ein Pianist, ein Streichquartett überhaupt verfügbar sind zu einem bestimmten Zeitpunkt. Und: Kann man die bezahlen? Hat man das notwendige Geld dafür? Das sind die drei allgemeinen Punkte, zu denen ich vorab etwas sagen wollte.

Das erlaubt die Prägung einer Rahmung durch ›Zufall‹. Individuelle Bezüge zu Musizierenden und unterschiedlichen Formen (Kunstmusik, Popularmusik) bedingen den Entscheidungsfaktor für eine Musik mit. Nachdem der/die politisch Verantwortlichen ausscheiden, kann die Ausformung über Musik sich erneut wandeln. Sie unterliegt damit keiner kontinuierlichen, sondern einer temporären Entscheidung für (oder gegen) eine bestimmte Musikästhetik oder einen dezidierten Klang. Ebenso ist die Entscheidung zur musikalischen Gestaltung abhängig von anderen, alltäglichen Faktoren wie Verfügbarkeit und Finanzierbarkeit, was gegen eine freie Entscheidung lediglich auf künstlerischer Basis spricht, sondern eher aus Notwendigkeiten heraus entspringt.

Jetzt zu der Frage »besonders eindrückliche Erlebnisse« – da gibt es drei, an die ich mich erinnere.

Zum 3. Oktober 1990 hatte das Land Nordrhein-Westfalen den Tag der Deutschen Einheit ausgerichtet. Da gab es eine große Veranstaltung in der Düsseldorfer Tonhalle mit weit über 1.000 Gästen. Da waren der Bundespräsident, die Ministerpräsidenten aller Länder da, der Bundeskanzler, Bundesminister, Landesminister, Abgeordnete und so weiter. Bei dieser Veranstaltung hat Barbara Hendricks [* 1948, US-amerikanisch-schwedische Sopranistin und 1987 UNO-Sonderbotschafterin für Flüchtlinge] den musikalischen Part der Veranstaltung bestritten. Die hatte Ministerpräsident Johannes Rau dafür gewonnen, und sie ist dort nach meiner Erinnerung ohne Honorar aufgetreten.

Das würde der vorab getätigten Aussage widersprechen, dass das Geld beim Engagement von Künstler*innen einen Entscheidungsfaktor bedeutet. Hier handelt es sich um eine Ausnahme von der Regel.

Das besondere Ereignis war jetzt nicht, dass Barbara Hendricks, wie das alle erwartet haben, hervorragend und zur Freude aller gesungen hat, sondern dass sie im Anschluss daran einige Bemerkungen zur Situation von Flüchtlingen gemacht hat. Das hat den Bundeskanzler Helmut Kohl auf die Palme gebracht. Aus dieser Kombination, dass Barbara Hendricks eine großartige Sängerin ist, aber auch wegen ihres Auftretens als Staatsbürgerin, als engagierte Frau, ist mir diese Veranstaltung besonders in Erinnerung geblieben.

Weiterführend wäre es, das musikalische Programm von Barbara Hendricks daraufhin zu untersuchen, ob diese Auswahl bereits in einem Zusammenhang mit ihren politischen Äußerungen stand oder nicht – und es somit zu einem rezeptiven Bruch beim Publikum kam, was in der Irritation durch den Situationswechsel auch die Aufregung ausgelöst haben könnte.

Der zweite Anlass, der mir gut in Erinnerung geblieben ist, das war zur Zeit, als Johannes Rau Bundespräsident war und bei einem der Benefizkonzerte, die die Bundespräsidenten schon seit vielen Jahren veranstalten, in der Berliner Philharmonie Daniel Barenboim gespielt hat, am Klavier und mit den Berliner Philharmonikern.

Möglicher Anlass für die Eindrücklichkeit wären die pianistischen Fähigkeiten Daniel Barenboims oder eine Projektion auf seine Rolle als ›musizierender Politiker‹ oder ›politisch Musizierender‹ im Zusammenspiel mit den Berliner Philharmonikern und den Brückenschlägen nach Israel. Ebenso wären die mit den Erträgen aus dem Benefizkonzert bedachten sozialen oder kulturellen Zwecke in Betracht zu ziehen.

Das dritte Ereignis ist eines der wenigen Male, wo ich selber einen persönlichen Bezug hatte und auch einen unmittelbaren Einfluss auf die »musikalische Performance des Staates«. Das war, als Bundespräsident Johannes Rau zu einem Staatsbesuch in Mali war. Da spielte beim Empfang des Bundespräsidenten in der deutschen Botschaft in Bamako ein deutscher Jazzpianist, Hans Lüdemann, zusammen mit malischen Musikern. Lüdemann war auf meinen Vorschlag, auf meine Anregung eingeladen worden, aus dem einfachen Grund, dass er schon seit vielen Jahren gemeinsam Musik mit malischen und anderen westafrikanischen Musikern gemacht hatte. Ich kannte seine CD, weil ich ein Freund malischer, westafrikanischer Musik bin.

Die Kenntnis des Programms für den Auftritt wäre für den Kontext wichtig. Im Sinne der Transkulturalität und ihrer Außendarstellung ist es wesentlich, was die Musizierenden aufführten, d. h. z. B. westliche Musik in internationaler, deutschmalischer Besetzung bzw. westafrikanische Musik in authentischer Performanz oder in einer ›Übersetzung‹, d. h. in einer Anpassung für das Publikum durch eine Übertragung in ›westliche‹ Formen und Klänge. Darin implementiert ist die Frage nach der Vermittlungsintention an den Bundespräsidenten. Handelte es sich um die Präsentation originär ethnischer Musik oder um das symbolische Zusammenspiel der Kulturen, wohlmöglich aber in der musikalischen Tradition, die nicht westafrikanischer Herkunft war? [Ergänzung durch Herrn Habermann: vorwiegend afrikanisch.]

Jetzt fällt mir noch ein viertes Beispiel ein: Das war der Große Zapfenstreich zur Verabschiedung von Johannes Rau als Bundespräsident [2004]. Das ist eine ganz besondere Veranstaltung, die mich sehr beeindruckt hat, obwohl militärisches Brauchtum nicht mein Fall ist.

Die mögliche Faszination, die von dieser beinahe mystifizierten Form von militärisch-musikalischem Ritual ausgeht, ist in seinem kritischen Verhältnis zum Staat partiell beleuchtet worden, u. a. bei Manfred Heidler: Die Militärmusik der Bundeswehr = Staatsmusik!?, in: Peter Moormann, Albrecht Riethmüller, Rebecca Wolf (Hrsg.): Paradestück Militärmusik – Beiträge zum Wandel staatlicher Repräsentation durch Musik, Bielefeld, 2012, S. 13–34.

RML: Das sind sehr interessante Beispiele. Hätte man die Musik dort durch etwas Anderes ersetzen können?

CH: Also, man könnte natürlich auf die Musik verzichten, aber dann würde aus meiner Sicht etwas fehlen. Die Musik ist aus meiner Sicht nicht durch einen weiteren Vortrag oder ein anderes Grußwort oder den Vortrag eines Gedichtes oder irgendwelche anderen Dinge zu ersetzen. Musik schafft eine bestimmte Atmosphäre, schafft eine bestimmte Stimmung. Dazu kommt die Freude der Leute, die teilnehmen, daran, dass sie gute Musiker und gute Musik hören. Dazu kommt – das ist bei Musik stärker, als man das bei einer Rede hat -, dass die Anwesenden sehr unterschiedliche Assoziationen mit Musik verbinden, Erinnerungen damit verbinden, sagen: »Das habe ich schon mal schneller gespielt gehört oder langsamer gehört« oder »Das habe ich schon lange nicht mehr gehört« oder »Das passt sehr gut« – und insofern ist Musik, die Frage, wer spielt und was gespielt wird, immer auch eine Botschaft über das sonstige Programm hinaus.

Die Frage ist ebenso, ob die Musik zur Emotionalisierung beiträgt und auf einer Metaebene als Kommunikationsfaktor für politische Botschaften dient oder ob ein gewisser Prominenzfaktor der Musizierenden (auch) einem besonderen Rahmen zuträglich ist.

RML: Ist es also eine individuelle Botschaft, jedenfalls keine, die von vornherein feststeht?

CH: Doch, das kann auch eine Botschaft sein, die von vornherein beabsichtigt ist von dem, der die Veranstaltung organisiert. Um es an dem Beispiel Tag der Deutschen Einheit, 3. Oktober 1990 zu verdeutlichen: Es ist natürlich eine Botschaft, dass dort die afroamerikanische Sängerin Barbara Hendricks singt zum Tag der Deutschen Einheit und kein Bergmannschor und nicht die Ettaler Spitzbuben oder die Regensburger Domspatzen.

Die Botschaft könnte dahingehend gedeutet werden, dass es nicht in erster Linie um das wiedervereinte Deutschland ging, sondern um die Auseinandersetzung mit seiner Geschichte in den Jahren 1933 bis 1945 auf der Basis einer rassistischen Staatsideologie mit der nachfolgenden Konsequenz der Teilung 1949.

Ein anderes Beispiel, von dem ich schon erzählt habe: Wenn ein deutscher Jazzpianist, der mit malischen Musikern schon viele Jahre gemeinsam Musik macht und auch CDs produziert hat, auf dem Empfang des Bundespräsidenten in der malischen Hauptstadt Bamako spielt – dann ist das eine Botschaft und eine, von der ich selber erlebt habe, dass sie wahrgenommen und verstanden worden ist.

Auf die Vielfältigkeit und auch Kritikwürdigkeit der vermittelten Botschaften wurde bereits hingewiesen.

Dann gibt es die andere Ebene: Manche der vielen Hundert oder gar Tausenden von Menschen, die an solchen Veranstaltungen teilnehmen, interessieren sich gar nicht in erster Linie für die Festrede oder den historischen Anlass, sondern nehmen an einer gesellschaftlichen Veranstaltung teil, zu der auch Musik gehört, die leichter zugänglich ist.

Das würde für den Konzert- und Promifaktor solcher Veranstaltungen sprechen, auch dafür, dass es weniger um die Musik, sondern einerseits um die Ehre der Einladung und andererseits unter Umständen um das ›Glanzlicht‹ der Ausführenden geht.

RML: Jetzt war von einem Staatsbesuch ins Ausland die Rede. Gibt es da Ihrer Erfahrung nach Unterschiede zu dem, was im Inland als das ›musikalische Drumherum‹ arrangiert wird?

CH: Bei Besuchen des Bundespräsidenten im Ausland wird man auf die Auswahl auf der einen Seite vielleicht noch etwas stärker achten als bei Veranstaltungen mit Musik in Deutschland, im Schloss Bellevue. Auf der anderen Seite ist es auch schwieriger, weil es natürlich einfacher ist, ein Quartett oder eine Pianistin oder ein Orchester nach Berlin zu holen als jemanden nach Bamako oder nach Stockholm oder nach Canberra zu holen. Deshalb gibt es da sicher Unterschiede, und man wird bei der Auswahl von Musik für Veranstaltungen in anderen Ländern noch stärker auf die ausdrücklich gewollte und beabsichtigte Botschaft achten, die mit den Musikern und mit der Musik vermittelt werden soll. Das macht den Unterschied, den Hauptunterschied aus meiner Sicht aus.

RML: Was wäre ein Beispiel für eine solche Botschaft?

CH: Als der Bundespräsident, ich glaube im Jahr 2003, in Schweden war, hat bei dem Empfang, den er gegeben hat für das schwedische Königspaar und für die schwedische Regierung und alle, die zu solchen Anlässen eingeladen werden, eine Berliner Formation namens Bach, Blech und Blues gespielt. Das war der Versuch, dass man auf der einen Seite sozusagen etwas als typisch deutsch Geltendes, nämlich Johann Sebastian Bach, kombiniert mit etwas Modernem, Zeitgemäßem, also ein Cross-over-Konzept. Das sind Menschen, die ganz unterschiedliche Stile von Musik spielen können, die das auch tun und die das schon in dem Namen ihrer Gruppe, Bach, Blech und Blues, zum Ausdruck bringen. Die besondere Hommage an Schweden war ein Medley aus Abba-Hits.

Zu fragen wäre, warum die Musik etwas ›Nationales‹ transportieren soll, auch wenn es als ›Hommage‹ und damit respektvoll gemeint ist. Gleichwohl werden dadurch nationale Grenzen und stereotype Vorstellungen vom Gegenüber auditiv erfahrbar gemacht und permanent reproduziert. Das Moment des Crossover (Bach und Blues) bleibt lediglich der eigenen Kultur vorbehalten. Ein anderes Konzept musikalischer Rahmung könnte sein, das Verbindende und nicht das Trennende durch Musik in den Fokus zu rücken. Es könnten beispielsweise Musikwünsche der Gäste erfragt und umgesetzt werden. Dann rücken die Gäste in den Fokus und nicht die (Eigen-)Präsentation des Gastgebers. Gegebenenfalls können die Gäste auch gar nichts mit einer Hommage an die Musik ihres Landes anfangen, da sie sie gar nicht wertschätzen. Dann handelt es sich eher um eine übergriffige Plattitüde (»Alle Schweden lieben Abba!«/»Alle Deutschen lieben Bach!«). [Ergänzung: In einem Gespräch mit YW teilte Christoph Habermann mit, dass eine Abfrage an die Musikwünsche der Gäste auch durchaus vorkomme.]

RML: Welche Bedeutung hat Ihrer Meinung nach diese musikalische Performance für die Außenwirkung eines Ministerpräsidenten, einer Ministerin oder auch des Bundespräsidenten?

CH: Das kann man nicht in Prozentzahlen oder irgendwie beziffern, aber ich glaube, dass durchaus beachtet wird, wie sich der deutsche Bundespräsident in einem anderen Land präsentiert. Präsentiert er sich ›typisch deutsch‹, klassisch, traditionell? Und auch: Was heißt das jeweils? In welcher Zeit und unter welchen Bedingungen? Ich glaube, dass es da einen relativ starken subjektiven Faktor gibt, der auch geprägt ist von dem Erfahrungshintergrund und von dem musikalischen Erlebnishintergrund der Menschen, die darüber entscheiden, mit welcher Musik und mit welchen Musikern sich der deutsche Bundespräsident in einem anderen Lande präsentiert.

RML: Müsste man also nicht diese spezielle Auswahl, die ja in einer bestimmten Weise repräsentativ ist, auch in Beziehung setzen zu ihrem Kontext, zu dem, was drumherum ist? Dann wäre die Musik keine Garnitur. Sondern ein Statement.

CH: Ja, ich muss vielleicht noch dazu sagen: Es ist auf jeden Fall ein Statement, und zwar unabhängig davon, ob das denen, die es organisieren, bewusst ist oder nicht.

Dass man es dem Zufall und dem Unbewussten überlässt, wie und ob sich ein Statement über Musik entfaltet, deutet auf eine allgemeine Unterschätzung der Ambivalenz der Musik und damit eines ihrer stärksten Machtfaktoren hin.

RML: Was glauben Sie: Wie wirkt es auf diejenigen, die an den Veranstaltungen direkt teilnehmen?

CH: Da gibt es ein schönes Beispiel, das jetzt nicht eine breite Öffentlichkeit oder eine große Gruppe betrifft, aber trotzdem interessant ist. Als der Bundespräsident zum Staatsbesuch in der Schweiz war, im Jahr 2000, da haben bei dem Empfang, den er gegeben hat, Max Raabe und das Palastorchester gespielt. Die hatten in ihrem Repertoire ein Lied, das heißt *Ich steh mit Ruth gut*. Dieses Lied haben sie dann auch gesungen und das hat ganz große Heiterkeit ausgelöst bei der gesamten Schweizer Regierung, also bei den sieben Bundesräten, weil zwei der Bundesrätinnen Ruth hießen. Das war zum einen Ruth Dreifuß, damals die Bundespräsidentin der Schweiz und Ruth Metzler. Da wurde dann gefrotzelt zwischen den Bundesräten, den Konservativen und den Sozialdemokratinnen in dem Fall, und am nächsten Tag stand im Bericht der *Neuen Zürcher Zeitung* über diesen Abend: Nie habe man den Schweizer Bundesrat so entspannt erlebt.

Das ist ein Beispiel für eine ganz unmittelbare Wirkung, wobei ich jetzt mal vermute, dass dem Bundespräsidenten und denjenigen, die im Bundespräsidialamt die Entscheidung vorbereitet und getroffen hatten, Max Raabe und das Palastorchester einzuladen, nicht klar war, dass dieses Lied *Ich steh mit Ruth gut* dermaßen gut passt, weil eben zwei der Schweizer Bundesrätinnen Ruth heißen. Max Raabe wird das vermutlich auch nicht bewusst gewesen sein.

Auch hier spielt der Zufall oder die Offenheit der Wirkung und Intention eine (zu) große Rolle. Darüber hinaus entfaltete die Textzeile und weniger die Musik die positive Stimmung, die u. U. so nicht eingetreten wäre, wenn es nicht die Namenskoinzidenz gegeben hätte.

RML: Glauben Sie, dass die Musik in einer besonderen Weise als Musik gewirkt hat? Also nicht so sehr als der Gag, der über den Vornamen Ruth gemacht wurde?

CH: Wir könnten jetzt mal kurz annehmen, man hätte den Text dieses Liedes als Gedicht vorgetragen. Das hätte nach meiner Überzeugung nicht die gleiche Wirkung gehabt. Das war eben Max Raabe und das Palastorchester. Da schwingen auch Anspielungen auf die 1920er Jahre in Deutschland mit, auf eine bestimmte Art von Musik. Das sind Assoziationen zu den Comedian Harmonists und anderen, Friedrich Hollaender und deutschen Chanson-Größen. Das ist also etwas, was als typisch Deutsch gilt auf der einen Seite, es ist aber weder getragen noch schwermütig, sondern etwas Unbeschwertes, Lockeres, bis hin vielleicht auch gelegentlich zu dem, was man früher vielleicht ›frivol‹ genannt hätte. Das wird dann ganz stark durch die Musik transportiert. Als Gedicht vorgetragen, hätte das bei weitem nicht die gleiche Wirkung gehabt wie als Musik, als Lied.

Hier werden Stereotype dessen, was ›deutsch‹ ist (oder zu sein hat), transportiert. Die Assoziation mit ›getragen‹ und ›schwermütig‹ scheint auf die deutsche Romantik zurückzuverweisen, wobei offenbleibt, ob es sich um eine Innen- oder Außenperspektive handelt. Prinzipiell wäre den Gründen nachzugehen, woraus sich solche Erwartungshaltungen an den ›Klang‹ eines Landes generieren.

RML: Würden Sie der Aussage zustimmen, dass diese musikalische Performance auch zum Bereich der Staatssymbolik gehört? Gäbe es dafür Argumente oder sind Staatssymbole nur die Nationalhymne und die Flagge?

CH: Nein, ganz eindeutig ist das ein Symbol. Üblicherweise gehört zu den Staatssymbolen die Nationalhymne. Die ist, wenn man so will, auf einer Ebene mit der Flagge, mit den Farben. Die Musik, die ausgewählt und gespielt wird bei staatlichen Anlässen, die ist aber auch Ausdruck staatlichen Selbstverständnisses. Das wird man allein schon dadurch feststellen können, wenn man mal vergleichen würde, was unter den Kanzlern Adenauer, Willy Brandt, Helmut Schmidt oder Gerd Schröder an Musik bei offiziellen Anlässen gespielt worden ist oder was bei Karl Carstens oder bei Johannes Rau an Musik gespielt worden ist, als die beiden Bundespräsident waren.

Das würde dafür sprechen, dass es sich nicht um diverse Formen von Staatsmusik als habitueller Musik handelt, sondern um die individuelle Musikauswahl staatlicher Amts- und Würdenträger*innen.

Ich würde sagen, die Auswahl der Musik, die hat genauso symbolische Wirkung wie die Auswahl des Ortes, an dem eine Veranstaltung stattfindet. Es ist eben etwas Besonderes, wenn eine Veranstaltung im Schloss Bellevue stattfindet. Es hat etwas Symbolhaftes, wenn der Bundespräsident für seine Berliner Rede zum Thema Integration ins Haus der Kulturen der Welt geht und nicht in das Haus der Geschichte der Bundesrepublik Deutschland. Es ist eine symbolische Aussage, wen man für eine Veranstaltung als Rednerin einlädt und wen nicht. All das sind Entscheidungen, die über das unmittelbare Ereignis hinaus eine symbolische Bedeutung haben und auch eine symbolische Wirkung haben sollen.

RML: Wird Ihrer Erfahrung nach diese symbolische Bedeutung auch in den veranstaltenden Behörden wahrgenommen?

CH: Ich glaube, dass das im Wesentlichen Bedeutung nur für die Mitarbeiterinnen und Mitarbeiter hat, die unmittelbar mit solchen Aufgaben zu tun haben. Bei dem Gros der Mitarbeiterinnen und Mitarbeiter wird es die eine oder den anderen geben, die das auch wahrnehmen und registrieren. Die meisten bekommen davon aber in den meisten Fällen gar nichts mit, weil die ja an den Veranstaltungen nicht teilnehmen. Vielleicht noch einmal zurück zu der vorletzten Frage, Musik als Staatssymbol.

Die Musik und der Ort, die Auswahl von Rednern, das sind alles Zeichen jenseits des geschriebenen und des gesprochenen Wortes und die haben eine große Bedeutung, die Musik vor allem deshalb, weil sie eine besondere emotionale Komponente hat. Eine Rede kann natürlich auch emotional sein, eine Rede kann auch pathetisch sein oder begeisternd, aber Freude, Trauer, Pathos, aber auch Aufbruch, das kann durch Musik noch auf eine ganz andere, unmittelbarere Weise zum Ausdruck gebracht werden, als man das mit einer politischen Rede tun kann.

Zu berücksichtigen ist, dass die Wirkung von Musik im Rezeptionsvorgang weniger vorhersehbar ist. Dieser erfolgt sehr individuell. Stimmungen, die eine Musik vermitteln kann, werden sehr unterschiedlich wahrgenommen, da sie durchaus von jedem Individuum abhängen. Zudem unterliegt das emotionale Erfahren von Musik einer geringeren Rationalität als die Vermittlung von Inhalten durch eine Rede, die sich des rationale(re)n Faktors der Sprache bedient, obgleich auch hier Mehrdeutungen des Gesagten und Intendierten möglich sind.*

RML: Aus der Innensicht gefragt: Welche Ressourcen waren jeweils an den Stellen, an denen Sie gearbeitet haben, Ministerien usw., für die musikalische Performance des Staates erforderlich?

CH: Da braucht man den Haushalt, also Bundespräsidialamt oder Auswärtiges Amt, Innenministerium, Verteidigungsministerium. Da müssen Haushaltsmittel zur Verfügung stehen.

Zweitens kann man zurückgreifen auf bestimmte Musik-Körper, zum Beispiel das Bundeswehr-Musikkorps oder die Big Band der Bundeswehr. Auf die können jedenfalls der Bundespräsident oder kann die Bundesregierung zurückgreifen.

Eine dritte Möglichkeit ist, dass man zusammenarbeitet mit Fernsehanstalten, zum Beispiel bei Veranstaltungen wie *Weihnachten mit dem Bundespräsidenten*. Die werden ja im Fernsehen übertragen, da läuft das Ganze über die Fernsehanstalten, da sind also keine Mittel aus dem Haushalt nötig.

Und das Vierte ist ein aus meiner Sicht problematisches Mittel, das sind Sponsorengelder. Das hat in der Vergangenheit vor allem bei Sommerfesten des Bundespräsidenten und des Bundeskanzlers, aber auch von Ministerpräsidenten eine Rolle gespielt. Dort können sich ja nicht nur Vereine oder Vereinigungen, Verbände, Initiativen präsentieren, sondern da gehört ja auch immer ein musikalisches Programm mit dazu.

Alle vier genannten Möglichkeiten verdeutlichen die Abhängigkeiten von jeweils unterschiedlichen Gegebenheiten bis hin zur Abhängigkeit von Sponsoren und deren Bedarf. Kann ein Staat sich unter diesen Voraussetzungen ganz frei inszenieren oder sind stets Kompromisse einzugehen? Liegt im letzten Punkt des Kompromisses möglicherweise gerade der Unterschied in der staatlichen Performance zwischen Demokratien und Diktaturen bzw. totalitären Systemen begründet? Oder sind auch Diktaturen aufgrund äußerer, näher zu untersuchender Bedingungen Grenzen gesetzt?

RML: Die materiellen Ressourcen haben wir also jetzt ermittelt. Interessant ist aber auch: Bei der musikalischen Performance des Staates führt das Protokoll, wie wir gesehen haben, eine Art Eigenleben. Es ist nicht einmal unbedingt das Kulturreferat eingebunden. Welche Entscheidungsstrukturen lagen also der Realisierung jeweils zugrunde?

CH: Also das ist relativ klar am Beispiel des Bundespräsidialamtes. Wenn es um eine Veranstaltung in Deutschland geht, bei der auch Musik eine Rolle spielen soll, dann wird der Chef des Protokolls einen Vorschlag machen oder auch mehrere Vorschläge. Die gehen dann über den Abteilungsleiter und den Chef des Präsidialamtes an den Bundespräsidenten, und der Bundespräsident wird sich dann in der Regel mit seinem Staatssekretär und mit dem Protokollchef darüber beraten und dann wird die Entscheidung getroffen. Es kommt aber natürlich auch hier auf die Situation an. Es kommt darauf an, ob der Bundespräsident eine gewisse Affinität zu Musik hat. Wenn er die hat, dann hat er da ein stärkeres Interesse und möglicherweise auch ein klares Urteil über das, was er will und was er nicht will. Es spielt natürlich auch eine Rolle, wenn man weiß, dass es in einer Organisation einzelne Menschen gibt, die ganz jenseits ihrer fachlichen Aufgaben etwas von Musik verstehen, sich auskennen und ein Gespür dafür haben, dann wird man die auch fragen. Das war in unserer Zeit im Bundespräsidialamt zum Beispiel der Kollege U. D. Der war zwar eigentlich für das Verfassungsrecht zuständig, für die Prüfung von Gesetzen auf ihre Verfassungsmäßigkeit, bevor der Bundespräsident sie unterzeichnet, damit sie im Bundesgesetzblatt veröffentlicht werden können. Aber er wurde über den damaligen Chef des Bundespräsidialamtes immer wieder einbezogen nach dem Motto: »Herr D., fällt Ihnen da etwas ein, was besonders gut passen könnte?«

Das Beispiel zeigt, dass musikalische Vorbildung oder fachliche Expertise durchaus eine Rolle spielen. Inwieweit aber prinzipiell der/die Berater*in abstrahieren und seinen persönlichen Geschmack zurückstellen kann, bliebe zu hinterfragen.

RML: Zusammengefasst: Einerseits kommen die Vorschläge aus dem Protokoll, also aus einem Bereich, der normalerweise nicht für politische Inhalte zuständig ist; andererseits ist die Fachebene, also das Kulturreferat, in aller Regel nicht beteiligt. Drittens spielt natürlich das musikalische Profil des Amtsträgers eine Rolle.

CH: Ja.

RML: Daraus könnte man schließen, dass die Strukturen der Bedeutung und Wichtigkeit, wie Sie sie beschreiben, nicht gerecht werden. Wenn wir davon ausgehen, dass die musikalische Performance des Staates auch ein Mittel sein kann, um Politik zu machen: Wie wäre dieses Mittel genauer zu beschreiben?

CH: Das ist ein bisschen so wie der berühmte Satz von Paul Watzlawick, dass man nicht nicht kommunizieren kann. So ist es auch mit der Musik, egal, ob man sich dessen bewusst ist. Mit der Auswahl derer, die musizieren und mit der Auswahl dessen, was gespielt wird, ist eine Botschaft verbunden, die kann eher indirekt sein, die kann eher schwach sein, die kann eher interpretierbar sein, die kann aber auch sehr eindeutig sein.

Noch mal das Beispiel, dass am Tag der Deutschen Einheit 1990 in der Düsseldorfer Tonhalle Barbara Hendricks singt. Das ist ein sehr deutliches und ganz bewusstes Zeichen und das war damals sicher eine Entscheidung, die Ministerpräsident Johannes Rau selber getroffen hat oder eine Entscheidung, die ihm von jemandem vorgeschlagen wurde, der wusste, dass er damit einen Nerv beim Ministerpräsidenten treffen wird.

Solche Veranstaltungen werden vorbereitet von einer Organisationseinheit, dem Protokoll, das man gewöhnlich eher als eine formale Einrichtung ansieht, die keinen direkten Bezug zur politischen Arbeit hat.

Da ist auf der einen Seite was dran, aber auf der anderen Seite, ich hatte das eingangs ja gesagt: Das Protokoll ist, ohne irgendjemand zu nahe zu treten, eine tendenziell konservative Einheit, die die Dinge oft so macht, wie man sie schon oft gemacht hat, woraus sich eine Tradition entwickelt. Der Begriff Tradition ist beim Protokoll sicher einseitiger positiv besetzt als bei vielen anderen. Deshalb werden Vorschläge für die Auswahl von Musikerinnen oder von Musikstücken, die auch eine bestimmte politische Botschaft transportieren, eine, die jenseits des Üblichen ist, nicht nur oder in erster Linie aus dem Protokoll kommen. Da spielen der Bundespräsident oder der Chef des Präsidialamtes eine wichtige Rolle und beide werden sich auch einfach Rat von Freunden und Bekannten holen.

RML: Am Beispiel von Barbara Hendricks wird deutlich: Es geht nicht nur um die symbolische Qualität der Stücke, es geht auch um die Ausführenden. Was halten Sie da für passend? Und kann man die Frage überhaupt so stellen oder müsste man nach Anlässen differenzieren?

CH: Sowohl was die Auswahl der Musikstücke angeht als auch die Auswahl der Ausführenden, kann man das nicht generell sagen. Wenn ich Jurist wäre, würde ich sagen, es hängt davon ab oder es kommt darauf an. Das Kriterium ist ganz einfach: Es muss zum jeweiligen Anlass passen. Die meisten kämen nicht auf die Idee Die Prinzen zum Weihnachtskonzert des Bundespräsidenten in eine Kirche einzuladen, obwohl die ja ehemalige Mitglieder des Leipziger Thomanerchores sind. Da kann man sicherlich abstrakte Kriterien definieren, denen eine solche Auswahl genügen muss. Ich glaube aber, dass es da einen relativ hohen subjektiven Faktor gibt.

RML: Interessanterweise hat ein Bundespräsident einmal das Programm des Weihnachtskonzertes im Schloss Bellevue abgeändert und live Jazz spielen lassen.

CH: Das finde ich jetzt nicht so erstaunlich. Das ist der Versuch, eine sehr traditionelle Veranstaltung etwas in die Gegenwart zu bringen und vielleicht auch Menschen anzusprechen, die an Bach schon deshalb wenig Interesse haben, weil sie ihn gar nicht kennen. Man sieht das ja am Musikmarkt: Es gibt eine inzwischen gar nicht mehr zu zählende Flut von CDs von Jazzern und anderen mit Weihnachtsmusik, und zwar sowohl mit eigenen Stücken, in einer Stimmung oder in einer Art, wie sie diejenigen, die sie sich ausgedacht haben, mit Weihnachten verbinden. Dazu gibt es seit vielen Jahrzehnten Coverversionen von traditionellen deutschen Weihnachtsliedern.

RML: Haben bei der Musikauswahl für Adventskonzerte im Schloss Bellevue oder beim ZDF-Format *Weihnachten mit dem Bundespräsidenten* nach Ihrer Erfahrung konfessionelle Gesichtspunkte eine Rolle gespielt?

CH: Ich kann mich daran nicht erinnern, ich habe keine solchen Erfahrungen gemacht, aber ich sage das noch mal mit der ganz großen Einschränkung, dass ich mit solchen Fragen, wenn überhaupt, nur sehr am Rande beschäftigt war.
Aber es ist selbstverständlich unvermeidbar, dass religiöse oder weltanschauliche Prägungen auch solche Entscheidungen eines Menschen beeinflussen. Johannes Rau war bekennender Protestant. Er hat allerdings seinen Glauben nicht verbal vor sich hergetragen. Um es an einem Beispiel zu sagen: Anders als der jetzige Bundespräsident hat er am Ende von Reden nicht Sätze wie »Gott schütze unser Land« oder »Gottes Segen für unser Land und unsere Nachbarn« gesagt.
Auch bei der Weihnachtsansprache, deren Anlass ja urchristlich ist, hat er – ich will es mal so sagen: Er hat im Habermasschen Sinne sehr darauf geachtet, religiöse Inhalte auch zu säkularisieren, also so zu formulieren, dass sie auch Menschen zugänglich sind, die keine gläubigen Christen sind und die christliche Tradition nicht kennen.

RML: Sollte man konfessionelle oder interreligiöse Überlegungen bei der Planung und Umsetzung von *Weihnachten mit dem Bundespräsidenten* anstellen?

CH: Ich muss bekennen, dass ich das nicht kenne. Ich habe mir das nie angeschaut.

RML: Es findet immer in einer Kirche statt und der Bundespräsident liest die Weihnachtsgeschichte aus dem Lukas-Evangelium vor.

CH: Das ist zum Beispiel etwas, was ich persönlich für problematisch halte. Ich halte es überhaupt nicht für problematisch, dass der Bundespräsident einlädt zu Weihnachten oder dass er eine Weihnachtsansprache hält, und es kann, ja sollte bei beiden Anlässen völlig selbstverständlich deutlich werden, dass es sich um einen christlichen Anlass handelt. Das ist ja offenkundig, das darf man auch nicht verleugnen. Es ist aus meiner Sicht aber gut, wenn das so gemacht wird, wie ich vorher mit Bezug auf Jürgen Habermas gesagt habe, dass religiöse Inhalte säkularisiert, auch säkularisiert werden und dadurch verallgemeinerungsfähig werden.

Vermutlich wird man aber dann jenen nicht gerecht, die sich den religiösen Anlass und Charakter des Weihnachtsfestes nicht nehmen lassen wollen. Allen kann man nicht in ein und demselben Moment gerecht werden, vermutlich bräuchte es ausdifferenzierte Abschnitte in solchen Veranstaltungen, die jeweils einen thematischen Fokus setzen, um am Ende möglichst plurale Inhalte kommuniziert zu haben.

Ob es in einigen Jahren richtig und sinnvoll wäre, dass der Bundespräsident auch eine Veranstaltung macht zum Fastenbrechen im Schloss Bellevue, darüber kann man nachdenken. Bundespräsidenten haben ja schon Moscheen besucht, Johannes Rau war der Erste; im Ruhrgebiet in Herne war das, wenn ich mich recht erinnere. Der Satz von Bundespräsident Christian Wulff, der Islam gehöre zu Deutschland, ist ein Satz, bei dem ich nie so ganz verstanden habe, was er damit eigentlich gemeint hat. Wenn er gesagt hätte: »Muslime mit ihrem Glauben gehören genauso zu Deutschland wie Christen und Juden und Atheisten und Agnostiker«, das wäre ein Satz, den ich besser verstanden hätte. Den Islam gibt es genauso wenig wie das Christentum. Auch deshalb ist das ein Satz, mit dem ich relativ wenig anfangen konnte. Noch weniger konnte ich mit der Debatte darüber anfangen, bei der auch viel Unkenntnis und auch Islamfeindlichkeit auftauchte.

RML: Die christliche Religion ist in diesem medialen Format, das seit Jahrzehnten unverändert läuft, privilegiert. Man könnte auch fragen, wie sich das zu unserer Gesellschaft verhält: Wen spricht es an und wen nicht, wer bekommt hier keine Aufmerksamkeit?

CH: Ja, das ist eine Frage, die man stellen kann, zumal ja vermutlich in wenigen Jahren die Christen, gleich welcher Konfession, in Deutschland eine Minderheit sein werden.

RML: Ich möchte noch einen anderen Kontext ansprechen: den der Kulturförderung. Wie verhält sich das, was der Bundespräsident als musikalische Umgebung wählt (und worin sich politische Botschaften inkarnieren) zu dem, was der Staat auf Bundes- und Länderebene fördert? Kann man da einen Zusammenhang sehen und wenn ja, wie ließe er sich beschreiben?

CH: Also ich habe in all der Zeit, in der ich in unterschiedlichen Bereichen gearbeitet habe, nie einen Zusammenhang gemerkt oder den Eindruck gehabt, dass ein Zusammenhang besteht zwischen der Auswahl der musikalischen Teile von Veranstaltungen, die man unter die Überschrift »musikalische Performance des Staates« setzen könnte und der Bundeskulturförderung oder der Kulturförderung auf der Landesebene. Nein, das habe ich nicht erlebt.

RML: Man könnte natürlich fragen, ob die musikpolitischen Ziele auf Länder- und auf Bundesebene sich in irgendeiner Weise widerspiegeln sollten in dem Musikprogramm, das den Bundespräsidenten umgibt. Das allerdings würde die Mitwirkung der Fachebene erfordern, etwa in dem Sinne, dass kein Musikprogramm aufgestellt würde, ohne dass das für Musikpolitik zuständige Referat ein Mitzeichnungs- oder Vetorecht hat. Das ist aber unüblich, oder?

CH: Ja, das ist völlig unüblich. Das hängt auch damit zusammen, dass all die grundsätzlichen Überlegungen, über die wir jetzt miteinander gesprochen haben, weder in meiner Zeit in der Staatskanzlei noch im Bundespräsidialamt etwas waren, worüber ich gezielt nachgedacht hätte. Ich hatte selbstverständlich, um es wieder an dem Beispiel des Pianisten Lüdemann in Mali zu sagen: Ich hatte eine klare Vorstellung, warum ich ihn vorgeschlagen habe. Ich dachte: Das passt, der kann was, der kennt die deutsche und europäische Musik, aber auch die malische und westafrikanische. Wenn er gemeinsam mit Kollegen aus Mali spielt, dann ist das nicht nur ein schönes Konzert, dann vermittelt das auch Respekt vor der großen malischen Tradition der Griots, der Erzähler und Sänger. Das ist ein Brückenschlag zwischen unterschiedlichen Traditionen und Kulturen.

Welche politische Bedeutung Musik bei staatlichen Anlässen haben kann und hat, das steht nach meinem Eindruck und meiner Erfahrung bei der Vorbereitung solcher Veranstaltungen aber nicht im Zentrum der Überlegungen. Die Verantwortlichen haben natürlich viel Erfahrung und ein gutes Gespür dafür, was geht, was weniger geht und was auf keinen Fall. Die möglichen politischen Wirkungen stehen dabei aber nicht im Mittelpunkt. Der musikalische Teil muss ansprechend sein und den Gästen Freude machen, etwas bieten.

RML: Erinnern Sie sich an Konflikte mit anderen Ministerien, wenn es um musikalisch umrahmte Veranstaltungen ging, etwa in der Art: »Nein, das spielen wir auf gar keinen Fall, weil…« oder »Wir möchten unbedingt, dass das und das aufgeführt wird, weil…«?

CH: Nein, daran kann ich mich nicht erinnern, weil ich so auf der operativen Ebene nie beteiligt war. Ich kann mich an eine Situation erinnern, wo ich den Vorschlag gemacht hatte, dass der Bundespräsident mal zu einer Veranstaltung einlädt mit den großen deutschen Liedermachern Hannes Wader, Reinhard Mey, Konstantin Wecker und Klaus Hoffmann. Das traf aber bei meinem Kollegen, dem Leiter der Abteilung Z, leider nicht auf Gegenliebe.

Es wäre wichtig den Hintergrund des Auftritts zu kennen, d. h., ob es um eine Ehrung der Liedermacher ging oder die Liedermacher zu einem Anlass auftreten sollten und als wenig ›passend‹ abgelehnt wurden. Die Gründe könnten vielfältig sein (z. B. zeigt die Aufzählung der Namen keine Geschlechterparität auf).

RML: Herr Habermann, wir danken Ihnen für das Gespräch.

Michael Worbs (†)

Musikalische Botschaften *1

Kommentierung: Rainer Bayreuther

Michael Worbs studierte Politologie und Germanistik in Frankfurt/Main und Berlin und promovierte in Literaturwissenschaften. 1981 trat er in den Diplomatischen Dienst ein. Nach Auslandsposten im Sudan, im Libanon, in Albanien, der Ukraine, Italien, Brasilien, Frankreich und Kuwait war er von 2012 bis zu seiner Pensionierung 2015 Botschafter bei der UNESCO in Paris. Von 2005 bis 2007 wurde er vom Auswärtigen Amt beurlaubt um die Funktion des Direktors für Osteuropa im Bereich Politik und Außenbeziehungen der Daimler-Chrysler AG zu übernehmen. 2015 wurde er zum Präsidenten des UNESCO-Exekutivrats gewählt und übte das Amt bis 2017 aus. Nach seiner Pensionierung war er bis 2020 ehrenamtlich in der Akademie Auswärtiger Dienst des Auswärtigen Amtes tätig.

*1 Botschaften (institutionell) und Botschafter (personell) im staatlichen Sinn sind Übertragungsmedien von Staat zu Staat, sie übertragen Botschaften (propositionell), was ich hier, um terminologisch zu unterscheiden, als Message bezeichne. Die beabsichtigte Doppeldeutigkeit im Titel »Musikalische Botschaften« ist daher zu verstehen 1. als Musik als Übertragungsmedium einer propositionalen, nichtmusikalischen Botschaft von Staat zu Staat, die die institutionelle Botschaft gewissermaßen als übergeordnetes Medium nutzt, 2. aber auch als Message in Musikform – wobei sich dann die Frage nach ihrer Propositionalität stellt, also die Frage, was der eine Staat dem anderen übermitteln will und ob dieses ›Was‹ propositional ist.

Ich möchte von meinen Erfahrungen im Auswärtigen Amt, von Beispielen, die ich beobachtet habe und von meinen eigenen Aktivitäten als Leiter von deutschen Auslandsvertretungen berichten. Abschließend werde ich einige Schlussfolgerungen zur Diskussion stellen.

In Kuwait war ich als Botschafter von 2007 bis 2010, in Rio de Janeiro als Generalkonsul von 2010 bis 2012 und in Paris als Botschafter und Ständiger

Vertreter der Bundesrepublik bei der UNESCO von 2012 bis 2016 und zuletzt als von den Mitgliedsstaaten gewählter Präsident des Exekutivrates der UNESCO (2015 bis 2017) tätig.*2

*2 *Hier wird klipp und klar der Typus von Akteuren benannt, die sich wechselseitig Botschaften übermitteln: Staaten. Und nicht: Einzelpersonen oder soziale bzw. ökonomische Gruppen. Es ist daher eine Form des Handelns zu erwarten, die dem staatlichen Handeln entspricht. Mein Text* Begleit-Musik. Zur Ontologie staatlicher Musik am Beispiel des Großen Zapfenstreichs *bietet dazu eine Theorie.*

Zunächst möchte einen Überblick darüber geben, wie das Auswärtige Amt traditionell, in den 1990er Jahren, mit der Musik umging: Ein Fachreferat in der Kulturabteilung (Referat 602) verwaltete als Kunstreferat u.a. die Haushaltsmittel für Musikveranstaltungen im Ausland, die im Wesentlichen durch das Goethe-Institut (GI) und den Deutschen Musikrat (DMR) (letzterer für Chor-Reisen) autonom geplant und durchgeführt wurden – so teilte mir ein damaliger Musikreferent auf meine Anfrage mit. Bei ihm kamen immer wieder Klagen von musikalischen Anbietern an, die von den beiden Organisationen abgelehnt worden waren. Dazu gab es dann mancherlei Einflussnahmen (auch aus dem parlamentarischen Raum).*3

*3 *Hier wird das Thema Zuständigkeiten – bzw. in der Terminologie der Sprechakttheorie: Befugnis – eröffnet. Der interstaatliche Austausch musikalischer Botschaften wurde (und vermutlich auch: wird) von Befugten vorgenommen, die ihre Befugnis gegen außerstaatliche (freie musikalische Anbieter) wie innerstaatliche, allerdings an der legislativen Schwelle zwischen dem Politischen und dem Staatlichen angesiedelte Akteure (z. B. Parlamentarier) verteidigen. Die Hypothese von *1 *erhält also neue Nahrung: Die Handlungsform »musikalische Botschaften« ist staatlich und nicht politisch (gemäß meiner Unterscheidung zwischen staatlichem und politischem musikalischen Handeln).*

Das einzige Gebiet, auf dem Referat 602 damals einigermaßen selbstständig agieren konnte, waren die Auslandstourneen großer Orchester. Hierfür hatte das Referat einen eigenen Etat. Wichtig waren damals die Bamberger Symphoniker, die als ›Bundesorchester‹ (von der Bundesregierung gefördert) ohne eigenen Konzertsaal auf die Tourneen angewiesen waren. Da die Nachfrage seitens der Orchester den Haushaltstitel regelmäßig überstieg, ergab sich ein zäher Wettbewerb, der zumeist vom Leiter der Kulturabteilung entschieden wurde.*4

*4 *»Selbstständig« agieren heißt immer noch: im Rahmen einer Befugnis, hier der eigenen, agieren, also staatlich agieren. Indiz ist der separate Etat, aus dem un-*

mittelbar, d. h. ohne politische Entscheidungsfindung, geschöpft werden kann. Der Wettbewerb der Orchester wurde nicht durch eine »musikalische Performance des Politischen« entschieden, was ein inhaltlicher und konzeptioneller Transformationsprozess gewesen wäre, in den sich auch das Gemeinwesen ergebnisoffen hätte werfen müssen. »Bundesorchester« ist vermutlich AA-interner Jargon, den sich die Bamberger in der deutschen Musiklandschaft nicht offiziell zu führen getraut hätten, aber er spricht Bände.

Das ist heute anders. Heute gibt es kein Kunstreferat mehr. Stattdessen befassen sich innerhalb der Kulturabteilung drei Regionalreferate unter anderem mit den Musikveranstaltungen im Ausland, sind aber nicht mehr fachlich verantwortlich. War schon in den 1990er Jahren die Einflußnahme des AA auf Musikveranstaltungen im Ausland gering, so gilt dies heute umso mehr. Die Zusammenarbeit mit dem Deutschen Musikrat und dem Goethe-Institut besteht nach wie vor.*5 Große Orchester werden weiterhin direkt vom Auswärtigen Amt gefördert, insbesondere dann, wenn sich damit eine politische Botschaft verbinden lässt. Ein gutes Beispiel ist das West-Eastern Divan Orchestra, das eine klar erkennbare politische Botschaft hat:

> »Der einzige politische Aspekt der Arbeit des West-Eastern Divan Orchestra ist die Überzeugung, dass es keine militärische Lösung des Nahostkonflikts geben kann und dass die Schicksale von Israelis und Palästinensern untrennbar miteinander verbunden sind. Musik allein kann selbstverständlich nicht den arabisch-israelischen Konflikt lösen. Jedoch gibt sie dem Einzelnen das Recht und die Verpflichtung, sich vollständig auszudrücken und dabei dem Nachbarn Gehör zu schenken«,

so eine Darstellung der Ziele im Programmheft der Salzburger Festspiele 2014. Das Orchester wurde 1999 von Daniel Barenboim, Edward Said und Bernd Kauffmann gegründet. Mitglieder sind junge Musiker aus Israel und den arabischen Nachbarstaaten. Sein Name ist von Goethes Gedichtsammlung *West-Östlicher Divan* abgeleitet, zu dem Goethe von dem persischen Dichter Hafis und dessen Gedichtsammlung *Diwan* inspiriert wurde. Es ist nachvollziehbar, dass das Auswärtige Amt sich hier direkt engagiert. Heute benutzt das Auswärtige Amt das Stichwort »Dialog statt Repräsentation«. »Staatliche Repräsentation durch Musik« im Sinne eines Exports von Kulturgut wird als überholt angesehen.*6

*5 Die schon in den 1990er Jahren bestehende Tendenz, dass die Institutionen Goethe-Institut und DMR mit einer quasi-staatlichen Befugnis über Musikevents entscheiden, hat sich also verstärkt. Die relevante Frage lautet daher wie in *3 und *4 angedeutet, ob die Befugnis einmal bei einem ministeriellen Referat selber, einmal bei einer mandatierten Suborganisation (GI und DMR), zu sub-

stanziell unterschiedlichen Auslegungen, Arbeitsweisen und Ergebnissen führte. Meine obige These war: nein, durch die Befugnis und nun eventuell auch durch die Einbindung in die Regionalreferate mit ihren strategischen außenpolitischen Vorgaben an die gesamte Arbeit des Referats haben wir es so oder so mit eminent staatlichen Vorgängen zu tun.

*6 Spannende Umwidmung! Repräsentation ist immer Da(r)-Stellung des Ganzen. Etwas kann nur als Ganzes re-präsentiert werden oder überhaupt nicht. Anschließend an Alain Badious Ontologie der Re-Präsentation, die von diesem Grundgedanken ausgeht, habe ich im dritten Abschnitt meines Texts eine Theorie der Re-Präsentation des Staats als Ganzem durch Musik entwickelt, die im Folgenden vorausgesetzt wird. Demgemäß besteht eine Grundspannung zwischen Repräsentation und Dialog, denn ein Gespräch kann nicht von einem staatlichen Ganzen geführt werden, nicht einmal von personell individuierten Repräsentanten des Ganzen. Für ein Gespräch muss die Ganzheit mindestens probehalber zur Disposition gestellt werden. (Im Text habe ich das Fallbeispiel aufgegriffen und systematisiert.) Es wäre eine interessante Spezialfrage, wie die Referate im Auswärtigen Amt das neue Paradigma umsetzen.

Die Auslandsvertretungen verfügen auch über – begrenzte – Mittel, über die sie autonom entscheiden können, z. B. den »Kleinen Kulturfonds«. Das sind meist nicht sehr umfangreiche Mittel, selbst in großen Botschaften wie Paris. Da lag der Etat bei ca. 30.000 € jährlich, das ist aber schon exorbitant viel. Andere, kleinere Vertretungen verfügen über deutlich geringere Beträge. Das tatsächliche Volumen hängt immer auch von der Aktivität der jeweiligen Vertretung ab: Wenn eine Vertretung viele plausible Projekte vorschlägt, dann bekommt sie auch mehr Mittel. Macht sie allerdings wenig oder nichts, dann schrumpft dieser Etat. Die Vertretungen haben es also selber in der Hand, wie sich der Kulturfonds entwickelt. Jedenfalls entscheidet die Auslandsvertretung über diesen Kleinen Kulturfonds weitgehend autonom, natürlich im Rahmen der Grundsätze der auswärtigen Kulturpolitik. Dabei spielen der jeweilige Leiter der Vertretung und der Kulturreferent eine große Rolle.*7 Ich habe mich in der Regel selbst darum gekümmert, weil ich es für eine gute Möglichkeit hielt, Deutschland im Gastland zu präsentieren und damit im Grunde Öffentlichkeitsarbeit zu leisten. Das wollte ich nicht vollständig delegieren. Vom Umfang der Mittel her ist klar, dass eine Auslandsvertretung selbst zwar Kammermusikveranstaltungen finanzieren kann, nicht jedoch große Orchester- oder Opernveranstaltungen.*8

*7 Im Licht der vorigen Sätze deute ich das so: Die Initiative des Leiters der Vertretung ist erstens entscheidend dafür, dass überhaupt ein Musikevent stattfindet. Zweitens wird er seine persönlichen Netzwerke zu Künstlern ins Spiel bringen bzw. die Künstler*innen aussuchen, die er/sie persönlich für geeignet

hält. »Persönlich« und »geeignet« darf nicht als private künstlerische Präferenzen der Entscheiderperson missverstanden werden. Die Entscheidungen bewirken, so meine theoriegeleitete Hypothese, dass irgendeine Eigenschaft der Künstlerperson und/oder der Stücke den Staat als solchen repräsentiert. Zudem scheint das staatliche Gewicht der auswählenden Person relevant zu sein. Ihre Befugnis, Deutschland insgesamt vertreten zu dürfen, geht gewissermaßen auf das von ihr persönlich gestaltete Musikevent über.

*8 Ich denke nicht, dass hinsichtlich des Repräsentationsgedankens zwischen teuren großen und günstigen kleinen Besetzungen ein Unterschied besteht. Klein/groß der Besetzung dürfte allein hinsichtlich der Größendimension des Rahmenevents eine relevante Frage sein. (Wenn z. B. ein großes politisches Jubiläum zu feiern ist mit prominentem Staatsbesuch, erzwingt dies und nur dies eine große Besetzung und entsprechenden Finanzaufwand; siehe Münchner Philharmoniker unter Sergiu Celibidache, Rom 1991.) Letztlich entscheidend ist: Kann im Gastland die Eigenschaft zur Geltung kommen, dass das Musikevent Deutschland insgesamt repräsentiert? (»Insgesamt« meint, wie auch bisher, dass es nur eine alternative Eigenschaft gibt, die von dem Event ausgesagt werden kann, nämlich dass Deutschland nicht repräsentiert wird. Das ›Wie‹ in seinen unendlichen qualitativen Verästelungen spielt keine Rolle.)

Das sind also die Strukturen im Auswärtigen Amt – jedenfalls nach meiner Kenntnis und Erfahrung, außerdem nach den Auskünften, die mir ehemalige und aktuelle Entscheidungsträger gegeben haben.

Beispiele für musikalische Veranstaltungen in Auslandsvertretungen

Aus meinen ersten Jahren im Auswärtigen Dienst erinnere ich mich an einige sehr profilierte musikalische Ereignisse, die durch Auslandsvertretungen organisiert waren. Das erste war ein Konzert mit Anne-Sophie Mutter im Mai 1989 in der Accademia Nazionale di Santa Cecilia in Rom.*9 Politischer Kontext waren ganz offensichtlich die guten politischen Beziehungen zu Italien, um die sich unser damaliger Botschafter Friedrich Ruth aktiv kümmerte. Ob es darüber hinaus einen konkreten Anlass dafür gab, erinnere ich leider nicht.

*9 Anne-Sophie Mutter war um 1989 die deutsche Vorzeigemusikerin und quasi Staatsgeigerin schlechthin: Bundesverdienstkreuz 1. Klasse (mit 24 Jahren), Ehrenmitglied der Royal Academy of Music, ihre beiden Stradivaris waren vom Land Baden-Württemberg gesponsert, von Ministerpräsident Lothar Späth persönlich eingefädelt. – Da ist es mehr oder weniger egal, wie sie (gemäß den Urteilen der Musikexperten) spielt.

Das zweite war ein Konzert der Münchner Philharmoniker unter der Leitung von Sergiu Celibidache aus Anlass des Staatsbesuchs von Bundespräsident Richard von Weizsäcker 1991, der bei der ersten Aufführung präsent war, zusammen mit dem Diplomatischen Korps und Vertretern des Gastlandes.*10 Das Konzert war Teil des Besuchsprogramms für den Bundespräsidenten. Das Orchester ist meiner Erinnerung nach noch ein- oder zweimal danach aufgetreten. Diese Konzerte fanden nicht mehr im Rahmen des Staatsbesuchs statt, sie waren an das allgemeine Publikum adressiert. Es ist eine Bedingung für eine Förderung durch das Auswärtige Amt: Konzerte, die in einem politischen Rahmen stattfinden, beispielsweise aus Anlass eines Staatsbesuches, sollen darüber hinaus ein breiteres Publikum erreichen.*11 Rein ›protokollarische‹ Konzerte können nicht gefördert werden. Möglicherweise verfügt das Bundespräsidialamt noch über andere Mittel, die Musik speziell im Rahmen von Auftritten des Bundespräsidenten ermöglichen.

*10 *Der Bundespräsident bringt das höchstmögliche staatliche Gewicht im Sinne von *7 mit. Kam das Engagement Celibidaches hier durch Weizsäckers persönliche Initiative zustande? Weizsäcker bemühte sich auch anderweitig um Celibidache, möglicherweise verehrte er ihn künstlerisch oder es gab sogar persönliche Beziehungen, was zu eruieren wäre. Aber das sind (politische) Eigenschaften des Individuums Celibidache im Vorfeld, die durch die staatliche Eigenschaft, in einer offiziellen Veranstaltung des deutschen Staatsoberhaupts aufzutreten, überschrieben werden.*

*11 *Das entscheidende Förderkriterium ist aber der staatliche Anlass. Das Publikumskriterium ist völlig anders gelagert, es zielt auf die staatliche Repräsentation gegenüber dem als demos (und nicht als Ständestaat) begriffenen Gastland. Mit demselben Verständnis hatte auch Ludwig XIV. die Opéra als Anstalt der staatlichen Repräsentation für das Volk geöffnet und den ausschließlichen Besuch durch die Stände unterbunden.*

Das dritte Beispiel, das mir noch in guter Erinnerung ist, war ein Konzert der Internationalen Bachakademie unter der Leitung von Helmuth Rilling im Pariser Théâtre des Champs-Elysées.*12 Es fand 1999 während der 30. Generalkonferenz der UNESCO statt. Damals war ein neuer Generaldirektor von den Mitgliedsstaaten zu wählen. Alle UNESCO-Botschafter, der scheidende Generaldirektor der UNESCO sowie einige seiner Mitarbeiter*innen erhielten Einladungen. Dass unser damaliger Botschafter Norbert Klingler zuvor das Kunstreferat 602 geleitet hatte, das für Musik, Bildende Kunst und auch Tanz im Ausland zuständig war, dürfte auch kein Zufall gewesen sein. Er hatte einen guten Draht zu Helmuth Rilling*13 und natürlich zur Kulturabteilung des Auswärtigen Amtes.

*12 Genannt werden hier wieder Künstler und Ort des Auftretens. Nicht genannt wird die Musik, sie wird (nach demselben Mechanismus wie in *8) von den staatlichen Eigenschaften des Künstlers und des Zeit-Punkts des Events überschrieben.
*13 Siehe *7 und *10.

Eigene Aktivitäten

Nun sollen einige Beispiele für meine eigenen Aktivitäten folgen.

Kuwait war 2007 bis 2010 mein erster Botschafterposten. In dieser Zeit spielte der Islamismus eine große Rolle, vor allem der Islam in der saudischen Prägung, der Wahhabismus. In dieser sehr strengen Auslegung des Korans waren damals unter anderem öffentliche Musikveranstaltungen, Tanz und Kino verboten. Kuwait, das ja vom Irak besetzt wurde und zu dieser Zeit von Saudi-Arabien Unterstützung erhielt, beugte sich dem ›großen Bruder‹ ein bisschen, auch wenn die kuwaitische Gesellschaft traditionell nicht wahhabitisch war. Kuwaitis sind zwar konservative Moslems, aber auch international ausgerichtete Kaufleute. Der Wahhabismus hatte dennoch in dieser Zeit sehr großen Einfluss.

Damals gab es in Kuwait nur zwei Orte, die von dem erwähnten Verbot ausgenommen waren oder eine Sondererlaubnis hatten, trotzdem Musik zu machen. Das eine war das SAS Hotel. Dort fanden Konzerte statt, die sich ganz gezielt ans ausländische Publikum der ›Expats‹ richteten. Mit ihnen verbundene Kuwaitis durften zwar teilnehmen, aber den größeren Teil des Publikums machten die dort residierenden Ausländer aus. In diesem Hotel habe ich mein erstes Konzert veranstaltet und ein Düsseldorfer Klaviertrio eingeladen, das auch in meiner Botschafterresidenz auftrat. Von da an habe ich immer jeweils eine öffentliche Veranstaltung und eine in der Botschafterresidenz organisiert. In die Residenz kamen eher meine Gesprächspartner*innen aus der Regierung und aus anderen Botschaften, während sich das öffentliche Konzert an das allgemeine Publikum richtete. Unter meinen regelmäßigen Gästen war die Direktorin der Britisch School of Kuwait, Vera al-Mutawa, mit der ich Deutschunterricht vereinbaren konnte – den ersten seit der Schließung der Deutschen Schule nach der irakischen Invasion. Auch ein Angehöriger der regierenden Familie, ein Prinz also, kam gerne.*14

Zweites Beispiel: Das Karlsruher Konzertduo – Reinhard Armleder, Violoncello; Dagmar Hartmann, Klavier – trat in der Residenz und später auch in der Villa des wohlhabenden kuwaitischen Architekten Sabah al-Rayez auf. Als Botschafter brauchte ich keine Ausnahmegenehmigung, konnte also Konzerte veranstalten. Im privaten Bereich waren sie auch erlaubt.*15 Ein Konzert, sei es in einer Botschaft, sei es in einer privaten Villa, war immer eine Attraktion, weil es selten Gelegenheit dazu gab. Sabah al-Rayez hatte ein wunderschönes Haus im traditionellen syrischen Stil und liebte es, dort Konzerte zu veranstalten.*16 Die Abende waren üblicherweise zweigeteilt: Zu Beginn gab es klassische Musik, dafür lud er Künstler ein wie das Karlsruher Duo, das er bei mir kennengelernt hatte. Dann folgte ein Abendessen und später, nach Mitternacht, traten kuwaitische Musiker auf, manchmal bis in die Morgenstunden.

*14 *Die genannten Bedingungen zeigen an, dass es sich hier nicht um staatliche Musik bzw. »musikalische Botschaften« handelt. Wenn Kuwait verfassungsgemäß Musik verbot, wird sich Deutschland wohl kaum musikalisch repräsentiert haben. Ort und Publikum der Konzerte, die aus den Mitteln der Vertretung finanziert wurden, sind nicht zufällig staatlich neutrale Zeitpunkte, die außerhalb des staatlichen Verfasstseins des Gastlands wie des Gastgeberlands stehen. Die Politizität dessen, was hier stattfindet, würde ich als eine sehr spezielle bezeichnen: höchst informell und inoffiziell, vergleichbar dem Transitbereich eines Flughafens oder dem Agentenmilieu. Politisch könnten diese Zeitpunkte insofern sein, als dort Gespräche und Themen möglich waren, die nicht mit verfassungsmäßigen Eigenschaften prädiziert werden konnten bzw. zukünftige verfassungsmäßige Beziehungen zwischen Deutschland und Kuwait ausloteten. (Also »Dialog« im obigen Sinn!) Welches Interesse hatte die deutsche Vertretung, diesen Zeitpunkt mit kulturellen Veranstaltungen zu bespielen?*

*15 *Der private Zeitpunkt ist auf ähnliche Weise nichtstaatlich wie der neutrale aus *14. Möglicherweise hat er aber doch einen anderen Charakter als die neutralen, aber nicht-privaten Orte aus *14, so dass auch die Politizität eine andere ist als in *14. Ein Ansatzpunkt der politischen Analyse des Zeitraums könnte sein, dass die Künstler und folglich auch ihre Musik vom deutschen Botschafter vermittelt wurden. Damit wurde so etwas wie ein politischer Index gesetzt oder ein Interesse an einem politischen Dialog signalisiert, der bei der Musik einen Anfang nehmen könnte.*

*16 *Dieser Zeitraum scheint mir von mindestens informeller, wenn nicht sogar völlig privater Natur zu sein. Al-Rayez baut Wolkenkratzer, wohnt selber aber traditionell und veranstaltet dort seine Abende. Damit hat er die Musik aus der politischen Sphäre herausgenommen, in der er als Geschäftsmann tätig ist und in der die Musik Faktor in einem offenen politischen Diskurs über Städtebau, Ökologie, Panarabismus usw. sein könnte.*

Das Karlsruher Duo hat übrigens nicht nur Sabah al-Rayez übernommen; auch zwei meiner Nachfolger in der deutschen Botschaft luden das Duo später nochmals ein.*17

*17 Eine andere Deutungsmöglichkeit als *16 wird mit dem Prinzip *7 eröffnet: Die Empfehlung der Künstler durch den deutschen Botschafter gibt dem Event im Privathaus einen staatlichen Charakter.*

Das dritte Beispiel stammt ebenfalls aus meiner Zeit in Kuwait: Es war ein Orgelkonzert, man höre und staune, denn wir verbinden die Orgel eher mit christlicher Kirchenmusik. Das »Dar al Athar al Islamiyyah« (Haus der islamischen Altertümer) hatte eine Orgel und suchte einen Organisten. Ich vermittelte den Organisten und Pianisten Christian Schmitt, der schon gemeinsam mit den Berliner Philharmonikern aufgetreten war. Das »Dar al Athar al Islamiyyah« wird geleitet von der Tochter eines verstorbenen Emirs, die mit dem Sohn des damaligen Emirs verheiratet war. Das bedeutet, dass es unmittelbar unter der Leitung des Herrscherhauses steht. Die Tochter des Emirs ist eine sehr gebildete Dame mit einer bedeutenden Sammlung islamischer Kunst. Sie hat dieses sehr anregende Kulturzentrum gegründet, das zwar auf islamische Themen, islamische Kunst konzentriert ist, aber nicht ausschließlich, wie man am Beispiel des Orgelkonzertes sieht. Auf dem Programm standen Werke von Johann Sebastian Bach, Felix Mendelssohn Bartholdy und Jürgen Essl. Christian Schmitt trat danach bei mir in der Residenz als Pianist auf. Dieses Kulturinstitut und das Hotel waren die beiden ›Ausnahme-Orte‹ für musikalische Veranstaltungen, die es sonst nur in der deutschen Botschaft oder im Haus eines reichen Kuwaitis gab. Insofern lag auch immer eine politische Botschaft darin, wenn man ein Konzert veranstaltete: ein Appell für etwas mehr Liberalität, für die Kultur eben.*18

*18 Das ist die entscheidende Aussage zum gesamten Komplex Kuwait. Sie ist aber nur dann triftig, wenn das Konzerte Veranstalten in der kuwaitischen Politik nicht nur als Lizenz einer ›Kaste‹ begriffen wurde, die durch Adel oder Reichtum in manchen Dingen immun gegen die islamische Verfassung war. Aber das entfaltet keine politische Wirkung, im Gegenteil zementiert es die herrschende Verfassung. Vgl. die Deutung des Falls in meinem Text.

Jetzt folgt ein Szenenwechsel: 2010 bis 2012 war ich Generalkonsul in Rio de Janeiro. Gleich zu Beginn habe ich ein deutsches Trio, das Koeckert-Trio (Nicolas Koeckert und Rudolf Joachim Koeckert, Violinen, Kristina Müller-Koeckert, Klavier) in die wunderschöne ehemalige Botschafterresidenz mit Blick über die Bucht von Guanabara bis zum Zuckerhut einladen können. Sie hatten sich bei mir gemeldet und hatten wohl auch schon auf Einladung meines Vorgängers musiziert.*19 Das Trio hatte einen Brasilienbezug und war schon im Lande, was die Finanzierung erleichterte. Zum Tag der Deutschen Einheit am 3. Oktober, an dem jede Auslandsvertretung einen Empfang gibt, hatte ich als Begleitmusik ein deutsches Blasmusik-Orchester engagiert, das auch schon für meinen Vorgänger gespielt hatte. Nach Rio habe ich auch den mir nun gut bekannten Organisten Christian Schmitt eingeladen. Er konzertierte in der dortigen evangelischen Kirche der Deutschen Gemeinde und reiste anschließend weiter zu Auftritten in den Bundesstaat Minas Gerais, wo es wunderschöne Barockstädte aus der portugiesischen Kolonialzeit gibt, deren Kirchen noch über Orgeln aus dem 18. Jahrhundert verfügen – ein Vergnügen für einen ambitionierten Organisten, auf diesen historischen Instrumenten zu spielen.

*19 Das ist wieder Prinzip *7 und *9.

Soziale Aktion durch Musik

In Rio de Janeiro gibt es eine private Initiative, die sich Açao Social pela Música do Brasil nennt, also »Soziale Aktion für die Musik in Brasilien«, gegründet von Fiorella Solares und David Machado. Dieses Projekt hatte schon vor meiner Zeit Unterstützung durch das Generalkonsulat. Die Idee war, junge Favela-Bewohner über die Musik in das Bildungssystem zu integrieren und ihnen eine Chance zu bieten, die Favela zu verlassen, eine gute Ausbildung zu erhalten – Voraussetzung dafür, einen formellen Beruf zu erlangen. Das hat, glaube ich, auch ganz gut funktioniert. Insgesamt hatte die Açao Social pela Música do Brasil elf Gruppen in verschiedenen armen Gemeinden Brasiliens mit insgesamt 3900 Schülerinnen und Schülern. Aus dieser Schar wurde ein großes Orchester gebildet, das Junge Orchester von Rio de Janeiro, außerdem verschiedene kleinere Ensembles wie das Ensemble Carioca, die Top Five und die Camerata Jovem, das junge Kammerorchester von Rio. Mit Unterstützung durch das Generalkonsulat und auch der deutschen Industrie konnten Auslandsreisen stattfinden, auf denen die Ensembles Brasilien repräsentierten. Das war natürlich auch eine wichtige, ansonsten kaum mögliche Erfahrung für die Mitwirkenden aus sozial prekären Verhältnissen.*20

*20 Welche (staatlichen) Botschaften sind hier Sender und Adressat, welche Botschaft wird übermittelt? – Sender: Brasilien, aber nicht durch Staatskünstler vertreten, sondern durch Akteure, die in der Verfassung nicht vorkommen und nie staatlich re-präsentiert werden. Die Re-Präsentation muss daher stellvertretend durch einen anderen Staat erfolgen, nämlich den adressierten selber, der somit eine Botschaft an den Sender Brasilien zurücksendet. Das Spannende, Ergebnisoffene und insofern Politische an dieser Anordnung ist, dass die nicht in der Verfassung vorkommenden Akteure sich nicht ›als‹ etwas repräsentieren können, denn sie haben keinen Verfassungsstatus, der durch irgendeine Symbolik aufgerufen werden könnte. (Ontologisch: Es gibt keine staatliche Eigenschaft, die von *ihrer Performance ausgesagt werden könnte, nicht einmal ein Negativ. Also nichts, das Anne-Sophie Mutters Stradivari vergleichbar wäre oder dem Komponisten Bach für einen deutschen Organisten.) Daher wäre es hier ausnahmsweise interessant zu erforschen, mit welchen Stücken sich die Orchester präsentiert haben: ob es ein Repertoire war, das in anderen Verfassungen als Symbol eines Verfassungselements akzeptiert war und hier quasi ausgeliehen wurde; oder ob es eine nicht-symbolische musikalische Präsentation war, die mit keiner staatlichen Eigenschaft (bzw. eines Negativs) prädiziert werden konnte, also alltagssprachlich: die neu, überraschend, spannend war. Dieser ergebnisoffene Vorgang der Repräsentation scheint zum Teil von der »Sozialen Aktion« qua Organisation, also bereits als eine Art Verfassungselement, geleistet worden zu sein, so dass die Frage wäre, ob die Musik nur als Symbol dieses Verfassungselements diente oder ob sie irgendetwas Eigenes darüber hinaus beitrug zu dem Vorgang, den nicht in der Verfassung vorkommenden Akteuren eine Repräsentation zu geben.*

Eine ähnliche, spektakuläre Initiative, die ich schon 2001 kennengelernt hatte, als ich an der Botschaft Brasilia tätig war, ist Barroco na Bahia, also Barock in Bahia. Salvador da Bahia, heute die Hauptstadt des Bundesstaates Bahia, früher die erste Hauptstadt Brasiliens, war in der portugiesischen Kolonialzeit im Zentrum des Zuckeranbaus und damit auch der Sklavenwirtschaft. Dort leben heute noch sehr viele Nachkommen von schwarzen Sklaven und Sklavinnen, oft in großer Armut. Der Jesuitenpater Hans Bönisch hat dort 1993 ein Orchester mit den Schwarzen Bewohnern der Vorstädte gegründet, die er selber gesanglich, musikalisch und sprachlich ausbildete. Sein erstes Ziel war es, die Kirchenmusik in Bahia wiederzubeleben. Darüber hinaus gelang es ihm aber, mit den jungen Laienmusikern jedes Jahr eine Oper in Originalsprache aufzuführen. 2001 habe ich dort den *Freischütz* gesehen, gesungen auf Deutsch von Schwarzen Sängern und Sängerinnen.*21 Es war sehr eindrucksvoll, das Brautlied *Wir winden dir den Jungfernkranz*, vorgetragen von Schwarzen Sängerinnen, biedermeierlich gekleidet, dort zu erleben. Die Aufführung fand in einem voll besetzten, über 1000 Plätze fassenden Konzertsaal statt und wurde mehrmals wiederholt. Das Auswärtige Amt, die Kreditanstalt für Wiederaufbau und einige in Brasilien ansässige deutsche Firmen unterstützten dieses Projekt. Es brachte die dort völlig unbekannte Kunstform Oper in die Armenviertel und bot zugleich der Jugend einen Weg aus der Armut. Man muss aber betonen, dass das die bewundernswerte Initiative eines Einzelnen war. Das dortige Goethe-Institut litt demgegenüber unter dessen großem Publikumserfolg. Die klassischen Formate, Ausstellungen oder Diskussionsveranstaltungen, die von einem kleinen Kreis von Intellektuellen besucht werden, konnten damit nicht mithalten. Die Musik ist aber ein Mittel, um Randgruppen der Gesellschaft zu integrieren und ihnen Aufstiegs-, Bildungs- und generell Zukunftschancen zu bieten.*22

*21 Der Freischütz *ist eine Antwort auf das »als« in *20: ein erkennbar geliehenes Symbol, das ursprünglich ein deutsches Verfassungselement aufruft, nämlich das des Nationalstaats (in der Konzeption des deutschen Vormärz), der unterschiedliche Ethnien, Kulturen und Sprachen unter einem nationalen Gebilde zusammenfassen kann.*

*22 Genau, und zwar nach dem Prinzip in *20. Ob die Musik dabei nur ein unbedeutendes Durchgangsstadium zur Repräsentation ist (wie in *21 und vermutlich auch *20) oder ob mit der Re-Präsentation der Akteure, die nicht in der Verfassung vorkommen, auch die Verfassung selber sich verändert, entscheidet sich auch an der musikalischen Performance als solcher, also an der Musikauswahl und der Art der Aufführung. Dass der letztere Fall höchst selten und bei staatlicher Musik schlicht irrelevant ist, zeigt sich u. a. daran, dass im vorliegenden Bericht die Stücke und die Performances kaum eigens charakterisiert werden.

Ich möchte außerdem über ein großes und ›exotisches‹ Projekt berichten: Entwickelt wurde es vom damaligen Leiter des Goethe-Instituts in Rio de Janeiro, Alfons Hug, gemeinsam mit einem ehemaligen Mitarbeiter des United Nations Development Programme, Klaus Billand, den Hug aus gemeinsamer Zeit in Brasilia kannte. Das Jahr 2013 erklärte die Bundesregierung zum Deutschlandjahr in Brasilien. Es ist eine übliche Praxis nicht nur Deutschlands, in einem bestimmten Jahr in einem wichtigen Partnerland Aktivitäten zu konzentrieren, um das öffentliche Profil des eigenen Landes hervorzuheben. Dafür stehen dann auch zusätzliche Haushaltsmittel zur Verfügung, mit denen Veranstaltungen durchführt werden können. Eines der vielen guten Projekte, die Alfons Hug initiiert hatte, bestand darin, den populären Karneval in Rio de Janeiro zur Darstellung von Deutschland zu nutzen, und zwar unter dem Vorzeichen von Richard Wagner!*23 Klaus Billand hatte dafür ein perfektes Drehbuch geschrieben. Rio de Janeiro ist das Zentrum des Karnevals in Brasilien und dort steht wiederum der Wettbewerb der Sambaschulen im Zentrum. Wie bei der Bundesliga gibt es eine erste und eine zweite Liga. Nur die erste Liga tritt im Sambódromo auf. Dies ist eine etwa 700 Meter lange, von Oscar Niemeyer erbaute Tribünenstraße, die etwa 88.500 Zuschauern Platz bietet. Durch diese Arena ziehen langsam, tanzend und singend, die zehn besten Sambaschulen im Wettbewerb um den ersten Platz. Barocke Karnevalswagen, die einen anderen Charakter haben als die der Volksbelustigung und der politischen Satire gewidmeten Wagen im Kölner Karneval, ziehen langsam an den Zuschauern vorbei. Billand hatte für diese traditionellen Karnevalswagen eine regelrechte Dramaturgie nach Motiven von Richard Wagner entworfen. Nur die Musik durfte der Samba bleiben. Eine Schule der ersten Liga, die Unidos da Tijuca, war bereit, Deutschland nach Billands Drehbuch zu präsentieren. Mitglieder der Schule wurden zur Vorbereitung vom Goethe-Institut nach Deutschland eingeladen. Sie bereisten den Rhein von Köln bis zur Loreley, waren beim Kölner Karnevalsclub KCC zu Gast und besuchten eine Aufführung von Wagners *Lohengrin* an der Deutschen Oper Berlin in der Inszenierung von Kaspar Holten. Zur Delegation dieser Sambaschule gehörte auch der renommierte Regisseur der Unidos da Tijuca, der carnevalesco Paulo Barros.

*23 *Wagner (2013, im 200. Geburtsjahr) ist keineswegs überraschend. Er hat, außer in Israel, wo er verbotenes staatliches Negativelement war, und in der durch die Adornoschule gegangenen deutschen Kulturelite, überall in der Welt den Status eines Symbols, das Merkmale der deutschen Verfassung wie Sparsamkeit, Biedersinn, Einfachheit, Unpolitizität usw. aufrufen kann, wofür etwa die Meistersinger von Nürnberg *oder die politischen Schriften der 1860er und 70er Jahre stehen.*

Allerdings gab es dann bei der Durchführung des Konzepts Finanzierungsprobleme: Die Bundesregierung war nicht bereit, das Projekt direkt zu finanzieren, denn die Sambaschulen standen im Verdacht von Prostitution, Drogen, Geldwäsche usw. Es bestand aber die Hoffnung, dass deutsche Firmen in Rio, São Paolo und an anderen Orten in Brasilien Geld beisteuern würden, denn dafür gibt es nach brasilianischen Steuergesetzen (»Lei Rouanet«) Abschreibungsmöglichkeiten. (Der Karneval wird sowohl von der Stadt Rio als auch vom brasilianischen Kulturministerium gefördert.) Meine Rolle war es, die deutschen Firmen zu motivieren und das Projekt gegenüber dem Auswärtigen Amt zu vertreten. Die Hoffnungen, den (nach Abzug der Subventionen entstandenen) Fehlbetrag von geschätzten 2 Mio. Euro einzuwerben, richteten sich zunächst auf die Deutsch-Brasilianische Handelskammer in Rio. Doch von dort kam eine Absage mit der Begründung, eine Veranstaltung, bei der Werke des Antisemiten Wagner vorgestellt würden, wolle man nicht fördern.*24 Dass es trotzdem gelang, unter deutschen Firmen, eher außerhalb von Rio, das nötige Geld aufzutreiben, lag wohl daran, dass das Konzept gewissermaßen ›entwagnert‹ wurde. Die Geschichte, die der Karnevalszug erzählte, war schließlich, kurz gefasst, die folgende: Der Donnergott Thor sendet einen Blitz auf das Sambódromo und entfaltet ein Spektakel, das die in Brasilien vorhandenen Vorstellungen von Deutschland präsentiert: Unter Samba-Musik und -Gesang zogen Gestalten aus den Märchen der Brüder Grimm, der Mann im Mond, der deutsche Wald vorbei. Auch der VW Käfer, der »fusca«, der ja auch in Brasilien produziert wurde, durfte nicht fehlen. Außerdem gab es Playmobil-Figuren mit Wasserrutsche und Drachen und einen gigantischen Bierwagen. Immerhin kam Wagner doch noch mit dem Holländer-Schiff und mit einem Walküren-Wagen vor. Das war, obwohl von der Bundesregierung (über das autonome Goethe-Institut) nur minimal finanziell gefördert, meiner Erinnerung nach das erfolgreichste und am weitesten sichtbare deutsche Projekt in diesem Deutschland-Jahr, denn die Sequenz der Sambaschulen wird jeweils live und in vielen Wiederholungen im brasilianischen Fernsehen übertragen. Das sieht ganz Brasilien, alle fiebern mit, wer den Wettbewerb gewinnt. Sehr viele Menschen, die von Deutschland vielleicht noch nie etwas gehört hatten, konnten diese Hommage am Bildschirm verfolgen.*25

*24 Siehe *23, warum nicht die Brasilianer, sondern die Deutschen mit Wagner als verfassungstriggerndem Symbol Schwierigkeiten hatten.
  *25 Der Samba, sofern Musik und Choreographie unverändert bleiben, scheint offen für verschiedene Narrative zu sein. Die wagnerschen Narrative konnten, auf den unveränderten Samba aufgepfropft, Deutschland als Ganzes in Brasilien repräsentieren.

Paris, 2012 bis 2017

In Paris war ich von 2012 bis 2016 Botschafter und Ständiger Vertreter der Bundesrepublik Deutschland bei der UNESCO und von 2015 bis 2017 Präsident des Exekutivrates der UNESCO. Während Musikveranstaltungen in Kuwait eine große Ausnahme darstellten und ich als Veranstalter gewissermaßen ein Alleinstellungsmerkmal hatte, gibt es in der Musikstadt Paris eine große Konkurrenz. Trotzdem werden musikalische Veranstaltungen mit einem entsprechenden künstlerischen Niveau auch in diplomatischen Vertretungen gerne besucht.*26 Ich habe gelegentlich in der Kanzlei der bilateralen Botschaft Konzerte mit 150 bis 200 Gästen veranstaltet, außerdem auch in der kleineren UNESCO-Residenz. Nach meiner Wahrnehmung sind deutsche Auslandsvertretungen auf musikalischem Gebiet aktiver als andere. Ein Symphonieorchester können sie autonom zwar nicht finanzieren, ein Kammerkonzert aber schon. Manche Leiter von Vertretungen engagieren sich gerne auf diesem Feld, andere gar nicht.*27

*26 Wahrnehmungsökonomisch mag es eine Konkurrenz zwischen den Konzerten einer diplomatischen Vertretung und anderen Kulturträgern gegeben haben. An der Staatlichkeit und Botschaftlichkeit des Konzerts einer staatlichen Vertretung ergibt sich aber kein Unterschied, ob der Saal ganz oder halb voll ist, zumal viele Gäste geladen oder qua Amt da gewesen sein dürften.
  *27 Daran wird, wie schon in *12 u. ö. angemerkt, deutlich, dass die ästhetische Struktur eines Symbols, das eine staatliche Eigenschaft aktivieren kann, irrelevant ist. Welcher ästhetische Gegenstand gewählt wird, bleibt im Bereich der persönlichen Vorlieben und Kompetenzen des jeweiligen Botschafters. (Und nicht alle sind eben musikaffin, sondern stehen der Bildenden Kunst, dem Sport, den Na-

turwissenschaften o. a. nahe.) Es kommt lediglich darauf an, dass der Gegenstand seine staatliche Symbolfunktion erfüllt.

Zwischen 2014 und 2016 habe ich nach meiner Erinnerung drei Konzerte veranstaltet: ein Kammerkonzert mit Christian Schmitt (Klavier), Tatjana Ruhland (Flöte) und Julia Wagner (Sopran) in der Botschaftskanzlei (1.4.2014); einen Soloabend mit Lydie Solomon (Klavier und Gesang) in der Residenz (10.12.2015) und ein Kammerkonzert mit Christian Schmitt (Klavier) und Julia Wagner (Sopran), ebenfalls in der Residenz (20.06.2016). Letzteres war mein Abschiedskonzert als Leiter der Ständigen Vertretung.

Bei der UNESCO kam es eher selten vor, dass ein Botschafter und Präsident des Exekutivrates zu Musikveranstaltungen einlud. 2016 habe ich im großen Saal des UNESCO-Hauptquartiers, wo traditionell die Generalkonferenz aller damals 195 Mitgliedsstaaten tagt, ein Konzert mit anschließendem Empfang veranstaltet. Anlass war die Eröffnung der 200. Sitzung des Exekutivrats seit Gründung der UNESCO, die mit besonderen Veranstaltungen und einer Publikation gewürdigt werden sollte. Der damalige stellvertretende Generaldirektor für Kultur und ehemalige Leiter des Welterbe-Zentrums der UNESCO, der Venezianer Francesco Bandarin, lobte anschließend das musikalische Intermezzo: »That was the best of Germany.« Ich hatte wieder das bewährte Trio Christian Schmitt (Klavier), Tatjana Ruhland (Flöte) und Julia Wagner (Sopran) engagiert.

Bei der Programmgestaltung hatte ich, wie auch ansonsten, zunächst die Musikerinnen und Musiker um Vorschläge gebeten. Das endgültige Programm wurde dann im Dialog entwickelt, zum Beispiel indem ich darum bat, etwa noch ein französisches Musikstück aufzunehmen.*28

*28 Diese Dialoge wären der Prüfstein für meine Hypothesen (in *7, *8, *9, *12, *22 u. ö.) zur Programmgestaltung bei staatlicher Musik. Mit »the best of Germany« war aber vermutlich die Intention der Programmgestaltung vollständig charakterisiert.*

Wiederholt war ich in der nach Notre Dame zweitgrößten Pfarrkirche St. Sulpice zu Orgelkonzerten des Komponisten, Organisten und Musikpädagogen Daniel Roth eingeladen.*29 Durch den Organisten Christian Schmitt hatte ich ihn kennengelernt. Meine Laudatio beim Empfang zu seinem 75. Geburtstag war einer meiner letzten offiziellen Auftritte in Paris (31.10.2017).

29 Was aber vermutlich auf der Basis persönlicher Bekanntschaft geschah und das Orgelkonzert nicht zu einer offiziellen Veranstaltung der UNESCO machte.

Auswärtiges Amt: »Training for International Diplomats«

Derzeit bin ich im Auswärtigen Amt Programmdirektor für die Internationale Diplomatenausbildung. Beim Seminarprogramm achte ich immer darauf, auch gute kulturelle und speziell musikalische Veranstaltungen anzubieten. Dazu gehörte beispielsweise 2019 der Besuch einer Aufführung von Mozarts *Zauberflöte* in der Berliner Staatsoper Unter den Linden. Gezeigt wurde eine Neuinszenierung von Yuval Sharon. Ein am Opernhaus beschäftigter Dramaturg führte die Diplomatinnen und Diplomaten aus dem Nahen und Mittleren Osten und Nordafrika in die Aufführung ein. 2020 besuchten wir mit einer Gruppe von Diplomatinnen und Diplomaten aus der gleichen Region ein Konzert des Ensembles Preußens Hofmusik im Apollo-Saal der Berliner Staatsoper. Auf dem Programm stand Musik, die am Hof Friedrichs II. gespielt wurde. Da wir auch Potsdam und Sanssouci besuchen wollten, hielt ich das für ein passendes Programm.*30

30 Die Programmauswahl erfüllt den pädagogischen Zweck, musikalische Couleur locale für den Unterrichtsgegenstand Sanssouci zu liefern. Im Vordergrund stand die Auswahl des Unterrichtsgegenstands Sanssouci selber als einem Verfassungsort par excellence, dem Ort nämlich, an dem die Verfassung exekutiert wird. Demgegenüber fallen dann musikalische Merkmale der Stücke und ihrer historischen Aufführungssituationen, etwa der kammermusikalische und oft private und unterhaltende Charakter der Musik am Hof, unter den Tisch.

Schlussfolgerungen

Das Auswärtige Amt gesteht den Mittlern Goethe-Institut und Deutscher Musikrat in der Regel großen Spielraum zu, so dass sie Musikveranstaltungen im Ausland weitgehend autonom in ihrer fachlichen Autorität planen können.

Nur bei großen Orchestertourneen nimmt das Auswärtige Amt einen gewissen Einfluss und verbindet solche Auftritte mit geeigneten politischen Anlässen.

Manchmal gibt es Spannungen zwischen dem Goethe-Institut und den Auslandsvertretungen; aber in der Regel funktioniert die Zusammenarbeit gut, so u. a. meine Erfahrung in Rio de Janeiro.

Vor Ort entscheiden die Leiter der Auslandsvertretungen bei Verwendung des Kleinen Kulturfonds weitgehend autonom, ob überhaupt Musik gespielt wird und treffen dann die Programmauswahl gemeinsam mit den Musikerinnen und Musikern. Dazu bedarf es keiner Rückkopplung mit dem Auswärtigen Amt.

Wie man am Beispiel des Auftritts der Sambaschule in Rio de Janeiro sehen kann, ist es gelegentlich sogar möglich, Deutschland auch ohne wesentliches finanzielles Engagement des Auswärtigen Amtes musikalisch zu repräsentieren, wenn das Gastland und private Sponsoren für eine Finanzierung gewonnen werden können.

Auch bei internationalen Organisationen wie der UNESCO kann man bei feierlichen Anlässen ein musikalisches Begleitprogramm organisieren. Ich habe das aus eigener Initiative getan, weil ich es passend fand.

Abkürzungsverzeichnis

AA	Auswärtiges Amt
Abs.	Absatz
a.D.	außer Dienst
AfD	Alternative für Deutschland
AKBP	Auswärtige Kultur- und Bildungspolitik
AR	Allgemeine Regelung
ARD	Arbeitsgemeinschaft der öffentlich-rechtlichen Rundfunkanstalten der BRD
Art.	Artikel
BR	Bayerischer Rundfunk
BRD	Bundesrepublik Deutschland
BWV	Bach-Werke-Verzeichnis
CD	Compact Disc
CDU	Christlich Demokratische Union Deutschlands
CSU	Christlich-Soziale Union Deutschlands
D	Deutsch-Verzeichnis (Franz Schubert)
DDR	Deutsche Demokratische Republik
DMR	Deutscher Musikrat
ESC	Eurovision Song Contests
EU	Europäische Union
GG	Grundgesetz
GEMA	Gesellschaft für musikalische Aufführungs- und mechanische Vervielfältigungsrechte
GI	Goethe-Institut
HJ	Hitler-Jugend
Hob.	Hoboken-Verzeichnis (Joseph Haydn)
HWV	Händel-Werke-Verzeichnis
KV	Köchel-Verzeichnis (Wolfgang Amadeus Mozart)
NATO	North Atlantic Treaty Organization
NDR	Norddeutscher Rundfunk
NS	Nationalsozialismus, nationalsozialistisch
NSDAP	Nationalsozialistische Deutsche Arbeiterpartei
RAF	Rote Armee Fraktion

RIAS	Rundfunk im amerikanischen Sektor
RV	Ryom-Verzeichnis (Antonio Vivaldi)
S	Searle-Verzeichnis (Franz Liszt)
SPD	Sozialdemokratische Partei Deutschlands
SS	Schutzstaffel
op.	Opus
UdSSR	Union der Sozialistischen Sowjetrepubliken
UNESCO	United Nations Educational, Scientific and Cultural Organization
UNO	United Nations Organization
USA	United States of America
WoO	Werke ohne Opuszahl
WWV	Wagner-Werke-Verzeichnis
ZDF	Zweites Deutsches Fernsehen
ZDv	Zentrale Dienstvorschrift

Autor*innenverzeichnis

Rainer Bayreuther (* 1967), Privatdozent Dr., lehrt Musikwissenschaft an der Hochschule für evangelische Kirchenmusik Bayreuth.

Christoph Habermann (* 1953), M.A., Staatssekretär a.D., war von 1999 bis 2004 Abteilungsleiter und stellvertretender Chef des Bundespräsidialamts.

Volker Kalisch (* 1957), Prof. Dr. Dr., war von 1994 bis 2023 Professor für Musikwissenschaft an der Robert Schumann Hochschule Düsseldorf.

Martin Löer (* 1948), Ministerialrat a.D., war nach Tätigkeiten im Bereich Protokoll (Senatskanzlei von Berlin, Staatskanzlei von Brandenburg) Protokollchef im Bundespräsidialamt und von 2010 bis 2014 Direktor Protokoll und Information beim Gerichtshof der Europäischen Union in Luxemburg.

Ruth Müller-Lindenberg (* 1959), Prof. Dr., ist Professorin für Historische Musikwissenschaft an der Hochschule für Musik, Theater und Medien Hannover. Von 2003 bis 2006 war sie Referatsleiterin im Bundespräsidialamt.

Nepomuk Riva (* 1974), Prof. Dr., ist Vertretungsprofessor für Ethnomusikologie an der Universität Würzburg.

Yvonne Wasserloos (* 1971), Prof. Dr., ist Professorin für Musikwissenschaft an der Universität Mozarteum Salzburg.

Michael Worbs (1950–2023), Dr., Botschafter a.D., war nach Stationen in diplomatischen Vertretungen der Bundesrepublik Deutschland von 2012 bis 2016 Botschafter bei der UNESCO und zuletzt (2015–1017) Präsident des UNESCO-Exekutivrats in Paris.

Personenregister

Adenauer, Konrad   14, 85f., 92, 97–99, 102–106, 150
Al-Mutawa, Vera   165
Al-Rayez, Sabah   165f.
Altenburg, Wolfgang   20
Armleder, Reinhard   165
Arntz, Heinrich   76

Bach, Johann Sebastian   85, 100–103, 126, 137, 147, 154, 167, 169, 177
Baltsa, Agnes   134
Bandarin, Francesco   173
Barenboim, Daniel   144, 161
Barros, Paulo   171
Beethoven, Ludwig van   22f., 25, 29, 52, 56f., 62, 65, 68, 95–97, 99f., 109, 134f., 138
Berghaus, Ruth   61
Bernheim, Maria   78
Bieito, Calixto   61
Billand, Klaus   170
Bönisch, Hans   169
Bortnianski, Dmitri   23
Brahms, Johannes   96, 100–102, 137
Brandt, Willy   48, 87, 98, 106, 150
Brüning, Heinrich   102

Carstens, Karl   150
Cavaco Silva, Aníbal   136
Celibidache, Sergiu   134, 163f.
Chopin, Frédéric   96
Churchill, Winston   98, 104

Dreifuß, Ruth   148

Ebert, Friedrich   92, 94
Eham, Max   101f.
Essl, Jürgen   167

Fischer, Joschka   140
Friedrich II. (König von Preussen)   174

Garland, Judy   109
Gauck, Joachim   114, 122f., 130
Goebbels, Joseph   67, 78, 97
Goethe, Johann Wolfgang von   139, 160f., 169–171, 174, 177
Grimm, Brüder (Jacob und Wilhelm)   171
Grundschöttel, Hans   98

Hafis   161
Händel, Georg Friedrich   96, 103–105, 177
Hartmann, Dagmar   165
Haydn, Joseph   65, 85, 100, 177
Helbig, Carl   75
Hendricks, Barbara   143f., 146, 153
Hermlin, Andrej   10
Herzog, Roman   105, 133, 138
Heuss, Theodor   99, 106
Hindenburg, Paul von   67, 92
Hiro-no-miya (später Kaiser Naruhito von Japan)   138
Hitler, Adolf   67, 78, 90, 97, 107, 177
Hoffmann, E.T.A. (Ernst Theodor Amadeus)   62, 70
Hoffmann, Klaus   157
Hollaender, Friedrich   149
Holten, Kaspar   171
Hope, Daniel   10

Hu Jintao 137
Hug, Alfons 170

Idriz, Benjamin 128
Ingegneri, Marc Antonio 101

Jahn, Adolf 75
Järvi, Paavo 135
Johnson, Lyndon B. 98

Kauffmann, Bernd 161
Kennedy, John F. 98
Klausner, Hubert 97
Kleiber, Carlos 134
Klemperer, Viktor 54f., 70
Klestil, Thomas 137
Klingler, Norbert 164
Koeckert, Nicolas 167
Koeckert, Rudolf Joachim 167
Kohl, Helmut 73, 105, 113, 144
Köhler, Eva Luise 137
Köhler, Horst 113, 137

Lang Lang 137
Langlais, Jean 102
Lehmann, Christoph 109
Lehmann, Xaver 76
Leonhardt, Andreas 109
Levit, Igor 10
Lincoln, Abraham 104
Lindenberg, Udo 130
Liszt, Franz 62
Lübke, Heinrich 98, 100
Lüdemann, Hans 144, 156
Ludwig XIV. (König von Frankreich) 164

Machado, David 168
McAleese, Mary 137
Meier-Richartz, Wilhelmine 75
Mendelssohn Bartholdy, Felix 136f., 167
Metzler, Ruth 148
Mey, Reinhard 157
Molière 8, 15, 86, 107
Mozart, Wolfgang Amadeus 61, 65, 137, 174, 177
Müller-Koeckert, Kristina 167

Mutter, Anne-Sophie 163, 169

Naruhito (s. Hiro-no-miya)
Niemeyer, Oscar 170

Papst Benedikt XVI. 134
Papst Johannes XXIII. 102
Perti, Giacomo (Jacopo) Antonio 101
Pfitzner, Hans 89, 107
Pflanz, Paul 75
Pieck, Wilhelm 92
Pierce, Charles Sanders 50

Raabe, Max 148f.
Rathenau, Walther 95f.
Ratzinger, Joseph (s. Papst Benedikt XVI.)
Rau, Johannes 113, 130, 133, 137, 143–145, 150, 153–155
Redslob, Edwin 95f., 107
Rilling, Helmuth 164
Rohwedder, Detlev Karsten 92
Roncalli, Angelo Giuseppe (s. Papst Johannes XXIII.)
Roth, Daniel 173
Ruhland, Tatjana 173
Rühmann, Heinz 78
Ruth, Friedrich 163

Said, Edward 161
Saksala, Janne 137
Sander, Richard 76
Say, Fazıl 123
Scheel, Walter 137
Schemm, Hans 97
Schirach, Baldur von 97
Schmidt, Gerdheinz 99
Schmidt, Helmut 105, 150
Schmitt, Christian 167f., 173
Scholz (Scholz-Rothe), Gerhard 104
Schönberg, Arnold 88f.
Schönbohm, Jörg 105
Schostakowitsch, Dmitri 90f., 106
Schröder, Gerhard (Gerd) 112, 122, 150
Schroeder, Hermann 100–103, 107
Schubert, Franz 140
Schumacher, Kurt 30

Sharon, Yuval 174
Solares, Fiorella 168
Solomon, Lydie 173
Späth, Lothar 163
Stalin, Joseph 90
Steinmeier, Frank-Walter 114f., 123, 125–128, 130, 135
Stresemann, Gustav 94f.

Victoria, Tomás Luis de 101
Vivaldi, Antonio 99, 178

Wader, Hannes 157
Wagner, Julia 173
Wagner, Richard 54, 62, 67, 95–97, 104, 138, 170–172, 178

Washington, George 104
Wecker, Konstantin 157
Weizsäcker, Richard von 4, 105, 133f., 137, 164
Wendel, Adolf 100
Wilhelm I. (Deutscher Kaiser) 53, 68, 87, 92, 94, 106
Wörner, Manfred 20
Wulff, Christian 109f., 113, 124, 155
Wüsthoff, Karl 74, 76–83

Yasunaga, Toru 138
Yerli, Gönül 128

Zimmermann, Josef 100f.

Register der Orte und Länder

Afghanistan 28f.
Afrika 110, 112, 120, 124, 131, 174
Albanien 159

Baden-Württemberg 163
Bahia 169
Bamako 144, 146f.
Bamberg 160
Bayreuth 136
Berlin 11, 20, 28, 31, 53, 61, 68, 115, 126, 129, 133–138, 141, 144, 147, 150, 159, 167, 171, 174, 179
Bochum 74
Bonn 14, 85, 87, 99f., 102, 105, 130, 135
Brasilia 170
Brasilien 138, 159, 168–172
Bredstedt 99
Bremen 134f., 138
Bundesrepublik Deutschland 9, 12, 14, 22, 34, 36, 43, 48, 53, 85, 91–93, 97, 109, 115f., 150, 172, 177, 179

Canberra 147

DDR 64, 86, 94, 97, 134, 177
Deutschland 10f., 13, 32, 34–36, 53, 55, 65, 73, 76, 78, 87–89, 92f., 95–98, 101, 105, 109, 112–115, 120–124, 126–129, 131, 134, 136, 138, 146f., 149, 152, 155, 162f., 166, 170–172, 174, 177f.
Dortmund 74
Duisburg 74
Düsseldorf 13, 73–76, 83, 137, 143, 153, 165, 179

Essen 74

Finnland 137
Frankreich 159

Gambia 127
Gelsenkirchen 74
Germany 94, 127, 173
Griechenland 134

Halle a.d. Saale 115
Hamburg 122
Hanau 115
Hannover 8, 98, 109, 135, 179
Herne 155
Hessen 113

Indien 27
Irak 165
Irland 137
Israel 36, 144, 161, 171
Italien 53, 87, 101, 159, 163

Japan 138

Karlsruhe 165f.
Kiew (Kyiv) 7
Köln 74, 98, 100, 102f., 105, 170f.
Kuwait 37, 159, 165–167, 172

Leipzig 153
Libanon 159
Luxemburg 9

Mali   144, 156
Minas Gerais   168
München   96, 102, 163
Myanmar   27

Niedersachsen   123
Nordrhein-Westfalen   141, 143
Nürnberg   67, 90, 171

Oberhausen   74
Österreich   137
Offenbach   114

Palästina   37
Paris   159, 162, 164, 172f., 179
Penzberg   128
Polen   130
Potsdam   67, 174

Remscheid   74
Regensburg   146
Rheinland   11
Rheinland-Pfalz   141f.
Rio de Janeiro   159, 167f., 170f., 174

Rom   163
Ruhrgebiet   73, 155

Sachsen   141f.
Salzburg   161
São Paolo   171
Saudi-Arabien   165
Schweden   147
Schweiz   148
Spanien   101
Stockholm   147
Südamerika   124
Sudan   159

UdSSR (Sowjetunion)   98, 134, 178
Ukraine   7f.
USA   98, 104, 122, 178

Warschau   48
Weimar   11, 14, 20, 53, 85–89, 91, 94–97, 134
Wien   22
Wuppertal   74

Register der musikalischen Werke

Lieder werden nach dem Titel ausgewiesen

Auf der schwäbsche Eisenbahne   140

Bach, Johann Sebastian
- *Aus der Tiefe[n] rufe ich* (Chor aus der gleichnamigen Kantate) BWV 131   101f.
- *Aus der Tiefe[n] rufe ich* (Choral) BWV 246   101f.
- *Erbarm dich mein, o Herre Gott* (Choral) BWV 305   101f.
- *Erbarm dich mein, o Herre Gott* (Orgel-Choralvorspiel) BWV 721   101f.
- *Fantasie c-Moll, 5 voci* BWV 562   101f.
- *O Haupt voll Blut und Wunden* (*Matthäus*-Passion) BWV 244   85, 103
- *Praeludium und Fuge f-Moll* BWV 534   101f.
- *Was Gott tut, das ist wohlgetan* (Choral aus der gleichnamigen Kantate) BWV 99   103
- *Wohl mir, daß ich Jesum habe* (Kantate Herz und Mund und Tat und Leben) BWV 147   101f.

Beethoven, Ludwig van
- *Coriolan*-Ouvertüre op. 62   95f.
- Klaviersonate Nr. 12 As-Dur op. 26   95
- Sinfonie Nr. 3 Es-Dur op. 55 *Eroica*   95f.
- Sinfonie/Symphonie Nr. 5 c-Moll op. 67   52, 62, 96
- Sinfonie/Symphonie Nr. 9 d-Moll op. 125   56f.
- *Ode an die Freude* (Sinfonie Nr. 9 d-Moll) op. 125   109, 134
- *Yorck'scher Marsch* (= Marsch des Yorck'schen Korps) WoO 18   22f., 25f., 29

Benatzky, Ralph
- *Im weißen Rössl*   137

Bortnianski (Bortniansky), Dmitri
- *Ich bete an die Macht der Liebe*   23

Brahms, Johannes
- *Guten Abend, gut' Nacht* op. 49/4   137
- *O Welt, ich muß dich lassen* (Orgel-Choralvorspiel) op. posth. 122   101
- Lieder   137

Chopin, Frédéric
- Klaviersonate Nr. 2 b-Moll op. 35   96

Da berühren sich Himmel und Erde Neues Geistliches Lied (Christoph Lehmann)   109

Das rothaarige Mädchen (Tango)   137

Der Mai ist gekommen   138

Deutschlandlied, Lied der Deutschen, Deutsche Nationalhymne (Joseph Haydn)   23, 43, 59f., 65, 85, 97, 99, 103, 134, 142, 149

Eham, Max
- *De profundis* mit Orgel (Geistliche Motette für Chor und Orgel)   101f.

Fallen müssen Viele (HJ-Lied)   97

Gott mir dir, du Land der Bayern (Bayern-Hymne) 134

Händel, Georg Friedrich
- Trauermarsch (*Saul*) HWV 53 103f.
- *Xerxes* HWV 40 96

Happy Birthday to you 137

Haydn, Joseph
- *Gott erhalte Franz, den Kaiser*, Österreichische Kaiserhymne 100
- Streichquartett C-Dur op. 76/3 (Hob. III:77) *Kaiserquartett* 85, 100

Hoch auf dem gelben Wagen 137

Horst-Wessel-Lied 97

Ich steh mit Ruth gut (Max Raabe) 148f.

Ingegneri, Marc Antonio
- *O Domine Jesu Christe* (Geistlicher Gesang für vier Stimmen) 101

Langlais, Jean
- Orgelwerke 102

Leonhardt, Andreas
- *Alexandermarsch* 109

Liszt, Franz
- *Les Préludes* S. 97 62

Mendelssohn Bartholdy, Felix
- Lieder 137

Mozart, Wolfgang Amadeus
- *Così fan tutte* KV 588 61
- *Die Entführung aus dem Serail* KV 384 61
- *Die Zauberflöte* KV 620 174

My Way (Frank Sinatra) 122

Nkosi sikelel' Afrika (südafrikanisches Kirchenlied), südafrikanische Nationalhymne 112

Over the Rainbow (*Der Zauberer von Oz*) (Judy Garland) 109

Perti, Giacomo (Jacopo) Antonio
- *Adoramus te, Christe* (Geistliche Motette) 101

Preußischer Zapfenstreichmarsch 23

Schmidt, Gerdheinz
- *Dr. Konrad-Adenauer-Marsch* 99

Schroeder, Hermann
- Requiem für vierstimmigen gemischten Chor a cappella 101f.

Schtsche ne wmerla Ukrajina, Ukrainische Nationalhymne (Pavlo Tschubynskij) 7

Schubert, Franz
- *Winterreise* op. 89 (D 911) 140

Schostakowitsch, Dmitri
- *Lady Macbeth von Mzensk* op. 29 90

Smoke on the Water (Deep Purple) 122

Summertime (George Gershwin) 122

Sprechchor (HJ) 97

St. Louis Blues (William Handy) 122

Treuelieder (SS) 97

The Girl from Ipanema (Antonio Carlos Jobim) 138

Victoria, Tomás Luis de
- *Domine non sum dignus* (Geistliche Motette für vier Stimmen) 101
- *Ecce quomodo moritur justus* (Geistlicher Gesang für vier Stimmen) 101

Vivaldi, Antonio
- Streichersinfonie h-Moll *Al Santo Sepolcro* RV 169 99

Wagner, Richard
- *Lohengrin* WWV 75 171
- *Der fliegende Holländer* WWV 63 171
- *Die Meistersinger von Nürnberg* WWV 96 67, 171
- *Die Walküre* aus *Der Ring des Nibelungen* WWV 86b 54, 62, 171
- *Götterdämmerung* aus *Der Ring des Nibelungen* WWV 86d 95f., 104
- *Parsifal* (Vorspiel) WWV 111 95

Weber, Carl Maria von
- *Der Freischütz* op. 77 169f.

Register der musikalischen Werke

Ohne nähere Werkangaben
- Choral/Choräle   95, 101–104
- Chor/Chöre   67f., 96, 101, 125
- Jazz   65, 129f., 135, 143f., 146, 153
- Klassik   73, 125, 130, 133, 135, 138, 166
- Kunstmusik   97, 111, 122f., 125, 130, 143
- Lieder   96, 122, 124, 136–138, 154
- Messordinarium   100
- Militärmärsche   95, 121
- Popmusik   125, 129
- Popularmusik   119, 122, 128f., 138, 143
- Rap   43, 65, 129
- Rockmusik   129, 135
- Schlager   130
- Soldatenlieder   97
- Weihnachtsmusik   138, 154
- Weltmusik   129